Hidden Desire
Deutsche Erstausgabe März 2019
© Don Both
https://www.facebook.com/DonBoooth/
© Kera Jung
https://www.facebook.com/kera.jung.autorin/
Brainfuck – Don Both & Kera Jung
https://www.facebook.com/kerajungdonboth/
Trailer zum Buch:
https://youtu.be/ORlICcTpnUU

Umschlaggestaltung: Anke Neuhäußer
Satz Ebook: Anke Neuhäußer
Satz Print: Anke Neuhäußer
Mit besonderem Dank an Kerstin Patze!
Presseanfragen: akreimendahl-a.p.p.verlag@freenet.de
Erschienen im A.P.P.-Verlag
Niederlassung Deutschland
Peter Neuhäußer
Gemeindegässle 05
89150 Laichingen
Mobi: 978-3-96115-459-3
E-Pub: 978-3-96115-461-6
Print: 978-3-96115-462-3
Dieser Roman wurde unter Berücksichtigung der neuen deutschen Rechtschreibung verfasst, lektoriert und korrigiert.

Don Both & Kera Jung

Hidden Desire

Roman

A.P.P.
Romance

Kurzbeschreibung

Wenn eine Jungfrau mit einem Mal eine Prostituierte spielen muss und ein eiskalter Womanizer sein nicht vorhanden geglaubtes Herz entdeckt …

Wenn verborgenes Verlangen bald jeden einzelnen Gedanken bestimmt und man sich dennoch von dem fernhält, was man so sehr will.

Wenn ein irrsinniges Spiel beginnt, das keine Grenzen, keinen Anstand und keine Moral kennt.

Hidden Desire – von Kera Jung und Don Both.

Tabulos, Berauschend und nichts für schwache Nerven …

1. DER PLAN

Regan

Renn!

Dieses eine elektrisierende Wort hämmerte in meinem Schädel.

Es sorgte dafür, dass ich das Brennen meiner Lunge nicht bemerkte, dass mir entging, wie hart das Herz gegen meine Rippen pochte, und dass meine nackten Füße sich wie von selbst über das von der Sonne verbrannte Gras bewegten. Die Plüschschlappen, die man hier trug, hatte ich aus taktischen Gründen weggelassen. Kein Mensch konnte sich damit schnell bewegen, schon gar nicht rennen und ganz bestimmt nicht fliehen.

Der zwei Meter hohe Zaun kam in Sichtweite, meine Augen waren stur darauf gerichtet, während ein Teil von mir fast panisch auf das Einsetzen der Sirenen und das

Aufflammen der Suchscheinwerfer wartete, weil man endlich meine Flucht bemerkt hätte.

Bitte nicht!

Ein neuer Gedanke, ich stolperte, ging in die Knie, schoss im nächsten Moment wieder hoch und jagte weiter.

Mit rasselndem Atem, mit fest geballten Fäusten, mit hart zusammengepressten Lippen.

Nach einer gefühlten Ewigkeit erreichte ich den Zaun, umklammerte den kühlen Draht, starrte für einen Moment entmutigt an der Barriere hoch, bevor ich mich an DEN PLAN erinnerte.

DEN PLAN, bei dessen Schmieden ich mit mir übereingekommen war, dass ich diese blöde letzte Barriere zur Freiheit mit Leichtigkeit überwinden könnte.

Echt!

Ganz bestimmt!

Es *musste* einfach so sein!

Denn ansonsten wäre ich erledigt.

Meine Hände und Zehen krallten sich in die Rauten, das Drahtgebilde schwankte bedrohlich, als ich mich daran hoch hangelte. Oben angekommen, verlor ich beinahe das Gleichgewicht, weil man hier nämlich nicht sitzen konnte. Dort, wo mein Gewicht darauf lagerte, bog es sich nach innen, schwankte bedrohlich vor und zurück, drohte, unter mir nachzugeben, weshalb ich machte, dass ich hinuntersprang.

Ein Ratschen ertönte, ein scharfer, brennender Schmerz zog sich über meine linke Wade, und ich spürte warmes Blut aus einer frischen Wunde treten.

Doch all das interessierte mich nur am Rande.

Denn ich stand außerhalb des Geländes des St. Helena Sanatoriums, dessen uralte Mauern sich in der Ferne aus der Dunkelheit erhoben.

Alt.

Dunkel.

Bedrohlich.

Ich war frei!

Endlich.

* * *

In dieser Stadt stank es! Und zwar erbärmlich, nach in der Sonne schön geschmortem Müll jeder Couleur … Meine Füße schmerzten, meine Knie waren aufgeschürft, eine lange, tiefe Wunde prangte an meiner Wade, mein Knöchel tat weh, und Schweiß ließ das dünne Nachthemdchen an mir kleben. Doch mein innerer Drillsergeant donnerte mit Befehlen auf mich ein.

WEITER!

Du musst weiter!

Sie werden schon nach dir suchen!

Verdammt, geh, sonst wirst du gefasst! Schon mal was von Gummizelle gehört?

Hastig ging ich weiter, immer weiter auf das bunte Treiben zu, auf die Nutten, die an der Ecke standen, die Penner, die vor sich hinpennten, umgeben von den wenigen vorbeihetzenden Leuten, die sich null um das sie umgebende Elend scherten, auch nicht um ein Mädchen, das mitten in der Nacht nur im Nachthemd und Bademantel durch die Straßen irrte.

New York – Stadt der Gewinner.

Und der Verlierer.

Alle auf einem Haufen – und ich mittendrin …

Mein Herz raste nicht mehr ganz so gewaltsam in meiner Brust, ich wollte mich hinsetzen und verschnaufen, kurz überlegen, aber ich durfte nicht, denn mittlerweile waren sie mir sicher schon auf den Fersen.

Ich musste hier weg!

Auf wackligen Beinen und barfuß, meinen Morgenmantel enger um mich herum zusammenziehend, schaute ich mich um und ignorierte die Blicke der anderen Menschen … Sie waren nicht so abfällig, wie sie es womöglich in einer anderen Stadt gewesen wären. Hier war man allerhand Verrücktheiten gewöhnt … Ein Polizist kam um die Ecke, sofort zuckte ich zusammen, wirbelte herum und suchte nach einer Möglichkeit, mich zu verstecken.

Da!

Schnell machte ich mich die ekelhaften Treppen herab und betrat eine dieser typischen Bahnhofstoiletten, stinkig, dreckig, alles andere als einladend.

»TONY ... ja ich weiß! Ich weiß! Ich bin doch schon auf dem Weg, verdammte Muschi noch mal!«, hörte ich eine verärgerte Stimme aus einer der drei Kabinen schimpfen, während ich mich auf die Waschbecken stützte. Kurz verschnaufte. Kurz nachdachte ... Über mir flackerte das Licht, und die grünen Wände verliehen allem einen ekelhaft kotzigen Schimmer. »Ja klar weiß ich die Adresse, jeder kennt doch Banks' verdammte Adresse ... Jacklin Boulevard sechs ... Jaaaa, ich mach dir keine verdammte Schande ...« Pause ... »Ich weiß genau, worauf ich mich einlasse, oh ja, mir ist klar, dass Banks der Teufel in Person ist, aber damit werd' ich fertig! Ja, auch damit, meine Güte, du denkst, ich habe auch gerade erst angefangen, oder? Ja, du mich auch!« Das Gespräch verklang, eindeutige Geräusche davon, wie sich jemand Drogen in die Nase zog, folgten.

Ich war so fertig, so todmüde, als hätte ich Wochen nicht geschlafen. Aber hätte ich mich jetzt hingesetzt, wäre ich nie wieder aufgestanden. Mit zitternden Händen wusch ich mir das Gesicht und genoss die Kühle auf meiner verklebten Haut.

Ein Stöhnen aus der Kabine ... ein dumpfer Knall und ich erstarrte – mit den Händen vor dem Gesicht. Schaute mich im Spiegel an – in meine blauen gehetzten Augen, dann drehte ich mich um und fragte. »Miss?«

Keine Antwort.

»Miss?« Oh bitte, sie durfte nicht tot sein, oder so was! Denn dann wäre ich Zeugin eines – Mordtodes oder was-auch-immer, und dann müsste ich hierbleiben und eine Aussage machen und dann … dann wäre meine Flucht bereits beendet.

Mit stockenden Schritten und zitternden Knien ging ich auf die Kabine zu und drückte sie dann vorsichtig auf. Es war nicht zugesperrt gewesen, so schaute ich kurz darauf auf die am Boden liegende Frau. Die knallrote Perücke war ihr etwas vom Kopf gerutscht, der dürre Körper mit den riesigen, so unnatürlich wirkenden Brüsten steckte in einem hautengen schwarzen Lackkleid. Mein Blick fiel auf das Röhrchen in ihrer Hand, auf den sich eher widerwillig hebenden und senkenden Brustkorb, auf ihr stark geschminktes Gesicht, künstliche Wimpern, aufgespritzte Lippen, lange, rote Fingernägel … dann auf die Tasche, die so unschuldig neben ihr auf dem Boden stand …

Es war, als hätte sie mir das Schicksal geschickt. Ein sadistisches Schicksal, das irgendwo da oben saß und mich teuflisch grinsend beobachtete.

Konnte ich es wagen?

Würde ich es wagen?

Durfte ich es wagen?

Blieb mir eine andere Wahl?

Nein!

Mit dem Mut der Verzweiflung eines gehetzten Tiers packte ich ihre übervolle Tasche und riss ihr die Perücke vom Kopf ...

Und *wie* ich es wagen würde!

Oh ja!

Eine Jungfrau würde zu einer Nutte werden ... denn das war meine einzige Chance.

2. Die Ober-Profi-Nutte

Regan

Die goldenen Heels waren mir viel zu groß und ich stolperte und polterte eher so vor mich hin, als dass ich mich sexy hüftschwingend vorwärtsbewegte, wie man es von einer Frau ... meines äh ... Berufsstandes eigentlich erwartet hätte. Das Make-up, das ich in ihrer Tasche gefunden und mit zittrigen Händen aufgetragen hatte, war auch alles andere als professionell. Außerdem war mir das Kleid viel zu groß, zumindest an den Brüsten ... Und die blöden halterlosen Strümpfe, die ich in der Tasche gefunden hatte, rutschten immer wieder meine viel zu dünnen Schenkel herab. Wenigstens sah man so den tiefen Kratzer auf meiner Wade nicht, von der ich noch in den Toiletten das Blut gewaschen hatte.

Ich musste das jetzt durchziehen – ab jetzt war ich nämlich Nancy Simmens ... alias *Sirene* ... wie sie sich als

Prostituierte nannte. Ich wohnte in einem Trailerpark, im Süden New Yorks. Ich hatte keinen Führerschein und keine Krankenversicherung, aber ich besaß Unmengen an Drogen in der Tasche (die ich in einem Papierkorb entsorgt hatte) und außerdem allerhand Spielsachen für Erwachsene. Von der Hälfte wusste ich nicht mal, was es war ... oder wie man es verwendete, und ich hatte einen Termin bei einem Freier, was gut war, denn wenn ich etwas neben einer neuen Identität brauchte, dann war das Geld.

Und das würde ich mir jetzt verdienen.

Scheiß drauf, dass ich mir meine Jungfräulichkeit für den Richtigen aufgehoben hatte, während ich in meinem pinkfarbenen Mädchenzimmer gelegen und von dem perfekten ersten Mal geträumt hatte. All das ... bedeutete nichts mehr, denn ich musste alles dafür tun, um nicht dahin zurückkehren zu müssen!

In die Hölle!

Ich war fest entschlossen.

Und wenn ich etwas besaß, dann einen starken Willen!

Ein bisschen Sex mit einem total Fremden, was war das schon?

Es konnte nicht viel schlimmer werden, als das, was ich in den letzten acht Wochen erlebt hatte!

Nichts konnte schlimmer werden als das!

Trotz all dieser jämmerlichen Versuche, mir die Lage schönzureden, schlug mein Herz bis in meinen Hals, als ich vor einer dieser Snob-Häusermonster stehen blieb und an der Glasfassade hochsah, die weit in den dunklen Himmel ragte. Ich war so müde, so fertig ... und doch musste ich weitermachen.

Ich musste irgendwie das Unmögliche schaffen und wie eine Prostituierte rüberkommen!

In meinem eher langweiligen Leben war ich ja schon auf verdammt verrückte Ideen gekommen, wie zum Beispiel, den Gottesdienst zu schwänzen – man kann sich meine Mutter daraufhin als feuerspeienden Drachen vorstellen –, oder Kevin Monroe einen anonymen Liebesbrief zu schreiben, auf dem ich meine Lippen in einem Kussmund verewigt hatte. Dafür hatte ich den Lieblingslippenstift meiner Mom benutzt, und wenn sie das jemals erfahren würde ... Ich wollte gar nicht daran denken! Ich war sogar im Sommer manchmal in Unterwäsche in den kleinen Fluss hinter unserem Haus gesprungen! Ich kaute immer viel zu viele Kaugummis auf einmal – mindestens fünf Stück –, und ich hatte mich einmal beim Chinesen so überfressen, dass ich Bauchschmerzen bekommen hatte, aber ich hatte immer noch weitergegessen, weil ich Frühlingsrollen nun mal liebte! Außerdem hatte ich als kleines Mädchen mal einen Welpen vom Nachbarn geklaut und meiner Mom erzählt, ich hätte ihn im Wald gefunden ...

Aber noch niemals hatte ich sowas getan!

Gott, Regan! Was hast du dir dabei nur gedacht?

Der so gar nicht müde aussehende Pförtner schaute mich keineswegs abschätzend an, sondern informierte mich, sobald er mich erblickte, höflich, dass ich schon erwartet wurde und wohin ich gehen sollte.

»Dritter Stock – es gibt pro Etage nur eine Mietpartei. Einfach eintreten, es ist offen, die erste Tür rechts.«

Ich ging ...

Also stolperte ...

Und dabei schlug mein Herz immer schneller, mein Mund wurde immer trockener, dafür meine Hände immer feuchter!

Aber ich würde das durchziehen!

REG, du kannst das!

Du kannst alles, wenn du es nur willst!

Tschakka!

... und so!

3. Das Desaster

Ryan

Ich saß hinter meinem Schreibtisch, eine Hand flach auf der Tischplatte, die andere meine Zigarette haltend, und fixierte die Tür.

Wo zur Hölle blieb sie?

Es war zehn Uhr.

Punkt zehn!

Nur das obligatorische Klopfen an der Tür blieb aus, obwohl mir Eric von der Rezeption längst per Knopfdruck signalisiert hatte, dass sie auf dem Weg war.

Heftig zog ich an meiner Kippe, inhalierte tief, zog gleich noch mal und löschte sie in dem Aschenbecher aus Quarz auf meinem Schreibtisch. Er stand immer hier, meistens war er sogar sauber, heute nicht.

Heute hatte ich definitiv schon zu viel geraucht.

Meine Augen verengten sich, ich meinte, ein Geräusch

ausgemacht zu haben, eine Fingerspitze zuckte, während ich langsam mit der nun freien Hand zu meinem Mund fuhr. Überlegend, abschätzend. Schminkte sie die Lippen nach? Ich hasste übermäßiges Make-up, selbst bei einer Nutte. Oder überprüfte sie noch mal ihr Aussehen im Taschenspiegel? Das war legitim, aber nicht, wenn sie gerade dabei war, sich zu verspäten. Ich wollte sie ficken, nicht fotografieren, was interessierte es mich, ob ihre beschissenen Haare lagen?

Oder wollte sie einen besonders spektakulären Auftritt?

Dann war sie bei mir an der falschen Adresse.

Gerade wollte ich aufstehen, als es an der Tür polterte, dann erst ertönte ein Klopfen, und noch ehe ich etwas sagen konnte – was auch immer das sein sollte – wurde geöffnet und SIE stolperte wortwörtlich in den Raum.

Fast wäre sie gefallen, hielt sich gerade so am Türrahmen fest und keuchte ein bisschen, als wäre sie einen Marathon gelaufen. Nachdem sie einen Moment das dunkle Parkett meines Bodens angestarrt hatte, sah sie auf und meine erste Reaktion war ...

Totale Fassungslosigkeit.

Und ich bin tatsächlich nicht sehr häufig fassungslos.

Dass sie eine Perücke trug, war schon daran zu erkennen, dass sie beim Aufsetzen etliche ihrer blonden Haare wohl vergessen hatte, denn diese hingen im Nacken und an den Seiten noch heraus. Das Make-up ihrer Augen bestand aus ... äh, schwarzer Farbe, die sie großzügig auf den Lidern und darüber hinaus aufgetragen hatte. Was wohl den verunglückten Versuch von Smokey-Eyes darstellen sollte. Ihr Lippenstift war so aufgetragen, dass die Hälfte der grellroten Farbe über die Lippenränder hinausging, und das schwarze Lackkleid umschlackerte ihre schmale Figur so sehr, dass ich unfreiwillig jede Menge cremig weißer Haut ausmachen konnte. Ein Wunder, dass ihr das Ding nicht einfach über die Schultern rutschte.

Sie trug Strapse, halterlos, weshalb der eine über ihren Oberschenkel gerutscht war und gerade versuchte, auch ihr Knie zu überwinden, während der andere ebenfalls die Reise abwärts angetreten hatte. Der Grund für ihr seltsames Eintreten waren übrigens die goldenen Heels, die ihr mindestens zwei Nummern zu groß waren.

Dies war mit Abstand die erbärmlichste Nutte, die ich jemals in meinem Leben gesehen hatte. Und was zur Hölle suchte sie bei mir?

Heilige Scheiße, ich konnte es schlicht nicht glauben, sie wohl genauso wenig. Denn mit einem kleinen »Oh« öffneten sich ihre grellrot geschminkten Lippen, ihr Blick huschte durch den Raum und fand mich im Halbdunkel an meinem massiven Schreibtisch sitzend. Ich hob die Brauen.

Sie schluckte laut, dann straffte sie sich und versuchte sich in einem … lasziven Grinsen, das sollte es wohl zumindest darstellen. Mich erinnerte es aber eher an eine verunglückte Grimasse.

»Hi …«, hauchte sie lasziv. Jawohl sie HAUCHTE absolut übertrieben, und ob ich wollte oder nicht, meine Mundwinkel zuckten zu einem kleinen Grinsen nach oben.

Eigentlich sollte ich sie rausschmeißen, und zwar sofort!

Stattdessen lehnte ich mich in meinem Sessel zurück, einen Ellbogen abgestützt, die Hand am Kinn, den Zeigefinger sinnierend an den Lippen und sagte … NICHTS.

Wenn sie schon die Dreistigkeit besaß, hier so reinzupoltern, dann sollte sie sich winden! Sie sollte Qualen leiden! Und sie sollte Angst haben, Angst, die ich sehen, die ich schmecken, die ich *genießen* konnte.

»Äh …«, machte sie, ihr Blick schweifte abermals durch den Raum, dann warf sie sich förmlich zu der Couch und … versuchte, sich in einer sexy Pose dagegen zu lehnen. Allerdings rutschte sie ab und landete das zweite Mal innerhalb von drei Minuten fast auf dem Boden.

Sie *amüsierte* mich.

Ihre Hektik machte mich an, obwohl ich Hektik und Ungeschicklichkeit im Allgemeinen nicht ausstehen konnte. Im Allgemeinen verabscheute ich Derartiges sogar.

»Gottverdammte Scheiße nochmal!«, fluchte sie, als sie sich gefangen hatte und zerrte den Strumpf ihren linken Schenkel hoch. Ich legte den Kopf schief. Sie besaß hübsche Schenkel. Einen hübschen Körper und ein hübsches Gesicht, zumindest stellte ich mir das mit viel Fantasie vor, denn die schwarzen Schlieren versauten derzeit alles.

»Ich bin Sirene«, HAUCHTE sie wieder, und ich musste nun wirklich ein Schmunzeln unterdrücken.

Meine Fresse. WAS WAR DAS?

Das war wie ein Unfall! Grauenhaft und verstörend, aber ich konnte auch nicht wegschauen, als sie endlich auf mich zukam, oder besser gesagt zuhumpelte wie ein verdammter Zombie, sich an der Kante meines Flokatis verhakte und nun tatsächlich hinfiel ... Sie landete vor meinem Schreibtisch ... verschwand somit kurzzeitig aus meinem Blickfeld. Ich runzelte die Stirn, als ich sie erneut leise fluchen hörte, doch kurz darauf kam sie um die Ecke gekrabbelt, wie ein Ding aus einem japanischen Horrorfilm. Und da sollte Mann einen Ständer bekommen? Eher nicht.

Trotzdem stand er wie eine Eins ...

Weil ihre kleinen Hände bebten, als sie sich vor mir aufrecht hinkniete und die Patschefinger auf meine Knie legte?

Weil ihr Atem zu schnell ging?

Weil ihre Wangen knallrot waren?

Und ihre Augen so ängstlich, so unschuldig ... so verdammt heiß irgendwie!

Dies war keine Professionelle, ganz sicher nicht. Sie spielte irgendein abgefucktes Spiel mit mir – und ich entschied, ihr klar zu machen, was geschah, wenn man versuchte, mit Ryan Banks zu spielen. Wenn hier einer spielte, dann war ich das!

Ich und sonst keiner!

Regan

Er saß da im Halbdunkel, und das Erste, was mir auffiel, war, dass er nicht schlecht aussah. Also ich meine damit *wirklich* nicht schlecht. In diesem schnieken Penthouse, dem schnieken Anzug, dem schnieken Haarschnitt ... doch sein Blick hatte etwas an sich, das die Härchen auf meinen Armen aufstellte. Außerdem war das echt ein bisschen creepy so, wie sein Gesicht in Licht und Schatten getaucht war ... Nicht wirklich sichtbar und doch klar und scharf geschnitten.

EGAL!

Denk an Pretty Woman!

Was will der olle Hähnchenbrust Gere von Julia Roberts? Was macht eine Prostituierte, wie verhält sie sich?

Sei sexy!, brüllte alles in mir, als ich auf ihn zukroch und vor ihm knien blieb.

Er schaute mich immer noch absolut ungerührt an, aber eine Augenbraue schoss in die Höhe ... Dann folgte mein Blick seinen Händen, ich sah, wie er nach unten tastete und langsam direkt vor meinen Augen seinen Gürtel öffnete. Mein Herz schlug mit jeder Sekunde schneller, trommelte sich in seinem wilden Stakkato fast aus meiner Brust. Aber ich würde keinen Rückzieher machen! Ich *durfte* nicht!

Das Klirren des Gürtels hallte verstörend laut in meinen Ohren, übertönte fast das Rauschen meines Blutes, als er den Knopf öffnete und den Reißverschluss runterzog. Dann nahm er seine Hände zurück, legte sie auf die Armlehnen des nach Leder riechenden Sessels und lehnte sich zurück.

Schaute auf mich herab.

Sagte kein Wort.

Alles an ihm war fordernd und überheblich und ziemlich verstandraubend!

Er wollte, dass ich ihm einen blies?

Oh Gott!

Sowas hatte ich noch nie gemacht!

Ich hatte gar nichts jemals gemacht, außer mit meinem besten Freund Jim verbotene Küsse hinter der Turnhalle auszutauschen. Schlabbrige Küsse, peinliche Küsse, weshalb wir auch ziemlich schnell wieder damit aufgehört hatten. Aber das war's! Das waren meine ganzen Erfahrungen. Und jetzt sollte ich einfach so einem fremden Mann einen blasen! Ich wusste nicht, ob ich die Nerven dazu hatte! Wusste nicht, was ich tun sollte … ich meine, ich wusste schon, dass man nicht wirklich blasen, sondern lutschen sollte, oder? ODER?

Tu was! Tu sofort was! Er sieht momentan wirklich nicht sehr glücklich aus!

Trotz der immer größer werdenden Panik, ließ ich meine Hände seine Oberschenkel hochfahren, fühlte nebenbei starke Muskeln unter edlem Stoff, und schluckte den Kloß in meinem Hals runter. Ich schloss die Augen und schluckte erneut, dann schob ich eine Hand in seine Hose.

Er trug keine Shorts, und ich zuckte zurück, als ich seinen … PENIS anfasste.

Hart und heiß.

»Oh Gott, oh Gott!«, keuchte ich, da hatte er mich auch schon mit einem Mal unter den Armen gepackt und vor sich auf den Schreibtisch gesetzt. Im nächsten Moment hatte er meinen Kiefer in einer Hand und stand direkt vor mir. Und er war echt groß und echt sauer …

Scheiße.

»Was. Soll. Das?« Er sprach nicht laut oder so, aber er betonte jedes einzelne Wort, und da war etwas in seiner Stimme, das mich eiskalt erwischte. Etwas Herrisches, Dominantes, etwas, das mir offenbarte, dass ich gerade versucht hatte, den falschen Kerl zu verarschen. Außerdem war sein Gesicht jetzt endlich auch von den hereinfallenden bläulichen Lichtern erhellt, und was ich sah, ließ den Atem in meiner Kehle stocken.

Denn dies war eindeutig der schönste Mann, den ich je gesehen habe, der schönste – und der gefährlichste. Ganz bestimmt!

Und ich saß in der Falle.

Mist!

4. Shit!

Ryan

Ich wollte sie wegschicken, ganz ehrlich, was sollte ich mit diesem Ding?

Sie würde mir ganz bestimmt nicht geben können, was ich wollte und wofür ich bezahlt hatte – das nur nebenbei. Doch ihre lächerlich herausfordernde Art, dieser jämmerliche Versuch, Nutte zu spielen, und so weit davon entfernt, eine zu sein, brachte mich zu dem Entschluss, ihr eine Lektion zu erteilen. Sie war jung, wie jung, wollte ich nicht wissen, es ging mich auch nichts an. Sie war als Nutte zu mir gekommen, die orderte ich immer bei einer Agentur – sprich: Einem Zuhälter – mehr musste mich nicht interessieren. Sie wollte sich aus Gründen, die nur sie kennen konnte, auf diesen Schwachsinn einlassen.

Und ich wollte sie.

Sie reizte mich, ich war schon seit Minuten unter meiner Hose steinhart, mein Schwanz wusste jedenfalls sehr genau, wohin er wollte, und dem war ihre Aufmachung fuckegal.

Langsam zog ich sie von meinem Schreibtisch, mitten in den Raum ... dann umrundete ich sie. Der Vergleich mit dem Jäger und der Beute war bestechend, denn ihre Augen weiteten sich, sie waren grellblau, so unpassend zu den flammend roten Locken. Ohne diese lächerliche Perücke sah sie garantiert ganz anders aus, ein anderer Typ Frau.

Kaum gedacht, packte ich die künstlichen Locken und zog. Ein leiser Schrei ertönte, und eine blonde, leicht schmutzige, lange Pracht ergoss sich über ihre schmalen Schultern. Sie hatte sie nicht mal mit Haarklemmen befestigt. Einer der Träger ihres grotesken Kleides war heruntergerutscht, sodass die helle Haut fast unschuldig vor mir lag. Sie weiter umrundend, musterte ich kritisch ihr Gesicht. Ja, unter all der laienhaft aufgetragenen Schminke mochte sie unschuldig sein, ein Mädchen, unerfahren, ganz bestimmt keine Professionelle.

Ein Lamm in den Fängen des Löwen.

Die Metapher ließ mich gleich noch etwas härter werden.

Ich sah in ihren Augen den Wunsch zurückzuweichen, sah sie gleichzeitig dagegen ankämpfen, sah daneben ihren Entschluss, sich in diese Geschichte zu werfen, ins Wanken geraten, ihn aber niemals sterben, und mein eigener verfestigte sich nochmals.

Ich hatte bereits für sie gezahlt, und ich würde sie mir nehmen.

Ohne sie aus den Augen zu lassen, stellte ich mich vor sie. Mein Blick glitt an ihr hinab, jedes Detail registrierend. Über die lieblichen Züge, die ich unter all dem Make-up deutlich ausmachen konnte, über die Schlüsselbeine unter zarter, heller Haut, das tiefe Dekolleté des Kleides, in dem ihre Titten verschwanden, die schmale Taille und die Beine, an denen einer der Strapse schon wieder runtergerutscht war.

Warum schlug mein Herz auf einmal so schnell?

Warum war mein Schwanz in den letzten Sekunden noch etwas härter geworden und pulsierte nun fast schmerzhaft in meiner Hose?

Warum fühlte ich mich wie bei einer Premiere, wie auf einem Prüfstand, wie … wie … vor der größten Herausforderung, der ich mich bisher gegenübergesehen hatte?

»Wie oft hast du das schon gemacht?«, hörte ich mich fragen.

Sie starrte mich mit diesen erschrockenen Augen an, und räusperte sich krächzend. »Äh … total oft, ehrlich, extrem oft. Ich kenn mich aus!«

Ich starrte sie nur an, fühlte ihren warmen, hektischen Atem auf meinem Gesicht, das ich zu ihr hinab geneigt hatte. Und ich feierte, wie sie sich unter meinem Blick wand, wie sie ihre kleinen Zähne in ihrer Unterlippe vergrub, sodass sie danach voller Lippenstift waren. Wie sie die Lider niederschlug, sodass ich Bekanntschaft mit von Mascara verklebten Wimpern machte.

»Okay, nicht so oft«, hauchte sie nach einer Weile.

Noch immer sagte ich nichts, sondern erdolchte sie mit den Augen, wie sie nach einem kurzen Blick zu mir bemerkte.

Ein resigniertes Stöhnen brach über ihre Lippen, dann rückte sie endlich mit der Wahrheit heraus. »Noch nie.«

»Jetzt kommen wir der Sache schon näher«, sagte ich samtweich. »Sieh mich an!«

Es kostete sie sichtliche Überwindung, aber sie hob abermals den Blick und hielt ihn dann fest in meinen gerichtet. Auf ihren bleichen Wangen hatte sich eine zarte Röte eingestellt, was sofort Fantasien von ihrem kleinen Arsch und meiner Hand darauf in mir hervorrief. Ihr Atem ging hektisch und stoßweise, und ihre Lippen wirkten trocken, fast rissig. Gerade, als ich mich daran stören wollte, fuhr sie mit kleiner, rosa Zunge einmal darüber ... ich kam fast.

»Willst du bleiben?«, erkundigte ich mich sanft, und der Bastardteil in mir hoffte auf ein Ja.

Sie antwortete nicht sofort, ich sah die inneren Zweifel auf ihrem Gesicht, sah sie Pro und Contra ein weiteres Mal abwägen, obwohl mir nicht klar war, was auf der Pro-Seite stehen sollte, während ich innerlich die Fäuste ballte ...

»Ja«, sagte sie schließlich, ihre Stimme brach. Ich sah ihre Unterlippe zittern, wusste, dass ihr das Herz bis zum

Hals schlug und konnte nicht umhin, ihr für ihren Mut zu gratulieren.

Als ich sie an der Hand nahm und zurück zum Schreibtisch führte, verzog ich keine Miene, während in meinem Kopf die Gedanken nur so rasten, wobei kein einziger davon klar und deutlich wurde. Ganze Welten von Möglichkeiten stürmten auf mich ein, unmöglich zu entscheiden, welcher ich zuerst nachgeben sollte.

Am Tisch angekommen wandte ich mich zu ihr um und ignorierte die glitzernden Augen, als ich sie an der Taille auf die Tischplatte setzte und mich zwischen ihre Beine schob.

Das Glitzern wurde deutlicher, wässriger, während ich sie zurückdrängte, bis sie auf ihrem Rücken zum Liegen kam.

Das Kleid war Schrott, sie hätte es gar nicht erst anziehen sollen, weshalb ich es ohne Bedauern ausgehend von ihrem Dekolleté aufriss. Das laute Ratschen ertönte im Raum. Der Stoff war porös und alt, das war nicht mal Ware von der Stange, sondern eher aus irgendeiner drittklassigen Hinterhofschneiderei.

Unter dem Kleid trug sie keinen BH, was mich einigermaßen verblüffte – zum zweiten Mal an diesem Tag. Der Anblick der festen Titten mit den kleinen Warzen, gab mir den Rest. Sollte es noch Zweifel gegeben haben, dann waren sie nun verflogen …

Regan

Ich hatte keine Wahl, auch wenn er das nicht wissen konnte. Abgesehen von dem, was mich in diesem Zimmer von diesem Mann erwartete, gab es nichts. Und genau deshalb sagte ich ja, wobei mir klar war, dass ich das bereuen würde und nicht klar, ob ich überhaupt konnte, was er von mir verlangte.

Konnte ich eine Prostituierte sein?

Ich, das Mädchen ohne Erfahrung, frisch aus dem Irrenhaus geflohen, in dem sie gesessen hatte, ohne irre zu sein?

Ja, er war heiß.

Ja, er war unglaublich schön.

Und geheimnisvoll.

Und er roch unsagbar gut!

Aber er war auch ein Mann, ein großer Mann, einer, der viel stärker als ich war, und der genau wusste, was er von einer Frau erwartete, ganz besonders von einer, die er bezahlt hatte.

Ich wusste, dass ich ihm das nicht bieten konnte.

Und …

Und verdammt, ich hatte solche Angst!

Zum ersten Mal lag ich fast nackt vor einem Mann, der sich Zeit nahm, mich zu betrachten, während die Panik mir die Kehle abdrückte.

Mein Atem kam nur noch stoßweise, als er eine Hand an meinen Hals legte und mich mit zur Seite geneigtem Kopf betrachtete.

»Es ist nur Sex, Baby«, sagte er mit dieser sexy Stimme. »Nur verdammter Sex.«

Super, der Beitrag!

Fast hätte man meinen können, er würde mich trösten, warum auch immer, aber das Funkeln in seinen Augen belehrte mich eines Besseren. Ich schloss die Lider, als er seine Lippen an meinen Hals legte, mit ihnen langsam über meinen Hals glitt, doch sein herrisches »Sieh mich an!« ließ mich die Lider sofort wieder hochreißen.

»Wehre dich nicht dagegen«, hörte ich ihn an meinem Schlüsselbein murmeln, bevor er es mit der Zungenspitze nachfuhr, weshalb ich heftig erschauerte. »Genieße es ...«

Sanft und verführerisch drang seine Stimme an mein Ohr, während seine weichen warmen Lippen sich um meine Brustwarze schlossen. Als er daran saugte, beugte ich mit einem schockierten Stöhnen den Rücken durch ... wollte mich in seine Haare krallen, mich instinktiv an etwas festhalten, aber er packte meine Unterarme und drückte sie rechts und links von mir auf den Tisch. »NICHT. BEWEGEN!«, knurrte er, während er meinen Blick gefangen hielt, solange, bis ich hektisch nickte. Dann beugte er seinen Kopf wieder über meine Brust, umkreiste meinen Nippel mit der Zunge, meinen Blick immer noch festhaltend ... Ich biss mir fest in die Unterlippe, um mich nicht zu winden. Was ihm nicht entging, denn er grinste und seine Augen funkelten.

Mein Herz dröhnte in meiner Brust, bis in meinen Hals, meinen Kopf ...

Kurz darauf schob er mit einem Ruck die Reste meines Kleides hoch, sodass sich der Stoff nun an meiner Hüfte bauschte. Wieder war ich versucht, die Augen zu schließen, doch ich riss sie auf, als er mir in den Bauch biss.

»Oh!«, keuchte ich.

Er gluckste an meiner Haut und zog eine feuchte Spur bis zu meinem Höschen. Weiß. Unschuldig. Das der anderen Frau hatte ich nicht anziehen wollen ... Ich wurde knallrot, als er es fast schon sinnierend mit schief gelegtem Kopf betrachtete, als er MICH betrachtete, so schutzlos vor ihm liegend. Ihm total ausgeliefert, ängstlich, mit wild pochendem Herzen und rauschendem Blut.

»Spätestens jetzt wäre klar, dass du keine Hure bist! Runter da!« Er zog mich am Arm vom Tisch, ging zwei Schritte zurück, ließ sich in seinen Sessel fallen und zündete sich eine Zigarette an.

»Ausziehen!«, befahl er. Sobald sein Körper und vor allem seine Lippen von mir gewichen waren, wurde mir kalt. Eiskalt ... Die zaghafte Erregung, die er soeben so leicht in mir entfacht hatte, kühlte merklich ab, und ich zögerte, leckte mir nervös über die Unterlippe.

»Ich ... ich weiß nicht mal deinen Namen«, stieß ich mit widerlich bebender Stimme vor. Aber verdammt, Zeit gewinnen, lautete die Devise.

Er lachte auf, kurz und hart. Dann wurde er schlagartig ernst.

»Hör auf, Zeit zu schinden und tu, was ich dir sage! Beim Ficken tun Namen nichts zur Sache!«

Ich wurde knallrot, als er das F-Wort sagte, gleichzeitig rief ich mir in Erinnerung, dass er meine einzige Chance war, und ließ den Rest vom zerfetzten Kleid zu Boden fallen, befahl mir, nicht darüber nachzudenken, was für ein Bild ich wohl abgab, als ich fast umfiel, nur weil ich aus dem Kleidalbtraum stieg. Dann hakte ich die Finger in mein Höschen, bereit, die letzte Barriere, alles, was mich irgendwie noch vor seinem eindringlichen ungeduldigen Blick schützte, fallen zu lassen und … spürte wieder Tränen in meinen Augen.

Verdammt, die hatten mir gerade noch gefehlt!

Er sah sie, aber er reagierte nicht, stattdessen trieb er mich herrisch an. »JETZT!«

Ich kniff fest die Augen zusammen und zog mir schnell das Höschen die Beine runter, gleichzeitig konnte ich nicht verhindern, dass ich aufschluchzte und die ersten Tränen sich lösten.

Verdammt, Reg! Reiß dich zusammen! Da musst du jetzt durch, und hast du ihm nicht zugehört? Es ist Sex! Nur Sex! Zeit wird es, du bist achtzehn, verdammt noch mal. Und jetzt mal ganz ehrlich, heißer als der Typ war bisher keiner, der infrage kam. Also warum das Angenehme nicht mit dem Nützlichen verbinden, he? Vor allem, wo die

Gelegenheit echt günstig wäre. Jetzt komm schon! Hör auf zu flennen! Der Typ denkt bestimmt, du willst ihn verscheißern.

Jegliches mentale Gebrüll half nichts!

Gar nichts!

Und er zeigte auch keine Gnade, denn mit einem Mal war er vor mir, sein Zeigefinger unter meinem Kinn, er hob mein tränennasses Gesicht, sah es sich genau an und hauchte »Du bist heiß, wenn du heulst!«

Dann beugte er sich vor und küsste mich!

Nicht langsam und vorsichtig.

Sondern hart und verlangend.

So, dass sich mein Kopf drehte und ich mich an seinen Armen festhalten musste, um nicht zu stürzen. So, dass birnen Lichtgeschwindigkeit meine Knie weich wurden und das Blut in meinen Adern ungefähr in zwölffacher Geschwindigkeit pulsierte. Er küsste mich, wie ich noch nie zuvor geküsst worden war. Das,was er an meinem Mund tat, fühlte sich gut an, so stark und männlich, es lenkte mich für ein paar Sekunden von meiner kleinen Panikattacke ab. Doch gerade, als ich auf den Kuss eingehen wollte, wich er zurück, sein Atem ging nicht mal besonders schnell oder so was, und drehte mich mit einem heftigen Ruck um.

Am Nacken schob er mich zum Schreibtisch und beugte mich darüber, mit dem Arsch zu ihm.

Ob ich wollte oder nicht, ich keuchte wie blöd, der Schweiß stand mir auf der Stirn, meine Hände hatten sich um die Tischkante geklammert, egal, was jetzt passieren würde, es wäre garantiert ... NEU.

Und irgendein winziges Vögelchen wisperte mir, dass es wehtun würde.

Oh.

Mein.

Gott!

Und das, wo ich so verdammt schlecht in Schmerzenaushalten war.

Dann nahm er die Hände von mir.

Der Raum war erfüllt von meinem heftigen Keuchen, das ich einfach nicht abstellen konnte, außerdem fragte ich mich ernsthaft, wie wohl mein blöder Hintern – den ich persönlich ja schon immer für viel zu breit gehalten hatte –, aussehen würde.

Gott!

Ich presste die Augen zusammen, denn endlich konnte er es nicht sehen, wartete und wartete und ...

... und es geschah ...

Nichts.

5. No fucking Gentleman, oder doch?

Regan

Die Panik nahm ungeahnte Ausmaße an. Ich schluckte mehrmals an dem riesigen Kloß in meiner Kehle, presste die Lider zu ... erinnerte mich verbissen daran, dass ich Ja gesagt hatte! Dass ich das deshalb jetzt durchziehen musste! Dass ich keine Memme sein wollte und zu meinem Wort stand. Und ich wartete ... auf den Schmerz, denn dass es wehtun würde, also davon war ich mittlerweile überzeugt ... Gleichzeitig liefen die Tränen wieder. Ich war ein Weichei, aber ich konnte nicht aufhören zu schluchzen, denn ich hatte Angst, Angst vor dem Unbekannten. Angst davor, einfach so von diesem Mann benutzt zu werden, Angst davor, dass er mir wehtat!

Ich presste meine Stirn auf das kühle Glas des Schreibtisches, fühlte mich so schrecklich entblößt, gedemütigt, ausgeliefert, *allein*, und konnte das Beben einfach nicht mehr unterdrückten.

Tu es endlich! Tu es!, wollte ich brüllen.

Wieso folterte er mich so?

Wieso zog er es derart in die Länge?

Wieso tat er es denn nicht einfach?

Gerade als ich mich aufrichten und schauen wollte, was denn das Problem war, sah ich, wie er an mir vorbeiging, im nächsten Moment befand er sich schon an der Tür ... und einen Wimpernschlag später schloss sie sich hinter ihm ... klappte leise zu, kaum hörbar, doch es dröhnte unglaublich laut in meinem Kopf.

Verblüfft richtete ich mich auf.

Was ...

Was war das denn jetzt?

***

Lange musste ich nicht wie angewurzelt da stehen, dann öffnete sich die Tür wieder und er trat erneut ein.

Sofort wusste ich, dass dies die schlechtere der Alternative zum blöd Herumstehen war, denn er wirkte überhaupt nicht amüsiert.

Echt nicht.

Er sah mich auch nicht an.

»Komm!«, meinte er nur und ging wieder, was mich ja nun total ratlos zurückließ.

Was jetzt?

Wollte er seine Sexnummer in irgendeinem Bett fortsetzen? Sofort erschien vor meinem geistigen Auge das Bett aller Betten, französisch, mit schwarzer Seide bezogen, jede Menge Sexspielzeuge und Folterinstrumente, wie in Fifty Shades of Grey … egal, was er damit anstellen würde, es würde schmerzhaft werden. Besonders, wenn er mir den Hintern versohlte.

Oh.

Mein.

Gott!

Ich *wollte* nicht, dass mir der Hintern versohlt wurde!

Schon wieder kämpfte ich mit den Tränen, als mir klar wurde, dass ich wie zuvor keine Wahl hatte. Er wusste es vielleicht nicht, aber ich war ihm total ausgeliefert. Hier endeten sowohl meine Pläne – so überhaupt vorhanden – und meine derzeitige Welt.

Und so raffte ich eilig meine Sachen zusammen, wurde rot, als mir bewusst wurde, dass ich *nackt war* – mein Gott! –, presste unbeholfen die Reste des Ekelkleides vor meine Brust, meinen anderen Arm vor meinen Bauch und folgte ihm.

Bisher hatte ich nur einen dunklen Flur gesehen, war viel zu aufgeregt gewesen, um mich auf Einzelheiten zu konzentrieren, weshalb ich jetzt einigermaßen verwirrt war, als sich mir ein riesiges Apartment offenbarte.

Wie er war es in dunklen, fast ehrwürdigen Tönen gehalten – also gar nicht wie bei Fifty. Überall schimmerten Holzflächen, als würden allnächtlich jede Menge Hauselfen zum Polieren kommen, und in dem breiten Flur gingen links und rechts zahlreiche Türen ab.

Sein Rücken war gerade und die Muskeln spielten unter seinem Hemd, als er vor mir herging – oder sollte ich eher sagen schlenderte –, und sich kein einziges Mal umsah. Vermutlich ging er einfach mal so davon aus, dass ich folgte.

Vor einer der zahlreichen Türen blieb er stehen und stieß sie auf. Dann verharrte er … wie festgefroren. Da war kein Blick zu mir oder in den Raum, den er gerade geöffnet hatte. Genau genommen betrachtete er den blank polierten Boden.

Als ich auf seiner Höhe war, immer schön den Sicherheitsabstand wahrend, denn ich traute ihm nicht, nickte er in den Raum und griff an die Innenwand, bevor warmes Licht an der Decke eines hübschen Gästezimmers aufflammte.

»Hier kannst du schlafen«, sagte er knapp und musterte mich endlich. Auffordernd, gelangweilt, entnervt.

Perplex starrte ich ihn an, ich hatte mit dem Rauswurf gerechnet. Warum warf er mich nicht raus?

»Was ist?«, fuhr er mich an. »Jetzt geh, es steht nicht unter Strom, verdammt!«

Ich zuckte zusammen und machte, dass ich hineinkam. Sobald ich die Schwelle übertreten hatte, wurde die Tür hinter mir geschlossen und ich wirbelte herum.

Nein, er war nicht im Raum und ich damit allein.

Wieder.

Mist!

6. Rot

Ryan

Ich sah rot.

Seit mehr als einer Stunde und nichts deutete darauf hin, dass sich das Ganze demnächst mal in eine weniger dramatische Farbe ändern würde.

Was zur verdammten Hölle tat ich hier?

Begonnen damit, dass ich sie nicht anständig geknallt hatte, wie es mein Recht als zahlender Kunde gewesen wäre. Stattdessen war ich noch genauso unbefriedigt wie vorher, und das war ein Zustand, den ich schon seit Jahren nicht mehr erreicht hatte.

Dicke Eier!

Ein unterversorgter Schwanz.

Jede Menge Frustration!

Verdammt, ich fühlte mich wie ein Ehemann!

Warum hatte ich sie nicht wenigstens rausgeworfen, und zwar in hohem Bogen, am besten noch so nackt, wie sie war – nichts anderes hatte sie verdient, schließlich hatte sie versagt!

Wenn ich eine Frau wollte, die beim Sex heulte, dann würde ich sie mir genau so bestellen! Keine! Frau! Heulte, wenn sie Sex mit mir haben durfte, wenn sie zu den Auserwählten gehörte, wenn sie in den Genuss meines genialen Schwanzes kam.

Sorry, das war nur die Wahrheit!

Anstatt sie zu vögeln – hart und unerbittlich –, und dann rauszuschmeißen, oder gleich kurzen Prozess mit ihr zu machen, hatte mir eine Stimme, die ich wirklich sehr, sehr, sehr, sehr selten hörte, total nüchtern und einleuchtend erklärt, dass ich sie wenigstens für diese Nacht hierbehalten musste.

Die Stimme des Anstandes!

FUCKING ANSTAND!

Heilige Scheiße!

Warum?

Woher?

Und wieso?

Keine Ahnung!

Zu diesem Zeitpunkt hatte sich das Level meiner Wut allmählich von sanften Orangetönen in den rötlichen Bereich gesteigert.

Nein, ich hatte sie nicht gefragt, was die Scheiße sollte.

Ich hatte sie nicht zur Rede gestellt.

Ich hatte auch nicht ihren Boss angerufen, um das bei ihm zu tun und mein Geld zurückzuverlangen.

Stattdessen hatte ich sie in meinem Gästezimmer einquartiert!

Das musste man sich mal vorstellen!

Als ich so dumm war, genau das zu tun, war meine Wut allmählich tiefrot geworden.

Und jetzt saß ich hier, in einer Hand einen Whisky, in der anderen einen Joint, und mir war der wunderliche Gedanke gekommen, dass sie eventuell Hunger hatte.

HUNGER!

Vielleicht noch selbst gekocht und hübsch angerichtet.

»Fick dich!«, knurrte ich und lachte auf. Schön wär's!

Mit verengten Augen blickte ich von meinem Stuhl aus zum Fenster, hinter dem sich die dunkle Nacht erhob. Die Nacht mit all ihren Versuchungen, die Dunkelheit, mit der ich tabulosen, heißen Sex assoziierte, weil sie alles absorbierte, jede Spur davon verwischte, sodass man am nächsten Morgen wie neugeboren aufwachte. Mit der weißen Weste eines erfolgreichen Werbemanagers.

Ich liebte die Finsternis, schmeckte sie fast in meinem Mund wie die verruchte Luft eines Clubs, in dem die Tänzerinnen nackt auf den Tresen standen und verschiedene Whirlpools einluden, mit ein paar Nutten in die blubbernden Tiefen zu steigen. Früher war ich häufig in diese Clubs gegangen – in einen, um genau zu sein. Heute war das nicht mehr möglich, nicht zuletzt, weil besagter Club in seiner damaligen Form nicht mehr existierte, sondern auch, weil ich einfach keinen Elan mehr dazu hatte. Wenn ich nach einem Vierzehn-Stunden Arbeitstag nach Hause kam, war mir meistens nicht mehr nach duschen, umziehen, Haare stylen, Parfum auflegen und Frauen verführen. Ich wollte sie hier in meinem Apartment – auf dem Silbertablett. Ich wollte schnellen Sex, und dann wollte ich, verdammte Scheiße, nur noch pennen.

Ich war eben keine zwanzig mehr, sondern fast dreißig, diese Zahl des Grauens möchte man sich bitte einmal auf der Zunge zergehen lassen!

Was aber nicht bedeutete, dass ich mir meinen allabendlichen Sex nehmen ließ.

Harley hatte mir nicht nur einmal vorgeworfen, sexsüchtig zu sein – und tja, was brachte es, die Tatsachen zu verdrehen?

Wofür lebte ein Mann denn sonst, wenn nicht für einen guten Fick?

7. Böses Erwachen

Ryan

Mein Kopf dröhnte von dem Whisky, den ich in meiner Verzweiflung gestern noch in mich reingeschüttet hatte, als ich am nächsten Morgen die Lider öffnete. Wie immer war ich unausgeschlafen und ausgelaugt. Es war Sonntag, somit ging ich nicht ins Büro, aber von Ausschlafen war normalerweise auch nicht die Rede. Das existierte bei mir nicht. Schon seit meiner Kindheit. Selten schlief ich länger als zwei Stunden am Stück. Außerdem hatte ich einen straffen Tagesplan, ob ein normaler Arbeitstag oder nicht … Und ich liebte meine Ruhe – weswegen ich die Stirn runzelte, als durch die Tür eindeutig nervenaufreibende Töne drangen.

»Was zum Teufel …?«, knurrte ich und richtete mich auf, stieg nur in weißer Shorts aus dem Bett und folgte der ekelhaften Lärmbelästigung bis in meine Küche, mich traf fast der Schlag, als ich den hellen offenen Wohntraum aus Weiß und Schwarz betrat ...

Denn da war sie ... direkt vor der noch vernebelten Skyline, welche die Fensterfront hinter der Küche offenbarte.

Dieses ... dieses ... ich wusste gar nicht, wie ich es nennen sollte. KIND?

Es hatte mein Radio voll aufgedreht, weshalb LINKIN PARK aus den Boxen dröhnte. Sie trug nichts weiter als ein weißes Shirt – MEIN SHIRT, das sie eindeutig aus der Waschküche geklaut haben musste, oder war sie etwa in mein Zimmer geschlichen, als ich geschlafen hatte?

Erst jetzt wurde mir das gesamte Ausmaß der Katastrophe und mein Irrsinn bewusst.

Verdammt, Ryan, wie dämlich bist du eigentlich? Die Kleine hätte dich ausrauben, oder im Schlaf sonst was mit dir anstellen können!

Zu dem weißen Shirt, das bis knapp über ihren Hintern reichte, trug sie nichts. Nichts außer blasser Haut, eleganter Beine, sanft gerundeter Titten – mit aufgestellten Nippeln.

FUCK!

In meiner Hose regte es sich natürlich sofort, und ich machte kurz entschlossen einen Schritt auf sie zu. Ich hatte immer noch für sie gezahlt, und ich würde das gestern Versäumte nachholen – JETZT. Allerdings wirbelte sie in diesem Moment zu mir herum, als hätte sie die Gefahr in ihrem schmalen Rücken gespürt. Das verdammt strahlende Blau ihrer so verdammt unschuldigen Augen traf mich wie ein Geschoss, und ich blieb wie angewurzelt stehen, genau wie sie.

»OH!«, formte ein voller, sinnlicher Mund, den ich um meinen Schwanz spüren wollte, und verdammter Teig tropfte von der Kelle, die sie in der Hand hielt, fast in Zeitlupe auf den blank polierten Boden, der allein mich bei der Einrichtung bereits ein Vermögen gekostet hatte. Und da war wieder etwas – etwas an ihrer ganzen Art, das mich amüsierte, obwohl ich doch eigentlich angepisst hätte sein sollen.

Also hob ich einen Mundwinkel und eine Augenbraue, verschränkte die Arme vor der Brust, genoss ihr leises Keuchen, als sie mich das erste Mal fast nackt sah – mit enormen Ständer hinter der weißen Shorts, der sich nicht gerade unauffällig dagegen drückte und sofort so rot wie die Tomaten wurde, die dekorativ in der Schale zu ihrer Rechten lagen.

»Oh?« Ich legte den Kopf schief, scannte sie mit meinem Blick, genoss ihr Unwohlsein, den kleinen Schauer, als sich mein Augenmerk förmlich durch den dünnen Stoff des Shirts an ihren echt vollen, sicherlich himmlisch weichen Titten fraß ... »Was tust du hier?«, fragte ich, damit sie sich noch ein bisschen unwohler fühlte, noch ein bisschen roter im Gesicht wurde, damit ihre Augen noch ein bisschen mehr glitzerten.

Fuck, Ryan, wusste gar nicht, dass du so ein Sadist sein kannst, bemerkte diese kleine Stimme in mir spöttisch ... doch ich ignorierte sie.

»Pfannkuchen!«, stieß sie hervor.

Das eine Wort ließ meinen Schwanz pulsieren – ich schwöre es. Und immer noch fickte ich sie nicht. Obwohl sie schön war, im klassischen Sinne, wie ein kleiner, niedlicher Filmstar. Mit langem, goldblondem Haar, vollen roten Lippen, symmetrischen Zügen, geilen Titten und Kurven genau da, wo sie sein sollten.

Obwohl sie mich so anmachte.

Obwohl ich sie wollte, obwohl ich fast in meine Shorts zu kommen drohte, rührte ich mich immer noch keinen Millimeter ...

Wieso?

»Ich meine nicht jetzt«, sagte ich härter, als beabsichtigt, weil es mich anpisste, weil ich mich so nicht kannte, weil das nicht zu meinem Plan passte.

Sie runzelte die Stirn. »Hier?«

»Ja! Hier in dieser Stadt, in diesem Haus, in diesem Apartment, in dieser Küche. HIER.«

»Ich ...« Sie biss sich auf die Unterlippe und schaute zu Boden ... drehte sich etwas weg und legte langsam den Schöpflöffel zurück in die Schüssel. »Ich ... bin hier, weil du mich gebucht hast, oder?«

Ich lachte auf, trat von hinten an sie heran, und sie versteifte sich am ganzen Körper, was mir egal war. Hauchzart strich ich ihr die Haare aus dem Nacken, mit dem Finger der anderen Hand tauchte ich in den Teig und verteilte ihn auf ihrem anmutigen Hals. Dabei keilte ich sie mit einem Arm ein, den ich vor ihr am Tresen abstützte und hauchte fast an ihrer zarten, nach Vanille duftenden Haut. »Du kannst jetzt mit diesem elenden Schauspiel aufhören. Kein Mann würde dir jemals abkaufen, dass du eine Hure bist, Baby ...« Dann leckte ich ihr den Teig von der Haut und da ... ihr Körper entspannte sich für eine Sekunde, sie keuchte sogar auf und schmiegte sich an mich. Ihr kleiner, heißer Arsch streifte meinen Ständer ... und ich biss die Zähne aufeinander, musste mich zurückhalten, um nicht über sie herzufallen, wie das sonst meine Art war.

Und ich hielt mich zurück.

Immer noch.

Interessant ...

Sie wurde zu Wachs in meinen Händen.

Und ich zu Stein in ihren.

Bevor sie sich straffte, zu mir herumwirbelte, mich verzweifelt und schon wieder mit diesen Fucktränen in diesen Fuckaugen ansah. Da ich sehr nah vor ihr stand und auch nicht abrückte, waren wir fast Nase an Nase, als sie wisperte: »Es tut mir leid!«

»Was?«, fragte ich hart, nur darauf bedacht, mich zurückzuhalten.

»Dass ich ... dass ich versucht habe, dir etwas vorzumachen, aber ich hatte keine andere Wahl! Ich war verzweifelt!«

»Wieso?«

»Weil ich auf der Flucht bin!« Dramatisch riss sie die Augen auf, ich musste schon wieder grinsen.

»Aha.«

»Ja! Sie sind mir sicher schon auf den Fersen!« Gott, sie war verdammt niedlich! Ich konnte ein warmes Schmunzeln einfach nicht mehr unterdrücken.

»Wer?« Die Bullen, weil sie ihrer Barbie den Kopf abgeschnitten hatte? Der Kirchenchor, aus dem sie ohne Erlaubnis ihrer Eltern ausgestiegen war? Wer sollte sie denn bitte schon jagen? Was sollte so ein engelhaftes Wesen schon verbrochen haben?

Engelhaftes Wesen?, höhnte diese abgefuckte Stimme in mir. *Fuck, Alter! Wird Zeit, dass du sie genau jetzt packst, auf die Anrichte hebst und durchfickst! In deinem Hirn läuft was nicht richtig.*

»Die aus der Anstalt!«, wisperte sie fast schon beschwörend und starrte mir dabei immer wieder auf den Mund. *Yeah Baby, er ist heiß, aber er wird nie das tun oder sagen, was du von ihm erwartest, vergiss es!*

»Aus welcher Anstalt?«

»Aus dem St. Helena Sanatorium«, gestand sie mit brüchiger Stimme.

»Was ist das?«

»Ein Sanatorium für … psychisch Erkrankte.«

»Wieso warst du da drin?«

Abermals senkte sie den Kopf und schaute beschämt zu Boden, ohne mir zu antworten. Ich konnte nicht anders und legte einen Zeigefinger unter ihr Kinn …

»Wenn ich dich etwas frage, wirst du antworten!«, knurrte ich. »Gleich! Ansonsten bist du schneller hier weg, als ich dir ins Gesicht spritzen kann!«

Sie riss ihre Augen auf, nickte dann aber fest ...

Ich hob eine Braue. »Also?«

»Ich ... bin ein bisschen ausgeflippt?«

Was hatte sie getan? Ihr Haus angezündet? Ihre Mutter gekillt? Ihren Vater? Ihren Bruder? Ihre Katze?

»Etwas genauer!«

Sie löste ihr Kinn und schaute nach unten ... auf unsere nackten Zehen, die so nah beieinanderstanden.

»Ich ... ich habe ... masturbiert.« Sie sagte es, als hätte sie jemanden umgebracht. Ein für mich echt untypisches Lachen schoss über meine Lippen und hallte ungewohnt zwischen uns wider.

»Deine Eltern haben dich einweisen lassen, weil du es dir selbst gemacht hast?«

»Meine Mutter! Sie ... sie sagt ... ich bin besessen!«

»Von wem? Deinen Hormonen?«

Sie verzog das Gesicht, bevor sie den Kopf schüttelte und von mir wegschaute. »Ich ... ich durfte das nicht tun, Gott verbietet es, und sie hat mich voll dabei erwischt – und dann hat sie denen erzählt, ich wäre sexsüchtig.«

Scheiße! Fast hätte ich aufgelacht.

Sie war eindeutig die Unschuld in Person und ich hatte gestern ... gestern fast ...

RYAN, sie kam als Nutte zu dir, also behandele sie verdammt noch mal auch wie eine Nutte!, donnerte die eine Stimme.

Aber sie IST keine Nutte, sie ist ein kleines, irres Mädchen!, knurrte eine andere.

Ich sprach ein bisschen lauter, um beide zu übertönen: »Also noch mal, deine Mutter hat dich beim Masturbieren erwischt, hat dich daraufhin in die Klapse eingewiesen und dann?«

»Dann musste ich Tabletten nehmen und an Gruppensitzungen teilnehmen.«

»Und?«

Sie runzelte die Stirn. »Und das fand ich irgendwie ... blöd.«

»Was? Die Tabletten oder die Gruppensitzungen?«

Sie räusperte sich, frisches Rot hatte ihre Wangen geflutet. »Beides.« Als sie aufsah, bemerkte sie offensichtlich, dass es damit nicht genug war, und sie fügte hinzu: »Die Tabletten haben mich total wirr im Kopf gemacht, und in den Gruppensitzungen musste ich ständig erzählen, was ich getan hatte und den Herrn um Vergebung bitten, und ...« Sie riss die Augen auf. »Also, es war schon falsch, das weiß ich, aber ...«

Ich nickte ungeduldig. »Und dann?«

»Dann bin ich ausgebrochen!«, gestand sie resigniert.

Oha! Das mit ihr schien ja amüsanter zu werden als angenommen.

»Wie das denn?« Ich wandte mich von ihr ab und schenkte von dem Kaffee ein, den sie gekocht hatte. Er schmeckte wie Wasser, weshalb ich ihn kaum runterbekam.

»Was ist das?«, fragte ich sie angeekelt.

Prompt wurde sie wieder rot.

»Ich habe noch nie Kaffee gemacht! Bei uns gibt es Tee.«

»Wie viele Löffel hast du da reingetan?«

»Einen ...«

Ich fluchte leise. Keiner versaute meinen Kaffee! Verdammt!

KEINER!

Das war ein fulminantes Vergehen! Doch anstatt sie endlich, ENDLICH auf die Straße zu setzen, sah ich mir ein paar Sekunden später innerlich schockiert dabei zu, wie ich ihr stattdessen das Zubereiten eines perfekten Kaffees demonstrierte. Sie hörte aufmerksam und sichtlich wissbegierig zu.

Als ich endlich – endlich! – einen Schluck von meinem garantiert guten Kaffee genommen hatte, nahm ich das Thema wieder auf ...

»Und jetzt die ganze Geschichte. Ich höre.«

8. Zu viel Fifty Shades of Grey

Regan

Ich hatte diesen blöden Film einmal zu oft gesehen, das ging mir genau in dem Moment auf, als er in die Küche trat.

So unglaublich bedrohlich.

So unglaublich angepisst – warum eigentlich?

Und so unglaublich heiß.

So heiß, dass ich ihn anglotzen *musste* wie eine Irre. Seine Brust war schön definiert, aber nicht so aufgepumpt wie bei diesen Bodybuildern, er hatte sogar ein leichtes Sixpack, und von seinem Bauchnabel aus zog sich eine feine, kaum sichtbare Haarlinie über den V-Ansatz bis in seine Shorts, wo …

Hastig wandte ich den Blick ab, das war einfach zu peinlich.

Und genau in diesem, total historischen Moment fiel mir auf, was für ein Bild *ich* wohl abgeben musste. Mit *seinem* Shirt, das ich aus der Schmutzwäsche geklaut hatte. Mit *nichts* drunter, weil ich einfach nichts für Drunter hatte – ich war mit leichtem Gepäck gereist, und bevor ich die getragene Wäsche einer Nutte anzog, nahm ich besser gar nichts. Außerdem hätte ich die arme Frau wohl kaum nackt in diesem versifften Klo liegen lassen können, oder? Und ich zog nun mal einen Slip immer nur einen Tag an. Meine Mom hatte mir das derart eingebläut, dass ich einfach nicht anders konnte. Ich hatte meine Haare zu einem losen Knoten hochgebunden – absichtlich waren ein paar Strähnen von mir außen vorgelassen worden. Nachdem ich mich an dieser blöden Kaffeemaschine versucht und nebenbei die Musikanlage entdeckt hatte, war mir der Gedanke gekommen, ihn mit selbst gemachten Pancakes milde zu stimmen, weil ich ihm gestern so die Tour vermasselt hatte – womit auch immer. Ich schätzte, wäre die echte Nutte zu ihm gegangen, hätten sie jede Menge heißen, klebrigen Sex gehabt und seine Laune wäre bedeutend besser gewesen. Das hing ja immer irgendwie zusammen: Männer, Essen, Sex und gute oder schlechte Laune.

Und auf einmal traf es mich.

Wie ein Blitz von ganz oben – den ich wohl verdient hatte.

Ich spielte Fifty.

Also ich nicht, ICH spielte Ana, und ER war Fifty,

wobei ich noch nicht mal wusste, ob er wirklich Christian hieß. Zu seiner Wohnung hätte es jedenfalls gepasst. Wenn auch in anderem Stil eingerichtet, war sie garantiert ähnlich teuer gewesen.

Und dann sein Blick.

Dieser X-Ray-Blick, mit dem er mich zu durchbohren schien.

Apropos bohren ...

Ich hatte es genau gespürt.

Also total genau!

Als er sich an mich gedrückt hatte, was ja AUCH wieder total irre gewesen war. Dieses harte ... Ding, das so ziemlich genau demonstrierte, wie er auf meine Aufmachung reagierte.

Und ich hatte *Angst* vor diesem Ding, ja! Natürlich hatte ich Angst, so hart und ... groß und ... *da* es war. Aber nebenbei war da auch diese Neugierde in mir. Einen winzig kleinen Blick hätte ich schon ganz gern mal riskiert. Dann war da noch ... dieses fast schmerzhafte Kribbeln in meinem Bauch, das ich mir ja nun gar nicht erklären konnte.

Und – ja, momentan gab es sehr viel zu bewältigen: Ein bisschen stolz war ich auch, denn schließlich war er wegen mir so! *Ich* hatte das hervorgerufen. Nicht schlecht für eine attestierte Durchgedrehte, die noch niemals wirklich einem Mann zu nahe gekommen war. Der eine Kuss mit Joshua Kidney zählte nicht wirklich, fand ich. Nicht, nachdem ich *ihn* kennengelernt hatte.

Ihn, dessen Namen ich immer noch nicht wusste.

»Wie heißt du eigentlich?«, platzte es aus mir heraus.

Amüsiert hob er eine Augenbraue und neigte leicht den Kopf. »Richtig, das hatten wir noch nicht geklärt. Normalerweise ist das auch nicht von Bedeutung.« Er schien kurz zu überlegen, dann trat er einen Schritt zurück, gab mir ein bisschen Raum und hielt mir seine Hand entgegen. »Ryan Banks, und mit wem habe ich das …« Sein Blick glitt an mir hinab, und ich schwöre, nun hätte ich die Pancakes auch auf meinen Wangen braten können. »… *Vergnügen?*«

»Re… Regan McKenzie«, murmelte ich.

»Okay, Regan McKenzie, das hätten wir jetzt auch geklärt. Also nun zu deiner Lebensgeschichte. Lass die Zeit aus der Kindheit und die Highschooljahre einfach aus.«

Genaugenommen hatte ich noch ein paar Monate Highschool vor mir, aber ich fühlte, dass das derzeit die falsche Information gewesen wäre. Seufzend wandte ich mich zur Pfanne um, in der der aktuelle Pancake inzwischen schwarz geworden war.

»Mist!«, wütete ich, fühlte mich sanft beiseitegeschoben, und, wie er mir den Pfannenwender aus der Hand nahm.

»Ich brate, du redest.«

Er hatte einen Ton am Leib, der keine Widerrede zuließ. Außerdem konnte ich aus dieser Perspektive seinen wirklich schönen, muskulösen Rücken und seinen heißen Hintern betrachten, weshalb ich nicht widersprach.

»Meine Mom ist sehr gläubig«, informierte ich ihn, nachdem ich mich auf einen der Hocker am Tresen gesetzt hatte. Meine Füße baumelten in der Luft, ich kam an die Stützen nicht ran und musste aufpassen, nicht das Gleichgewicht zu verlieren.

»Soll vorkommen«, murmelte er, ohne sich umzudrehen.

»Mein Vater starb, als ich fünf war. An Aids ... er hatte ...« Meine Wangen glühten wieder, als ich das Familiengeheimnis einfach so ausplauderte. »Er hatte sich in einem homosexuellen Club angesteckt.«

Diesmal wandte er sich zu mir um. »Okay, dein Dad war schwul. Weiter!«

Meine Augen verengten sich kurz. Ein bisschen mehr Anteilnahme hätte ich mir schon gewünscht, ehrlich!

»Also wuchs ich allein mit meiner Mutter auf ... das war okay so ...« Meine Güte, wie seine Muskeln an den Oberarmen spielten, wenn er mit der Pfanne hantierte und die Pancakes ganz ohne Pfannenwender wendete ... Und ob er vielleicht noch mal das mit der Zunge machen würde? Wie vorhin? An meinem Hals? Das hatte so gekitzelt und gleichzeitig gekribbelt ...

»Regan!«

»JA!« Ich zuckte zusammen und straffte mich, richtete vor allem den Kopf wieder gerade.

»WEITER!«, knurrte er und klatschte mir den Teller mit wunderbar duftenden Pancakes vor die Nase. Mein Gott hatte ich Hunger! Ich tränkte sie in Ahornsirup und stopfte mir einen in den Mund, zum Glück war er nicht mehr sonderlich heiß, während Mr. Pancake sich mir gegenüber an den blöden Tresen gestützt hatte und mir leicht amüsiert, leicht angepisst dabei zu sah, wie ich mich an den nächsten Bissen machte. Dann musste ich erst mal einen Schluck von meinem Kaba nehmen, damit ich sprechen konnte. War aber auch alles total kompliziert hier. Irgendwann hatte ich den Bissen runtergekämpft und erzählte weiter ...

»Ich war immer Jahrgangsbeste, immer mit Auszeichnung, ich mache Ballett und spiele Geige ...«

»Heilige Scheiße«, lautete sein Kommentar.

»Und ich arbeite ehrenamtlich in der Suppenküche. Außerdem im Tierheim und im Altenheim.«

Er verschränkte die Arme auf dem Tresen und ließ seinen Kopf darauf knallen – irgendwie eine echt verzweifelte Geste ... Keine Ahnung, wieso.

»Und ich singe im Kirchenchor.«

Nun lachte er auf – aber es klang nicht amüsiert. Ich musste ja echt an mich halten, um nicht durch seine Haare zu fahren und zu testen, ob sie so seidig waren, wie es aussah. Aber vielleicht war er ja wirklich wie Fifty und ließ sich nicht gern berühren ... Den Film hatte ich rauf und runter geschaut – heimlich natürlich. Immer, wenn meine Mutter nicht da gewesen war ... und die Bücher hatte ich auch verschlungen, ich kannte jede einzelne Zeile auswendig. Eigentlich war es so was wie meine wahre Bibel ... Und dieser Ryan Banks, also der hätte wirklich Christian sein können, vom Aussehen her. Er hatte schon mal dunkelbraunes Haar, leider keine grauen, aber grüne Augen – das war auch okay. Außerdem sah er so aus, als würde er eisern an seinem Körper arbeiten. Und er wirkte schon ziemlich herrisch und dominant. Gott! Ich wurde ganz aufgeregt! Ich hatte meinen persönlichen Christian gefunden! Und das, wo ich nicht mal nach ihm gesucht hatte!

»Okay, du bist also die Fleisch gewordene Unschuld vom Lande, schon verstanden. Aber wie zur Hölle kam es dazu, dass du gestern plötzlich als Nutte vor mir standest?«, unterbrach er wieder meine wirren Gedanken.

»Ich würde sie ja lieber Prostituierte nennen, das ist nicht so herabwürdigend«, murmelte ich. Er antwortete nicht, sondern sah mich nur stechend und mit seiner Geduld fast am Ende an.

»Ich … ich bin also davongelaufen, indem ich dem Pfleger – er hieß Kenny – ein bisschen Honig um den Mund schmierte, ihn umschubste und dann in meinem Zimmer einsperrte. Die Türen im St. Helena haben so ein Schnappschloss, nur außen ist ein Knauf, und wenn man … Schon gut, schon gut! Und dann rannte ich – ehrlich um mein Leben, und ich kletterte über den Zaun und rannte in die Stadt und da war der Polizist, also rannte ich auf das Bahnhofsklo und da war diese Prostituierte, sie telefonierte, wahrscheinlich mit ihrem Zuhälter, dann kippte sie um, und ich … *wusste*, das war meine einzige Chance.« Ich zuckte mit den Schultern und nahm noch einen Schluck Kaba, wobei ich merkte, dass ich einen Milchbart hatte. »Hier bin ich!«

»Hier bist du«, seufzte er, den Kopf immer noch auf seinen Armen, dann stützte er das Kinn auf und schaute mich von unten herauf an. »Und was denkst du, soll ich jetzt mit dir machen?«

»Mich behalten?«, fragte ich eher hoffnungsvoll, als alles andere.

Ganz und gar nicht amüsiert lachte er auf, schüttelte den Kopf, stieß sich vom Tresen ab und schenkte sich einen neuen Kaffee ein. »Und was bitte soll ich mit dir anfangen?«

Also darauf hatte ich echt keine Antwort …

»Ich kann *nichts* mit dir anfangen!«, fuhr er fort. »Du hast von Sex nicht die geringste Ahnung, schließlich bist du noch Jungfrau!«

Das war Ana auch!, hätte ich fast gebrüllt, aber ich hielt den Mund und wurde stattdessen knallrot.

»Woher willst du wissen, dass ich keine Ahnung hab?«

Er lachte wieder auf diese total verstörende, total heiße Art … dann stand er auf und stellte sich hinter mich, sodass ich ihn nicht mehr sah, aber umso mehr fühlte. Wenig später waren da seine Lippen an meinem Ohr und seine starken, trainierten Arme stützten sich rechts und links von mir am Tresen ab. »Hast du schon mal einem Mann einen geblasen, so richtig tief, sodass sein Schwanz in deine Kehle rutschte und du dachtest, du müsstest jeden Moment ersticken? Hast du schon mal einen Schwanz in deiner

Pussy gehabt und einen Vibrator gleichzeitig im Arsch? Warst du schon mal gefesselt vor einer Horde wichsender Kerle und wurdest von einem von ihnen auf alle erdenklichen Arten durchgenommen?«, knurrte er in mein Ohr, und ich riss schockiert die Augen auf …

Also, *das* war ja so gar nicht Fifty! Sowas hätte Christian nie getan! NIE! Meine Kehle wurde trocken, mein Herz schlug viel zu schnell, und gleichzeitig fing es an, zu prickeln – zwischen meinen Beinen. Er packte meine Haare, zog meinen Kopf zurück und ich quiekte auf. »NEIN! Das hast du nicht getan! Nichts davon! Du warst noch niemals mit einem Mann zusammen, und Baby, jeder andere Mann ist gegen mich ein Waschlappen, alles, was er mit dir tut, langweilige Scheiße! Du bist nicht bereit für mich, wirst du nie sein! Ich arbeite und ich ficke. Was anderes interessiert mich nicht. Also sag mir … was soll ich mit dir anfangen?«

Äh … keine Ahnung!

Ehrlich!

Mittlerweile war ich total fertig! Das war alles zu viel! Ich schluckte nur, konnte nicht antworten, selbst wenn mir was total Tolles eingefallen wäre, meine Stimme war einfach nicht vorhanden, um es auch zu äußern. Wie gut, dass mein Kopf wie leergefegt war …

»Dacht ichs mir doch!« Damit ließ er mich ganz langsam los und trat von mir zurück, stand aber immer noch hinter mir und ich hörte seinen Atem. Er war aufgewühlt …

So aufgewühlt wie ich.

Mit wachsender Trauer drehte ich mich vorsichtig zu ihm um, denn ich wollte nicht noch mal so einen Ausbruch riskieren – ein bisschen machte er mir wirklich Angst. Als ich ihn ansah, verdunkelte sich sein Blick noch mehr.

»Ich weiß nicht, was du mit mir anfangen sollst ... Ich weiß, ich ... ich kann das alles nicht, und ich werde nie genug sein ...« Das war ich noch nie gewesen. Für niemanden. Ich schluckte ... Er verengte die Augen. »Ich glaube, ich sollte jetzt gehen ...«

Damit rutschte ich vom Hocker, mein gesamter Körper bebte und meine Schultern hingen schlaff herab. Gebrochen schlurfte ich an ihm vorbei und konnte gerade so die Tränen am Ausbrechen hindern, denn ich wollte nicht dahin zurück! Nicht in die Anstalt und vor allem nicht ... zu meiner Mutter. Das war die Wahrheit!

Ich war schon an ihm vorbei und im Türbogen, der in den Flur führte, da erklang wieder seine harte, nun total wütende Stimme. »Drei Tage! Du kannst drei Tage bleiben! Bis dahin klärst du deine Angelegenheiten, und dann setz ich dich vor die Tür.«

Womit er mir komplett den Boden unter den Füßen wegzog.

9. Drei Tage

Ryan

Drei Tage?

Hatte ich den Verstand verloren?

Sobald ich mich in meinem Schlafzimmer wiederfand, hätte ich mich am liebsten getötet. Was zur Hölle wollte ich mit diesem ... KIND?

Okay, einem heißen, total durchgeknallten Kind, klar. Aber eben einem *jungfräulichen* heißen, total durchgeknallten Kind, und von denen hatte ich schon immer die Finger gelassen.

Ich wollte schnellen, harten, tabulosen Sex! Rücksichtnahme – am besten noch Minuten damit zu verbringen, ihn in sie reinzuschieben, neben den gottverdammten abturnenden Tränen – hatte mich noch nie angemacht. Wie das Ganze ablaufen würde, hatte sie gestern ja schon mal vorgemacht. Sie würde heulen, ich würde sauer werden, das Ganze wäre verschenkte Zeit und verschenktes Sperma. Wenn überhaupt …

Und außerdem … Sie zu ficken erschien mir nicht richtig.

Sie war zwar als Nutte zu mir gekommen, aber wie man gehört hatte, eben auf der Flucht … oder so.

Demnach hatte sie bei mir Schutz gesucht – aus welchem fantastischen, total irren Grund auch immer –, und ich war Mann genug, um ihn ihr zu bieten.

Für drei Tage.

Fuck!

* * *

Das Grauen hörte hier nicht auf, denn sobald ich mich in mein Fitnessoutfit geworfen hatte, musste ich wieder das Schlafzimmer verlassen und in den weniger ruhigen Bereich meines Apartments gehen. Mit anderen Worten: Ich musste SIE wieder ansehen.

Gerade tänzelte sie mit einer Art Pirouette durch das große Wohnzimmer, in dem seltsamerweise jede Menge Klamotten, Bürsten und anderer Kram herumlag. Die Anlage lief immer noch in ohrenbetäubender Lautstärke und … als wäre sie wirklich nicht ganz dicht, hob sie die Arme, sodass sich ihre Fingerspitzen über ihrem Kopf berührten. Mein Shirt rutschte an ihrem schlanken Körper hoch, ich sah ihren nackten Arsch – und das war ein Arsch! Und dann schwang sie herum und …

... ich musste hier raus.

Als ich an ihr vorbei ging, rempelte ich sie grob an, sodass sie wenigstens wieder die Arme runternahm. Mit einem heftigen Ruck stellte ich die Anlage aus und fuhr zu ihr herum.

»Räum. Hier. Auf!«, stieß ich zwischen zusammengebissenen Zähnen hervor. »Und dann ...« Ja was dann? »Dann mach irgendwas Produktives, aber LEISES!«

Damit verließ ich die Stätte des Grauens, welche noch vor wenigen Stunden eine erholsame Oase der Ruhe und Ordnung gewesen war, die sich manchmal in eine heiße Sexhölle verwandelt hatte.

* * *

Joggen.

Laufen.

Es war eine entspannende Angelegenheit, bei der ich abschalten konnte. All die Wut, der Zorn, der Frust – das, was das Leben so mit sich brachte – wirkte in der Nachsicht, wenn man locker ein Bein vor das andere setzte, nicht mehr ganz so brisant. Wann immer ich davon überzeugt war, alles hinzuschmeißen, meinem abgefuckten Chef für seine Arroganz einen Dildo bis zum Anschlag in den Arsch zu schieben – verbal natürlich –, alles stehen- und liegenzulassen und irgendwo noch mal von vorn anzufangen, brauchte es genau eine Stunde Joggen und ich war wieder total vernünftig. So vernünftig, dass es mich selbst jedes Mal aufs Neue überraschte. Ein Chaos im Privatleben, das nüchterne, coole Werbegenie während der Arbeitszeit.

Heute allerdings wollte ich John, meinen Chef, nicht killen. Es war die Kleine, wie hieß sie noch mal, Regan?, die meine Gedanken beherrschte. Mehr, als es jede Frau jemals getan hatte, in der ich gewesen war.

Vielleicht war das kein Zufall.

Sie lief unten ohne rum und hatte offensichtlich nicht vor, diesen Zustand irgendwie zu ändern. Was über kurz oder lang dafür sorgen würde, dass ich an Blutstau starb. Außerdem war es Hinweis darauf, dass sie entweder wirklich total durchgeknallt war, oder schlicht und ergreifend nichts zum Anziehen hatte.

Okay, oder beides.

Dumm!

Ich schüttelte unwirsch den Kopf, ignorierte eine heiße Joggerin mit Pferdeschwanz und iPod-Stöpseln im Ohr, deren Lächeln mir mindestens einen Blowjob versprach, und fixierte stattdessen den Weg vor mir.

Darauf hätte ich doch auch früher kommen können, verdammte Scheiße!

Sie war in einem billigen Fummel angekommen, in Schuhen, die – von der Größe mal abgesehen – absolut nicht alltagstauglich waren. Also was zur Hölle sollte sie denn anziehen?

Drei Tage …

»Fuck!«, knurrte ich, als mir das Ausmaß der Katastrophe erneut bewusst wurde, und diesmal in aller Härte – wirklich in aller Härte.

Ich hatte ihr drei verdammte Tage geschenkt, was nichts anderes bedeutete, als dass ich genau zweiundsiebzig Stunden lang die Verantwortung für sie trug.

FUCK!

* * *

Okay, wenigstens der heilsame Effekt trat auch heute ein. Nach einer Stunde Joggen wusste ich genau, was ich tun würde.

Ich lief heim, beachtete sie nicht auf meinem Weg unter die Dusche, beachtete auch nicht, dass sie inzwischen Boxershorts trug – meine, nahm ich mal an –, und holte mir auch keinen mit ihrem Bild vor Augen unter dem rauschenden Wasser runter.

Drei!

Gottverdammte!

Tage!

Das würde ich doch wohl hinbekommen!

Ich machte mich zurecht, so, wie das eigentlich nur abends der Fall war, Anzughose, weißes Longsleeve, die Ärmel bis zu den Ellbogen hochgekrempelt. Nicht zu süßliches Aftershave, wobei ich die Rasur davor ausfallen ließ. Schwarze, italienische Lederschuhe, schmuckloser

Gürtel, ich hasste diese riesigen Schnallen, die die Hipster heutzutage trugen.

Die Haare gelte ich mir nicht zurück, wie an einem normalen Tag im Büro, sondern ließ sie in alle Richtungen stehen, ein paar Strähnen aber vorn in die Stirn fallen – jeder Mann, der behauptet, wir würden uns nicht stylen und benötigten derartigen Schnickschnack nicht, hat garantiert nicht oft Sex. Und ja, ich war eine verdammte Diva, was mein Aussehen betraf ... und mein Alter. Aber egal.

Eine Stunde später trat ich wieder in die gefährliche Zone, beachtete sie nicht, ihren enttäuschten Blick ebenfalls nicht, dass ihre Augen gerade besonders groß waren, dass sie noch immer barfuß war, dass mein Shirt ziemlich weit runtergerutscht war, sodass man den Ansatz ihrer Titten sehen konnte, oder die Tatsache, dass ihre Beine verdammt lang, verdammt seidig und verdammt heiß aussahen. Genauso wenig interessierte mich der Duft nach Essen – wonach genau, wollte ich nicht erfahren, dass sie offensichtlich gekocht hatte, pisste mich schon genug an. Wenn ich eine Köchin gewollt hätte, hätte ich eine engagiert, und zwar keine, die frisch aus dem Irrenhaus kam und auch noch ungevögelt war. Nichts für ungut.

Dennoch atmete ich auf, als ich im Aufzug war, und bemerkte erst jetzt, dass ich tatsächlich die ganze Zeit die Luft angehalten hatte.

So weit war es also gekommen, das kleine Flittchen raubte mir die Atemluft. Wobei sie ja nicht mal ein Flittchen war, was ja die Ursache für alle Probleme darstellte.

Aber egal.

Ganz egal.

Als der Fahrstuhl unten ankam, war ich relaxt.

Ich war wieder der Alte.

Derjenige, den ich so verdammt gern mochte.

Derjenige, der sein beschissenes Leben unter Kontrolle hatte, und zwar so sehr, dass niemand in der Lage war, es durcheinanderzubringen. Egal, wie lang die Beine und wie heiß der Arsch und wie groß die Titten waren.

So weit würde es niemals kommen!

Sie hieß ... äh ... Sarah ... oder so. Egal, ich hatte eine ganze halbe Stunde im *Depesche*, meiner Stammbar, sitzen müssen, bevor sie auftauchte. Das versaute meinen Schnitt, woran natürlich auch Miss *Heißer Arsch und durchgeknallt* schuld war. Sonst musste ich nie länger als zehn Minuten warten, um den Fang für den Abend zu machen.

Und ja, ich rede von Warten. Ganz selten, wirklich, ganz, ganz selten, musste ich mich selbst aufraffen. Die Geschichten von den Frauen, die aufgerissen werden wollten, waren zumindest in dieser Bar nicht mehr als ein Gerücht.

Sie war brünett, ihre Titten nicht so groß, ihre Beine schlank, aber nicht zu lang, alles in allem für den Zweck tauglich. Ich war nicht sonderlich wählerisch; solange sie halbwegs Titten und Arsch hatten und auch das Gesicht annähernd passte, war ich ja schon zufrieden. Das hatte sich längst herumgesprochen, weshalb ich nicht selten die vernachlässigten Ehefrauen aus dem Viertel und von weiter weg unter mir hatte – Letzteres war mir ein besonderes Vergnügen. Die waren am dankbarsten und ließen sich auf den abartigsten Scheiß ein, um endlich mal wieder gefickt zu werden, während ihre Männer höchstwahrscheinlich gerade die Nutten aus der Nachbarschaft knallten.

So war es doch immer.

Ich spendierte ihr einen Drink – es blieb immer bei genau einem Drink. Weder wollte ich sie bezahlen noch sich ins Koma saufen lassen. Wer mit mir ging, ging freiwillig, ohne eine andere Gegenleistung als genialen Sex zu erwarten. Nicht den Sex, den ich mit Nutten praktizierte, da war ich fantasiereicher – nur geistlosen, heißen Ich-fick-dir-das-Hirn-raus-Sex. Und ich hatte auch nicht vor, ein Vermögen dafür auszugeben, um einen wegstecken zu können. Der gewöhnliche Cocktail kostete im Depeche zwölf Dollar, nein, arm war ich nicht, aber ganz bestimmt nicht, weil ich mit der Kohle um mich warf und sie in Überflüssigkeiten investierte. Sarah? wollte reden. Sie wollten ja immer reden. Ich nickte hier und da, sah mich dabei im spärlich beleuchteten Raum um, und als sie mir zu sehr auf den Geist ging, legte ich einen Zeigefinger auf ihre vollen Lippen, und stoppte damit den Redefluss.

»Wollen wir gehen?«

10. Nackte Versuchung

Ryan

Heute war ein typischer Montag.

Ich war fertig, der neue Kunde, ein renommierter Sportartikel- und Sportbekleidungshersteller, war mehr als anstrengend und stellte sich Dinge vor, die einfach nicht laufen würden. Egal, welches Konzept ich ihm auch vorschlug, er war nicht zufrieden, und dabei ungefähr zweihundert Jahre alt, weshalb er keine Ahnung hatte, was bei seiner Zielgruppe gerade ankam und was nicht ...

Ich hatte ja versucht, mit ihm wie mit einem erwachsenen Menschen zu reden und ihm nahezubringen, was die beste Taktik wäre, doch ich war auf taube Ohren gestoßen, bis er irgendwann total erbost einen anderen verlangt hatte.

Oder wohl eher: ein*e* andere.

Tory.

Natürlich, wen auch sonst?

Sollte er Tory ruhig haben, denn außer Riesentitten hatte die sicher nichts zu bieten. Schon gar nicht irgendwelche zündenden Vorschläge einer lukrativen Werbestrategie. Aber sie sah heiß aus, was ja auch schon was wert war.

Ja, ich gebe es zu, irgendwann hatte ich es aufgegeben, den Alten bekehren zu wollen. Sollte er doch mitsamt Torys Riesenbudgetkampagne, die trotzdem nicht zünden würde, krachen gehen, verdammte Scheiße! Meinem Chef allerdings hatte gar nicht gefallen, dass ich den Kunden nicht hatte überzeugen können. Ich war sein Zugpferd, sein – laut eigener Aussage – total überbezahlter Spitzenmann, weshalb ich ins Büro zitiert worden war, wo ich mir eine Standpauke hatte anhören dürfen, als wäre ich sechs und hätte seine Plüschtierkatze überfahren.

Meine Fresse!

War ich vielleicht genervt, als ich nach Hause kam, meinen Aktenkoffer in die Ecke pfefferte, mein Jackett auszog und mein Hemd öffnete ... Kurz schloss ich die Augen, ließ den Kopf nach hinten fallen, bereit, die selige Ruhe meiner Single-Wohnung zu genießen – wobei mir allmählich aufging, dass hier gar nichts selig und erst recht nicht ruhig war.

Miss *Ich sehe so unschuldig aus und gehe dir trotzdem nicht aus dem Kopf* war nämlich da und so, wie es roch ... hatte sie eindeutig gekocht.

Schon wieder!

Obwohl ich gestern echt Spaß mit Sarah gehabt hatte, während Miss Unschuld aus der Klapse eine Wand weiter geschlafen hatte

Ich hatte schon heute Morgen ihr Frühstück verschmäht, denn ich brauchte kein Weib, das mich bekochte, ich brauchte ein Weib, das die Beine breitmachte, in der ich mich ausficken konnte und das danach garantiert wieder verschwand!

Mir schwante Böses, als ich ins Wohnzimmer trat und einen gedeckten Tisch vorfand, dazu Kerzenschein! Und Musik im Hintergrund! Hatte die etwa meine geheiligte Plattensammlung mit ihren illegalen Fingern angetatscht? Wenn ja, dann würde sie sterben! *Jetzt!*

Nach nur ein paar Sekunden wurde mir klar, dass sie genau das getan hatte, denn eine limitierte Ausgabe von Sinatras »Strangers in the Night« hüllte den Raum in seine sanften Klänge.

Ich ging weiter, die Küche kam in Sicht, und mir stockte der Atem, als ich sie erblickte.

Sie hatte die Haare chaotisch hochgesteckt, trug schon wieder eines meiner T-Shirts, wobei mir erneut einfiel, dass ich ihr vielleicht mal was anderes zum Anziehen besorgen sollte, denn der Anblick war viel zu verlockend ... Ihre bloßen Zehen zu sehen hatte etwas Intimeres an sich, als der Anblick ihrer langen seidigen Beine, ihrer Lippen, auf denen sie gerade rumkaute, während sie im Topf rührte ... und auf die Uhr schaute ...

Sie musste wohl gespürt haben, dass ich da war, denn mit einem Mal hob sich der Blick aus diesen tiefblauen Augen und sie machte … »Oh!« Ihr Blick glitt panisch zur Uhr. »Du bist schon da!« Ich zog nur eine Augenbraue hoch und musste die Fäuste ballen, weil mich meine verdammte Fantasie, dieser unersättliche Feind/Freund in meinem Kopf, schon wieder schachmatt gesetzt hatte. In Wahrheit wollte ich sie über diesen Tresen beugen, sie mit dem verdammten Kochlöffel versohlen und dann ihren geröteten Arsch ficken … »Ich bin noch gar nicht fertig, zwei Minuten!« Damit wurde sie hektisch, Soße spritzte herum, Öl landete an meinen Kacheln sowie auf dem Marmorboden … und sie stürzte fast, als sie mit dem Teller zum Tisch hechtete.

Das liebevoll angerichtete, sicherlich perfekt gebratene Steak mit den Frühlingskartoffeln, den mit Speck ummantelten Bohnen und der garantiert selbst gemachten Kräuterbutter darauf gaben mir den Rest … Zusammen mit ihrem aufgeregten, so verdammt unschuldigen Blick und ihren Zähnen, die sich wieder in ihre Unterlippe gruben.

Wortlos drehte ich mich um und stürmte aus dem Raum.

Das oder es wäre zu spät für sie und ihre Jungfräulichkeit gewesen!

11. Mister Ich-bumse-alles,- nur-dich-nicht

Regan

Er hatte es schon wieder getan!

Obwohl ich mir solche Mühe gegeben hatte, war er wieder sauer auf mich. Nicht nur, dass er gegangen war, kaum dass er nach der Arbeit das Apartment betreten hatte – und diesmal hatte er garantiert gesehen, dass ich gekocht hatte! Es wurde noch besser! Denn wie gestern kam er ein paar Stunden später mit einer Frau nach Hause – die garantiert nicht die von gestern war – und ... entlockte ihr eindeutige, widerliche Töne, während ich im Wohnzimmer auf der Couch saß, aus dem Fenster in den Regen starrte und eigentlich lesen wollte. Aber ich konnte mich nicht konzentrieren, wollte nicht lauschen und lauschte doch, wollte mir nicht vorstellen, was genau er mit dieser Bitch trieb, und stellte es mir eben doch vor, was mich nur leider noch wahnsinniger machte. Die gesamte Situation war mir peinlich, meine Wangen brannten, meine Stirn war feucht, weil mir ehrlich immer heißer wurde. Verzweifelt zog ich mir das Sofakissen über den Kopf, warf es aber bald wieder weg, weil ich darunter ja nichts mehr hören konnte – dabei wollte ich es doch gar nicht hören!

Oder doch?

Keine Ahnung!

Irgendwann wusste ich einfach nicht mehr, was ich machen sollte. Denn er war so ... seine Küsse waren so ... seine Finger und sein Stöhnen waren so ...

Ich wollte das irgendwie noch mal!

Er sollte das nicht mit diesen anderen Frauen machen, und auch noch, während ich alles live mitbekam – was er wusste, darauf hätte ich meinen Hintern verwettet! Vielleicht tat er es sogar genau deshalb, vielleicht sollte ich es sogar mitbekommen, vielleicht bereitete es ihm eine perfide Freude, mich an seinen gottlosen Spielen teilhaben zu lassen, obwohl ich gar nicht richtig teilnahm!

Ich wollte, dass er mich ansah und sich mit mir beschäftigte, dass er mir von seinem Leben erzählte, und ich wollte für ihn kochen und mich irgendwie dafür erkenntlich zeigen, dass ich hatte hierbleiben dürfen.

Aber er ließ es nicht zu.

Nicht mal die kleinste Geste der Dankbarkeit ließ er zu!

Stattdessen nahm er diese fremden Menschen mit zu sich nach Hause ... und hielt sich von mir fern. Nicht nur das. Wenn er mich doch mal aus Versehen ansah, dann war da was in seinen Augen, das mir Angst machte. Es fühlte sich fast so an, als würde er mich hassen, und ich wollte nicht von ihm gehasst werden. Ich hatte den jahrelangen Hass meiner Mutter schon kaum ertragen können, hatte dem aber irgendwie standgehalten. Doch von ihm wollte ich nicht gehasst werden! Ich wollte beachtet werden! Ich wollte ... wollte ... ich wusste selbst nicht, was genau ich von ihm wollte. Das waren zu viele chaotische Gedanken, die ich bisher nicht hatte identifizieren können. Nur eines war doch wohl klar: *Das* wollte ich nicht.

Es hätte mir egal sein sollen, was er mit diesen anderen Frauen anstellte, aber das war es auch nicht. Spätestens jetzt hätte ich eigentlich gehen sollen, aber wohin? Und worin? Ich hatte nichts! GAR NICHTS! Außer die Schuhe einer Prostituierten und ein zerrissenes Kleid, das schon in heilem Zustand nicht unbedingt alltagstauglich gewesen war. Ich trug seine Shorts und sein T-Shirt, an dem ich immer wieder verhalten schnüffelte, als wäre ich total bescheuert. Okay, ich *war* total bescheuert! Dieser ganze Plan war von vornherein bescheuert gewesen, aber jetzt saß ich in diesem Luxusapartment fest und wusste nicht mehr weiter. Ich war auf seine Hilfe angewiesen und musste ihn irgendwie davon überzeugen, dass er mich eben nicht zu meiner Mutter schickte oder sie womöglich noch herholte! Sonst wäre ich wirklich erledigt.

Nur … war ich das jetzt nicht auch schon?

Als ich hörte, dass diese billige Bitch ging … und sich Stille über die Wohnung legte, saß ich sicherlich noch eine halbe Stunde da und versuchte, irgendeinen Ausweg zu finden, irgendwas, womit ich ihn überzeugen könnte, außer mich ihm wieder körperlich anzubieten – eine Vorstellung, die in mir inzwischen leichte Panikattacken erzeugte und gleichzeitig dafür sorgte, dass mir wieder der Schweiß auf der Stirn ausbrach. Es führte ganz offensichtlich kein Weg daran vorbei! Wie sollte ich ihn sonst zum Einlenken bringen, als auf diese Art? Mit dem einzigen Kapital, das ich derzeit besaß? Mit dem einzigen Kapital, das ihn an mir interessierte – denn das tat ich, seine Augen konnten nicht lügen. Nein, es war nicht sonderlich moralisch, und der Teil meines Magens, der von Grund auf katholisch war, löste sich gerade in eine stinkende, heiße, ätzende Flüssigkeit auf, ich fühlte mich … billig. So billig wie die Frau, die gerade gegangen war. Aber ändern konnte ich es deshalb auch nicht. Wenn es mir nicht gelang, ihn von mir abhängig zu machen, ihm zu zeigen, wie gut es ihm doch mit mir ging, würde ich über kurz oder lang wieder in diesem blöden Irrenhaus landen, und dahin wollte ich ums Verrecken nicht mehr zurück!

Fest entschlossen klappte ich das Buch zu. Ich wusste, was ich zu tun hatte.

Er hatte sich eine Nutte bestellt, er sollte sie haben!

Also tat ich es einfach und ging über den teuren, kühlen Boden in sein Schlafzimmer, das sich eine Etage höher befand … Ich klopfte verhalten, während mein Herz bis in meinen Hals pochte, aber es blieb still. Vielleicht war er duschen? Vorsichtig drehte ich den Knauf und schob die Tür einen Spalt auf. Im Raum war es dunkel … und still. Als ich den Spalt etwas vergrößerte und schließlich todesmutig eintrat, riss ich die Augen auf, denn ich befand mich in einem riesigen Schlafzimmer, dessen Ausmaße wirklich unglaublich waren. Auf meinen früheren Exkursionen war ich immer an der Tür gescheitert, weil er diese nämlich abschloss, bevor er ging. Umso neugieriger sah ich mich jetzt um, auch wenn mein Herz bin in meinen Hals klopfte. Die Stadt warf durch die große Fensterfront bläuliches Licht in den Raum und auf das Bett, wo er lag – und schlief.

Er sah aus wie ein Engel … gar nicht mehr wie das gewissenlose, wunderschöne Monster, das ich kennengelernt hatte, und ganz bestimmt nicht wie die Sexbestie, die ich mit meinem Körper auf meine Seite hinüberziehen konnte.

Mein schöner Plan war somit gescheitert, und ich spürte eine gewisse Erleichterung, mich nicht erniedrigen zu müssen.

Dies wäre der perfekte Zeitpunkt gewesen, den Raum zu verlassen, aber meine Beine trugen mich wie ferngesteuert zum Bett und auf den flauschigen Teppich davor. Er lag auf dem Bauch, ein Arm hing über die Matratze, und die Decke war bis zu den kleinen Grübchen an seinem Rücken runtergerutscht. Er hatte keine Tattoos, seine Haut war völlig rein, makellos – genau wie sein Gesicht, das im Moment so unsagbar unschuldig wirkte. So schön ...

Wie das eines gefallenen Engels.

Ich ging vor ihm in die Knie, konnte nicht anders, sah ihn mir genauer an, während er ruhig weiter atmete, und musste meine Finger davon abhalten, durch diese dunklen Strähnen zu streichen. Irgendetwas sagte mir, dass er keine zarten Berührungen mochte, dass er gar nichts mochte, was von einer Frau ausging, dass er bestimmte, wie die Dinge abliefen ... Und so hockte ich nur vor ihm und betrachtete ihn, vor dem Bett kniend, als würde ich einen Gott anbeten ...

Vielleicht tat ich das sogar.

Keine Ahnung wie lange, aber irgendwann wurden meine Beine taub. Ich hätte – meinen Plan wieder aufnehmend – mich ausziehen und ihn wecken können, aber für diesen letzten Übergriff fehlte mir am Ende wirklich der Mut. Ich war so unendlich müde, nicht nur, weil ich neuerdings kaum schlafen konnte, sondern regelrecht erschöpft vom Leben war. All das, besonders die Ereignisse der letzten Tage, hatten mich unendlich ausgelaugt. Also seufzte ich, schaute ihn noch mal verträumt, mit schiefgelegtem Kopf an, stand auf, wandte mich um und wollte gehen ...

Ein heiseres »NEIN!« ließ mich wie angewurzelt stehen bleiben, die Tür anstarrend, davon überzeugt, er hätte mich gemeint. Doch als ich mich umdrehte, bemerkte ich, dass er immer noch schlief. Mit einem Mal stöhnte er und warf sich auf den Rücken. »Bitte! NICHT!« Er verzog das Gesicht zu einer schmerzvollen Grimasse, öffnete aber nicht die Augen ... Er träumte. Eindeutig nicht gut.

Mit Albträumen kannte ich mich zu gut aus, hatte ich doch Nacht für Nacht damit zu kämpfen ... Aus einem Instinkt heraus eilte ich zu ihm, fiel wieder neben dem Bett auf die Knie und berührte vorsichtig seine leicht stopplige Wange. Die Berührung elektrisierte mich.

»Shhh, alles gut!«, murmelte ich.

»NEIN!« Mit einem Mal brüllte er noch panischer, und der Schmerz in seiner Stimme zerriss mir das Herz. Er kämpfte gegen eine unsichtbare Macht, spannte die Muskeln an und atmete hektisch. Mittlerweile waren seine Haare schweißnass und auch sein Gesicht glänzte im fahlen, hereinfallenden Licht. Als er sich auf die andere Seite warf, schoss ich hoch und kniete mich mit einem Bein aufs Bett.

»Ryan ...«, sagte ich lauter und rüttelte seine Schulter. »Wach auf!«

»NEIN! BITTE, TU DAS NICHT! BITTE!« Ich hörte die Tränen in seiner verzweifelten Stimme. Er tat mir so unsagbar leid, das war so entgegen dem, was er tagsüber verkörperte, so ... grauenhaft mitleiderregend, so furchtbar schmerzvoll, dass ich glaubte, allein der Anblick würde mir das Herz brechen. Der Wunsch zu helfen überrollte mich geradezu, und ich tat das Einzige, was mir einfiel. Ohne einen zweiten Gedanken zu verschwenden, riss ich mir das Shirt vom Körper, schlüpfte zu ihm ins Bett, unter die

Decke, und schmiegte mich ganz eng an seinen Rücken ...
Nackte Haut an nackter Haut. Kühle an schweißnasser
Hitze. Weichheit an Härte. Trost an sichtlicher Todesangst.
Zärtlich streichelte ich sein feuchtes Haar und wisperte
ihm ins Ohr. »Shhhh, ich bin da, es ist alles gut, alles gut ...
Shhhhh ... ich bin hier ...« Sanft redete ich auf ihn ein,
strich über seinen Arm, presste meinen Körper an ihn und
bemerkte, dass er sich nach ein paar Sekunden tatsächlich
entspannte. Seine Atmung normalisierte sich, er hörte auf
zu zucken, murmelte was Unverständliches vor sich hin,
dann drehte er sich mit einem Mal zu mir um, schlang
seinen Arm um meinen Bauch und vergrub sein Gesicht an
meinen Brüsten.

O ...

kaaay ...

Völlig reglos lag ich da, während er wieder etwas
murmelte. Die Bewegung seiner Lippen kitzelte an einer
meiner Brustwarzen ... dann driftete er in einen tiefen
ruhigen Schlaf.

Sein Atem brachte mich mehr durcheinander, als es die
Berührung seiner Finger je gekonnt hätte. Immer wieder
strich er warm über meinen Busen, und ich knabberte auf
meiner Unterlippe rum, schloss die Augen und drängte alles
zurück, was sich zwischen meinen Beinen so komisch
anfühlte. Die Möglichkeit, dass er so bald aufwachte,
erschien gering, weshalb ich zaghaft auf ihn herabblickte
und meinen Arm um ihn legte ... Er war so schön, so ...

einzigartig, niemals zuvor hatte ich einen so schönen Mann gesehen.

Jetzt wusste ich mehr, jetzt kannte ich die andere Seite von ihm, seine verletzliche Seite, endlich konnte ich davon überzeugt sein, dass er wirklich ein Mensch war. Einer aus Fleisch und Blut, einer, der litt, möglicherweise sogar Höllenqualen. Er war kein Gott, auch wenn er so aussah. Irgendwie machte es mich froh und auch ein wenig mutiger. Denn nun kannte ich sein Geheimnis. Ich bezweifelte stark, dass irgendwer sonst, außer vielleicht sein Therapeut, von seinen Träumen und den damit einhergehenden Tränen wusste.

Hingerissen von all den neuen Erkenntnissen erlaubte ich mir erneut zu flüstern: »Ich bin ja da«, und andächtig seine Stirn zu küssen, bevor ich mich dem komischen, weil völlig neuen, Gefühl hingab, an einen Mann gekuschelt dazuliegen. Sein muskulöser Arm umklammerte mich wie ein Stahlträger, ich hatte keine Chance, mich groß zu bewegen oder gar zu flüchten ... War völlig von ihm – in ihm – gefangen. Es erforderte komischerweise mehr Mut, mehr Vertrauen, es war intimer, die Augen zu schließen und loszulassen, als alles andere, was ich bisher in diesem Apartment getan hatte, in dem jeder Schritt einen sicheren Grenzübertritt bedeutete.

Denn im Schlaf ist man dem anderen völlig schutzlos ausgeliefert, im Schlaf kann man einen herannahenden Angriff nicht erkennen und rechtzeitig abwehren, im Schlaf ist man von Grund auf ehrlich und ohne jeglichen Schutz entblößt.

Im Schlaf ist man unschuldiger als jedes Baby.

Und doch fiel mir das Einschlafen so leicht wie schon seit Jahren nicht mehr, vielleicht sogar so leicht, wie nie zuvor in meinem Leben.

Noch während ich darüber nachdachte, wie seltsam schön es in seiner unmittelbaren Nähe war, und wie komisch, dass meine Panik wie weggeblasen schien, nahm mich Mr. Sleep bereits gefangen und entführte mich gemeinsam mit Mrs. Dream in ihr weit entferntes Reich …

12. Albträume

Ryan

Die Sonne kitzelte auf meiner Nase und ich brauchte einen langen Moment, bevor ich wusste, dass es dieses Arschloch war, welches mich aus meinen Träumen riss.

Für alles Weitere brauchte ich bedeutend länger.

Zum Beispiel dafür, dass ich keinen Wecker klingeln hörte, obwohl diese abgefuckte Sonne mich bereits foltern konnte. Wir hatten Februar – wo kam die verdammte Sonne her?

Als Nächstes ging mir der Duft auf, der mir in der Nase hing.

Er war … blumig, vielleicht, auf jeden Fall süß, ohne klebrig zu wirken und schon gar nicht fast ätzend wie jedes Parfüm, das nicht getupft, sondern gesprüht worden war. Jede Frau, die man aus einer Bar abschleppte, sprühte – aus

Angst, nach zwei/drei Stunden nicht mehr animierend zu riechen.

Idiotinnen!

Frau?

Ich war versucht, ein Auge zu öffnen, verzichtete aber darauf, denn ja, bei mir lag eine Frau, was in Zusammenhang mit dem Vorhandensein der Sonne eher weniger üblich war. Und eine Frau, die auch noch blumig duftete – Parfüm war garantiert nicht vorhanden –, hatte sich noch nie zwischen meinen Laken gewälzt.

Meine Hand lag auf etwas Weichem, meine Brust an einem schmalen Rücken und meine Morgenlatte an einem heißen Arsch – alles war nackt – SIE war nackt, bis auf eine meiner Shorts. Aber zumindest das war ja nichts Neues. Und verdammt, ich fühlte mich gut, mehr als gut, ausgeschlafen gut, fast erholt. Ein überirdisches Gefühl, schon, weil ich mich morgens nicht häufig so fühlte. Eigentlich nie. Ich schob mich auf den Ellbogen und schaute in ihr Gesicht, das so friedlich aussah wie das eines Engels, so unschuldig – was mich noch mehr anmachte.

In diesem Zustand zwischen Schlaf und Wachsein war keine Entscheidung schwer. Ich verließ mich auf das, was ich wollte, und ich wollte in diesen Körper rein, der sich so auffordernd an mich, besonders aber an meinen Schwanz drängte.

Meine Hand packte ihre Brust etwas härter, gleichzeitig schob ich mein Knie zwischen ihre Beine, und drängte dann meinen harten Schwanz dazwischen. Sie würde eng sein, so verdammt eng, und in dieser Stellung würde ich sie so tief und hart ficken können – so, wie ich es wollte, seitdem ich sie zum ersten Mal gesehen hatte.

Sie war feucht – Fuck, selbst im Schlaf war sie feucht, und ich würde sie wecken, wie sie garantiert noch nie geweckt worden war. Ich fand den Weg wie von selbst, während ich die riesige Shorts zur Seite schob, rutschte fast in sie hinein, hielt mich aber mit in der Unterlippe vergrabenen Zähnen zurück, legte den Kopf in den Nacken, schloss die Augen, packte mit einer Hand ihre Schulter, mit der anderen ihre schmale Hüfte und …

… schrie.

Die Schmerzen waren mörderisch, so erlesen, dass ich Sterne vor meinen Augen aufploppen sah. Sie hatte mich nicht getreten, wie auch?, stattdessen hatte sie mit voller Wucht den Kopf nach hinten geworfen und war damit auf meine Nase gedonnert.

Als ich wieder was sehen konnte, stand sie mit weit aufgerissenen Augen und meiner Decke vor sich gepresst vor meinem Bett.

»SPINNST DU?«, schrie sie mit bebender Stimme. »Das … das kannst du doch nicht machen!«

»Verdammt, ich wollte dich ficken«, knurrte ich zurück und rieb mir wie besessen die schmerzende Stirn. FUCK! »Natürlich kann ich das machen, das ist der einzige Grund, weshalb du noch hier bist. Und was zur Hölle suchst du in meinem Bett, wenn ich dich NICHT ficken soll, verdammte Scheiße?«

Sie antwortete nicht, und ich legte mich schweratmend auf den Rücken, befühlte meine Nase, die sich ernsthaft ein bisschen geschwollen anfühlte. Wenigstens war kein Blut vorhanden.

»Ich …«

»Raus«, knurrte ich. »Geh einfach raus!«

Das ließ sie sich nicht zweimal sagen.

Als ich die Augen abermals öffnete, war sie verschwunden. Besser war es auch. Erschöpft ließ ich mich zurücksinken, schloss die Lider und hatte sofort ihren Körper vor Augen.

Milchige, reine Haut, heiße Titten, ein flacher Bauch, diese BEINE – endlos lang … warum zur Hölle war ich nicht schneller gewesen? Hätte ich sie mir genommen, bevor sie noch ganz bei sich gewesen war, hätten wir wenigstens das schon hinter uns gehabt.

Als ich die Augen abermals aufschlug, war auch dieser Tagtraum Geschichte, die Realität hatte mich vollständig eingeholt.

Das Ganze wurde gerade zum echten Problem.

Und genau das würde ich jetzt beheben.

Fuck auf die drei Tage.

Es reichte!

13. Mr. Arschloch

Ryan

Als ich in die Küche trat, war ich komplett angezogen, dennoch würde ich mich heute im Büro verspäten. Der Wecker war ausgeschaltet gewesen, demnach musste ich das irgendwann im Halbschlaf erledigt haben. Oder sie hatte es getan – wie auch immer, es interessierte ohnehin nicht. Ich hatte heute keine Termine und gleitende Arbeitszeit. In meiner Gehaltsklasse wurde man nicht mehr von neun bis fünf im Büro erwartet. Dafür musste ich jede Menge Abschlüsse bringen. Ich schenkte mir einen Kaffee ein, wenigstens den konnte sie inzwischen zubereiten, was sie aber auch nicht retten würde.

Sie hatte sich übrigens meinen Bademantel übergezogen, der – weil viel zu groß – auf dem Boden schleifte, und die Haare hingen noch immer wirr um ihren

Kopf und über den Frotteerücken, außerdem schimmerten ihre Wangen rosig.

Der perfekte Sex-Look, ohne Sex gehabt zu haben. Das nannte ich mal Verschwendung.

Nachdem ich auf einem der Küchenhocker Platz genommen hatte, musterte ich sie. Sie wich meinem Blick aus, schien immer noch wütend, was ich für den größten Witz überhaupt hielt. Meine Nase war wirklich geschwollen, und wenn ich das richtig im Spiegel beobachtet hatte, bekam ich ein blaues Auge.

Ryan.

Banks

Bekam.

Ein.

Blaues.

Auge!

Allein dafür hätte ich sie augenblicklich vor die Tür setzen sollen. Ich war heiß, sah geil aus, besser als neunundneunzig Prozent aller Männer, und das war mir heilig, verdammt, denn es war mein größtes Kapital!

Während ich meinen Kaffee trank, beobachtete ich, wie sie zu Boden starrte, bis ihr auffiel, dass sie zu Boden starrte und sie hastig so tat, als hätte sie was zu tun. Einmal über den Tresen wischen, dann ging ihr wohl auf, dass auch dieses Verhalten ziemlich seltsam war, und sie nahm sich ebenfalls einen Kaffee, sah mich aber immer noch nicht an.

Ja, sie war heiß.

Aber sie war auch Jungfrau und sie ließ sich nicht von mir ficken, also hatte sie hier nichts, aber auch rein gar nichts zu suchen.

Wie war ihr Name?

McKenzie?

Ich hatte mich erkundigt, dieses Sanatorium, in dem sie gewesen sein wollte, existierte durchaus. Es war eine private Einrichtung, von der Kirche gegründet, von gut zahlenden Privatleuten unterhalten. McKenzies gab es nicht viele in der Stadt, schon gar keine, die finanziell bessergestellt waren. Es dürfte ein Leichtes sein, ihre Mutter ausfindig zu machen. Und genau das würde ich tun.

Damit endlich wieder Ordnung einkehrte.

***

Regan

Es hatte ihn eine Stunde und drei Anrufe gekostet, dann hatte er meine Adresse herausgefunden, war in mein Zimmer gekommen, in dem ich mich verschanzt hatte, und hatte bestimmt: »Wir gehen!«

Auf meine Frage, wohin, gab er mir die schlimmstmögliche Antwort. »Nach Hause!« Und mein Herz rutschte in mein äh sein Höschen.

Er schmiss mir eine Jogginghose vor die Füße, genau wie diese blöden goldenen Heels und einen schwarzen Pullover – ich starrte ihn nur an.

»Ich kann nicht nach Hause.«

»Du musst.«

Tränen traten mir in die Augen ... »Du hast es versprochen!«

Daraufhin zuckte er mit den Schultern und sah mich an. Kalt. Emotionslos. Endgültig. »Ich habe es mir anders überlegt.«

Arschloch!

Er war ein Arschloch!

»Ich werde nicht gehen!«, blaffte ich ihn an, sprang auf die Beine und versuchte, gegen die bitteren Tränen zu kämpfen. Ich fühlte mich so ... verraten!

»Gut!«

Das war ein mieses Ablenkungsmanöver, denn im gleichen Moment setzte er sich in Bewegung, kam auf mich zu, und ich dachte schon, er würde sonst was mir machen, aber er stieß mich wieder aufs Bett und landete über mir ... Mit einer Hand drückte er mich an der Brust herab, mit der anderen zog er mir die blöde Jogginghose an, obwohl ich strampelte, mich wehrte, brüllte und versuchte, ihn zu kratzen.

»Wehr dich nur weiter, außer, dass du mich hart machst, wird es dir nichts bringen, Süße!«, schnaubte er abfällig und zerrte die Hose bis zu meinen Hüften hoch.

Er war megastark, und ich hatte keine Chance!

Nun liefen die Tränen wirklich.

Er setzte sich auf meine Oberschenkel, drückte mich so aufs Bett, und egal, wie sehr ich auch versuchte, ihn von mir zu bekommen, egal wie sehr ich mich wand und brüllte. Es brachte nichts. Absolut. Rein. Gar. Nichts.

Er schnalzte nur missbilligend mit der Zunge, zog mich hoch und zerrte mir den Pullover über den Kopf. »Arme hoch!«

Ich presste die Arme an meine Seiten.

Die Augen verdrehend, schlang er die Ärmel um mich und band sie grinsend zusammen.

»Na, erinnert dich das an was?«, fragte der Penner auch noch, während ich mich nicht mehr rühren konnte.

»Wieso tust du das?«, fragte ich wimmernd, und er antwortete klar und deutlich direkt in mein Gesicht.

»WEIL DU NERVST!«

»Aber wieso …«

»Du kochst!«

»Ich kann damit aufhören!«

»Du verwüstest meine Wohnung, du springst auf meiner Couch rum, hörst Musik und summst die ganze Zeit!«

»Auch das kann ich sein lassen!«

»DU ATMEST!«

»DU bist gemein!«

»Ich habe nie was anderes behauptet!«

Damit stieg er von mir runter, nahm mich vorn an dem Knoten der Ärmel und zog mich hoch … So bugsierte er mich hinter sich durch die Wohnung – und schien sich köstlich zu amüsieren. Ganz im Gegenteil zu mir. Wenn ich mir vorstellte, dass ich ihm jetzt so auf die Straße – unter LEUTE – folgen sollte, brannten meine Wangen vor

Scham. Widerwillig lenkte ich ein: »Okay, ich werde den blöden Pullover normal anziehen, mach mich los!«

Kommentarlos befreite er mich, drückte mir dann die Heels in die Hände und öffnete die Haustür mit einem herrischen Nicken.

***

»Kannst du damit BITTE aufhören!«, schnauzte er mich an, weil ich zum hundertsten Mal die Ärmel seines Pullovers hochschob, der immer wieder meine Arme runterrutschte – und weil ich heulte. Ganz leise, in der Hoffnung, dass er es nicht merkte, aber er merkte es eben doch.

Wir fuhren durch den dichten Verkehr direkt auf mein Verderben zu. Ich hatte aufgegeben zu kämpfen. Was hätte es schon gebracht? Mr. Eisklotz schien wild entschlossen, mich loszuwerden. Und da er gerade Mr. Eisklotz war, schien er all mein Bitten, Betteln und Flehen einfach nicht zu hören.

Arschloch!

Klar, ich hätte wieder weglaufen können, aber wohin?

»Du hast es mir versprochen«, schniefte ich erneut, als das mir vertraute, düstere Haus in Sicht kam, doch er verdrehte nur die Augen.

»Und du hast mich genervt! Wie oft soll ich das noch sagen?« Damit hielt er den Wagen, stieg aus und umrundete das Auto. Wie ein verdammter Gentleman, der er *nicht* war, öffnete er mir die Tür. Mit verschränkten Armen und stur vor mich hin starrend, blieb ich sitzen. Seufzend lehnte er sich mit einem angewinkelten Arm ans Autodach ... »Entweder auf die harte oder sanfte Tour, Süße. Das Spiel kennst du ja schon. Du hast eine Zigarettenlänge Zeit zum Überlegen.« Dann lehnte er sich ans Auto und zündetet sich eine Zigarette an, während er pfeifend die Fußknöchel verschränkte und sich umsah. »Schön ist es hier.«

»Ist es gar nicht!«

»Wie viele Zimmer gibt es in dem Schloss?«

»Keine Ahnung, hab sie nie gezählt.« Hatte ich doch, es waren vierundfünfzig, aber das würde ich ihm nicht sagen und er deshalb blöd sterben! Wenigstens etwas!

»Du hast sicher ein rosa Mädchenzimmer ...«

»Hab ich gar nicht!«

Er lachte, als ich das sagte. »So schlimm kann es in so einem Haus gar nicht sein.«

»Wenn du wüsstest ...« Notgedrungen stieg ich aus, die Heels ließ ich allerdings im Auto, stellte mich barfuß vor ihn und schaute ihm direkt in dieses unnachgiebige, so perfekte Eisprinzengesicht. »Bitte, ich tue alles, wirklich alles, wenn du mich wieder mitnimmst!«

»Du bist gar nicht im Stande das zu tun, was ich von dir will!«, blaffte er mich an, und in seinen Augen erschien wieder dieses eisige Funkeln ...

»Teste es!«

»NEIN!« Damit trat er die Zigarette aus – mitten auf dem sonst makellosen Schotter, oh, mein Gott, meine Mom würde ausrasten! – nahm mich am Arm und schleppte mich hinter sich her – und ich wusste, ich war verloren.

Der Kerl war kein weißer Ritter oder ein Prinz oder sowas – er war das gewissenlose Monster, das die Prinzessin der Bestie zum Fraß vorwirft.

… und ein verdammtes Arschloch!

14. Gruft-Mom

Ryan

Bevor ich die Klingel auch nur suchen konnte, wurde die Tür aufgerissen. Es erschien ... kein Zimmermädchen in süßer Uniform, mit heißen Titten und grell geschminkten Lippen, inklusive schüchternem Blick, der bei näherem Hinsehen gar nicht mehr schüchtern war, sondern dir den Blowjobhimmel versprach, den du auf einem der vielen Gästeklos auch prompt bekamst ...

Nein, eine altjüngferlich wirkende Mittfünfzigerin, mit zu einem Knoten gebundenem, aschfarbenem Haar, hochgeschlossener, weißer Bluse, die mich zwanghaft an die Jahrhundertwende erinnerte – die des letzten Jahrhunderts, wegen all der Rüschen –, in knielangem, dunklem Rock, schwarzen Strümpfen und Gesundheitsschuhen stand in der Tür. Obwohl sie garantiert nicht hübsch war, besaß sie die Augen und die Lippen ihrer

Tochter. Klammheimlich ging ich mit meiner Alterseinschätzung um zehn Jahre runter.

Ihre Augen verengten sich, als sie uns sah, und Regan, die bisher gegen meinen Griff angekämpft hatte, erstarrte.

»Mrs. McKenzie?«, erkundigte ich mich höflich.

Undenkbar, aber die Augen wurden noch ein bisschen enger. »Wer sind Sie?«

Nette Begrüßung. »Mein Name ist Ryan Banks und ich …« Ich sah zu Regan, die inzwischen leichenblass geworden war und zu Boden starrte. »Mir ist da etwas zugelaufen, das Ihnen gehört, schätze ich.«

Ihr Blick streifte ihre Tochter nur kurz, bevor er sich wieder auf mir einpegelte. Inzwischen waren ihre Augen wieder von normaler Größe, ihre gesamte Haltung strahlte eine Kühle aus, die mit Eiskristallen unterlaufen zu sein schien.

»Was haben Sie mit meiner Tochter zu schaffen?«

»Äh …« Ich beschloss, nicht ganz bei der Wahrheit zu bleiben. »Sie lief mir sozusagen über den Weg. Mittellos, ziellos, ich nahm sie auf und entschied, sie am besten zu ihrer Mutter zu bringen.«

Noch immer schien sie nicht zufrieden, ein weiteres Mal streifte ihr Blick mich, dann ihre Tochter, bevor sie zur Seite trat, um uns Platz zu machen.

Nun ja, hatte ich wirklich mit einem herzlichen Empfang gerechnet?

Es war ein schönes Haus – nun gut, es *wäre* zumindest schön gewesen, hätte hier seit hundert Jahren mal jemand den Möbelkatalog nicht gleich ins Altpapier geschmissen, sondern intensiv studiert und die richtigen Schlüsse gezogen. Sobald die schwere Eichentür hinter uns in den Rahmen gefallen war, fühlte ich mich um mindestens ein Jahrhundert in der Zeit zurückgesetzt.

MINDESTENS.

Überall standen diese dunklen, schweren Möbel, an den Decken hingen Kristallkronleuchter, zu allem Überfluss brannte nirgendwo Licht, die Dame des Hauses sparte offensichtlich gern. Alles war von geradezu penibler Ordnung, und in jedem abgefuckten Raum, wirklich jedem, begonnen bei der riesigen Halle, hing mindestens ein Kruzifix, vor dem jeweils auf einem entsprechenden Tischchen große, lange Kerzen standen.

Dies war kein Wohnhaus, sondern eine Kirche, verdammte Scheiße!

In meinem Magen kribbelte es, meine Eier zogen sich zusammen, während ich der lebenden Mumie durch die Katakomben folgte, Regan an ihrer störrischen Hand immer schön hinter mir herziehend. Was ging mich fremdes Elend an?

Wir strandeten in einem …

Äh …

Nun ja, dies musste wohl sowas wie ein Salon sein, die gute Stube, irgendwas in der Art.

Dunkle Möbel, eines dieser uralten Büfetts, ich hatte sowas in meiner frühesten Kindheit bei meiner Ur-Granny gesehen, bevor diese den Löffel abgegeben hatte. Diesmal war gleich ein ganzer Altar aufgebaut worden, Jesus-Ikone, Kerzen davor und etliche, die wohl regelmäßig angezündet wurden, neben dem obligatorischen Rosenkranz.

Und Deckchen.

Überall weiße Spitzendeckchen, wohin das Auge reichte.

Fuck, ich spürte, wie meine Eier sich immer weiter zurückzogen. Wenn ich hier nicht bald verschwand, wäre ich ein eierloses Monster, weil die Dinger vor lauter Entsetzen nicht mehr rauskommen würden.

Gruft-Mom wandte sich zu mir um. »Setzen Sie sich, Mr. Ba…«

»Ryan«, sagte ich rasch, was ihr linkes Auge zucken ließ.

Sie strich ihren Rock glatt und nahm auf einem der dunklen, total unbequem wirkenden Holzstühle Platz.

Sie *waren* auch unbequem, wie ich kurz darauf feststellte.

Heilige Scheiße!

Regan, die ich endlich losgelassen hatte, nahm ebenfalls Platz. Sie war leichenblass, in meiner Jogginghose wirkte sie noch dünner, als sie sowieso schon war, und die nackten Füße – wo waren die verdammten Heels überhaupt geblieben? – wirkten grotesk fehl am Platz.

Mein Blick glitt über die leicht gewölbte, hohe Decke des Raumes, deren Ränder mit Stuckornamenten verziert waren, und eine leichte Gänsehaut bildete sich auf meinem Rücken. Der Gedanke, dass in diesem Kerker ein Kind aufgewachsen war, tat meinen Eiern auch nicht gut.

»Was haben Sie mit meiner Tochter angestellt?«, fragte Gruft-Mom leicht hysterisch.

Ich runzelte die Stirn. »Ich habe ihr zu Essen gegeben, ein Bett und ...« Mit einer Hand wies ich auf Regan. »Klamotten. Sie hatte nämlich keine.«

»Was haben Sie von ihr als Gegenleistung verlangt?« Ihre Augen waren groß, nur die Flecken auf den Wangen wiesen darauf hin, dass im Kopf von Gruft-Mom die heißesten Horrorszenarien abliefen. Und ich hätte geschworen, dass sie viel zu vertrocknet war, um noch feucht zu werden. Ihr letztes Erlebnis dieser Art lag wohl zu lange zurück.

»Nichts«, erklärte ich und zuckte mit den Schultern.

Wieder sah sie ihre Tochter an, und zum ersten Mal, seitdem wir hier angekommen waren, sprach sie sogar mit ihr. Herrisch. »Ist das wahr?«

»Ja, Mom.« So dünn hatte ich ihre Stimme eher selten erlebt.

»Hat er dich angefasst?«, donnerte Gruft-Mom.

Regan verdrehte die Augen. »Nein, Mom.«

Was so nicht ganz stimmte, aber ... sie war immerhin noch Jungfrau. Innerlich hätte ich mich fast bekreuzigt. Fuck, war ich dankbar, dass ich einen verdammten

Rückzieher gemacht hatte! Aus dieser Jungfrau eine Nicht-Jungfrau zu machen, hätte mich garantiert direkt in die Hölle katapultiert.

»Verdrehe nicht so schamlos die Augen, Mädchen!«, donnerte Gruft-Mom.« Die Flecken waren noch da, aber ihr Teint wirkte jetzt fast wächsern. »Zehn Ave-Maria. Sofort!«

Ich hörte Regan nach Luft schnappen; als ich zu ihr sah, war auch sie bleich, die Augen riesig, die Panik deutlich. Sie schluckte, schluckte nochmals und schüttelte dann entschieden den Kopf. »Nein, Mom.«

Das warf Gruft-Mom total aus dem Gleichgewicht. »Wie kannst du es wagen?«, zischte sie mit brüchiger Stimme. »Wie kannst du es wagen, deiner Mutter zu widersprechen? Was ist nur in dich gefahren, und womit habe ich das verdient?« Sie warf ihre Hände gen Zimmerdecke, eine stumme Bitte um Hilfe an ihren Boss, schätzte ich. »Erst verschwindest du aus dem Sanatorium, ohne eine Nachricht, wo du abgeblieben bist. Tagelang habe ich mir ausgemalt, wie du geschändet in einer dunklen Gasse liegst ...«

Also dafür, dass sie die letzten Tage in Todesangst verbracht hatte, sah sie ziemlich munter aus, nichts für ungut.

»... und jetzt kommst du mit diesem fremden ... KERL an und wirst frech?«

»Mom ...«

»Ich will nichts hören!« Sie atmete so schwer, dass sich ihre kümmerlichen Brüste unter der steifen Bluse hoben und senkten. Lange Zeit war ihr keuchender Atem das Einzige, was die Stille erfüllte.

Irgendwann räusperte ich mich. »Also ... auf jeden Fall ist sie wieder hier, ihr ist nichts passiert, vielleicht ...«

»SIE HALTEN DEN MUND!«, wurde ich von Gruft-Mom unterbrochen, die mich nicht mal ansah. Stattdessen fixierte sie ihre Tochter, man konnte regelrecht sehen, wie sehr sie sich um Fassung bemühte. »Nun gut«, würgte sie nach einer Weile hervor. »Wir werden die Scherben auflesen und von vorn beginnen.«

Regan zeigte nicht die geringste Regung.

»Du wirst auf dein Zimmer gehen, und ich werde niemals wieder etwas von deinen ... NEIGUNGEN hören. Egal, um welche von deinen Fantasien es sich handelt. Kein Ausgang mehr, kein Abschluss, keine Universität, und schon gar keine ...« Hier hatte sie anscheinend ernsthafte Schwierigkeiten. »... Männer!« Vor meinem geistigen Auge tauchte eine mit Spinnweben verhangene Uralt-Pussy auf – genauso würde sie unten rum aussehen. Meine Gänsehaut verstärkte sich. »Du wirst morgens mit mir beten, um zwölf mit mir zum Mittagsgebet in die Kirche fahren, du wirst bei Pater Ralph beichten und du wirst Buße tun. Morgen rufe ich im St. Helena an, wo ich mit deinen Ärzten und dem Pater besprechen werde, wie wir weiter mit dir vorgehen.« Sie holte tief Luft, bevor sie in der Lage war, mich anzusehen. »Vielen ... Dank«, wieder schien sie zu würgen, bevor sie das Wort hervorbrachte. »Wenn Sie uns jetzt entschuldigen würden.«

Nur widerwillig erhob ich mich, ging noch langsamer zur Tür des … Salons. Hinter mir war ein Paar Schuhe zu hören – und die barfüßigen, unbeholfenen Tapser auf zitternden Beinen.

Fuck …

Während wir den Flur entlanggingen, hörte ich die Stimme der Gruft-Mom ein weiteres Mal. Inzwischen hatte ich eine grausame Gänsehaut am ganzen Körper, ein verdammtes Déjá vu jagte das nächste.

»Geh auf dein Zimmer, Regan, ich verabschiede unseren Gast allein. Ich rufe dich, wenn es Zeit für das Abendgebet ist, auf das Abendessen wirst du heute verzichten. Nutze die Zeit für das Gebet und die innere Einkehr.«

Die Haustür und damit die Treppe, die in die oberen Stockwerke der Gruft führte, kam in Reichweite. Inzwischen war mein Mund trocken, so sehr, dass meine Zunge am Gaumen festzukleben drohte. Erinnerungen prasselten auf mich herein, längst vergessen geglaubte Bilder, von dunklen Zimmern, von herrischem Gebrüll, von Fäusten auf einem Körper, vom Geräusch brechender Knochen. Die wenigsten Menschen wussten es, aber man konnte Knochen wirklich brechen hören, besonders, wenn es im eigenen Körper geschah …

Ja, es war anders gewesen, hatte aber im Grunde dem gleichen Zweck gedient: Der Vernichtung eines Menschen, dessen, wer und was er war. Die Massakrierung seiner

Identität, dem Versuch, ihn zu brechen. Immer und immer wieder.

Es war ihnen bei mir nicht gelungen, und diesem Grufti bei Regan auch nicht.

Noch nicht.

Die Frage war nur, wie lange sie noch standhalten würde.

Konnte ich sie hierlassen?

Konnte ich sie tatsächlich diesem Monster ausliefern?

Konnte ich wirklich riskieren, dass in kürzester Zeit nichts mehr von ihr übrig war, dass sie zu einer Gruft-Tochter verkam, verurteilt zu einem einsamen Leben, das nur von ewigen Gebeten, aber niemals von einer Ausbildung, einem Beruf oder gar einem Mann ausgefüllt sein würde? Das Leben einer Eremitin an der Seite ihrer fanatischen Mutter?

Als ich die Tür erreicht hatte, wandte ich mich um. Unerwartet, Gruft-Mom schreckte hastig zurück, doch hinter ihr machte ich Regan aus. Täuschte ich mich, oder war sie innerhalb der letzten Minuten geschrumpft?

Ich sah in diese riesigen blauen Augen, die längst nicht mehr flehten, die resigniert und sich ihrem Schicksal ergeben hatten. So hoffnungslos und stumpf – nicht feurig und voll wilder Entschlossenheit, voll Tatendrang, Wissbegierde und … Leben, wie ich sie kennengelernt hatte. So wie jetzt hatte sie mich nie angesehen, nicht einmal … Egal was ich auch von ihr verlangt hatte. Aber hier …

Ryan, du wirst es bereuen! GEH EINFACH! Geh!, flehte die egoistische innere Stimme, aber es war zu spät.

Auffordernd hielt ich ihr meinen rechten Arm entgegen.

Regans Augen weiteten sich, denn damit hatte sie nicht gerechnet, doch es dauerte nicht einmal zwei Sekunden und schon huschte sie an ihrer Mutter vorbei, schmiegte sich an mich, versteckte ihr Gesicht an meiner Brust und atmete tief durch. Mein Arm legte sich um ihre zarten Schultern.

Es fühlte sich richtig an.

»Fassen SIE meine Tochter nicht an!«, kreischte Gruft-Mom los, nachdem der erste Schock überwunden war. »Regan, ich sagte, geh auf dein Zimmer!«

Ich hob ihr Gesicht mit einem Zeigefinger unter dem Kinn, damit sie mich ansehen konnte – und das tat sie. In ihren Augen schwammen Tränen ... Tränen des Glücks. »Wie alt bist du, Honey«, fragte ich sie, ohne auf das Geplärre der Furie zu achten.

»Achtzehn«, hauchte sie, selbst ihre bebenden, so vollen Lippen waren weiß.

Ich sah auf zu Gruft-Mom. »Dies ist kein Ort für Ihre Tochter, vielleicht nicht mal für Sie. Holen Sie sich Hilfe, Mrs. McKenzie ...«, sagte ich laut, um ihr Gebrüll zu übertönen.

»Wie können Sie es ...«, keifte sie, doch ich ignorierte sie.

»... vielleicht ist Ihnen noch zu helfen.«

Damit nahm ich Regans schmale Hand, öffnete die Tür, gemeinsam stiegen wir kurz darauf in meinen parkenden Wagen und fuhren auf Nimmerwiedersehen davon.

15. Shopping-Queen

Regan

Ich. Konnte. Es. Nicht. Glauben.

Keine Ahnung wieso, aber ich saß wieder in seinem duftenden Luxus-Auto und wir fuhren zurück in die Stadt. Er sagte kein Wort, doch das Schweigen war nicht so feindselig wie in den letzten Tagen. Auch ich schwieg, konnte aber auch nicht aufhören, dümmlich vor mich hin zu grinsen. Wieso er sich anders entschieden hatte, wusste ich nicht, fragen würde ich ihn jedenfalls nicht, denn ich durfte den gerade geschlossenen Burgfrieden nicht aufs Spiel setzen. Es hieß, mich so unauffällig wie möglich zu benehmen, am besten so, dass er meine Anwesenheit einfach vergaß. Nicht, dass er noch auf die Idee kam, mich irgendwie anders loswerden zu wollen.

Und das tat ich in den kommenden Minuten, während er schweigsam den Wagen lenkte. Doch ich staunte nicht schlecht, als wir direkt in die Innenstadt und in die Shopping-Arena einfuhren. Ein siebenstöckiges Shoppingcenter für Luxus, Glanz und Glamour. Während er schnittig in der Tiefgarage parkte, starrte ich ihn mit offenem Mund und garantiert eintausend Fragen in den Augen an.

Er grinste, ohne mich anzusehen. »Wenn du schon da bist und sonst keinen Nutzen hast, dann solltest du wenigstens meinen Augen was bieten«, bemerkte er ohne sonderliche Betonung.

Ich nickte wie blöd, und Tränen des Glücks liefen ungehindert über mein Gesicht, als er mich anlächelte. So offen. So warm ... so schön.

Wo war der Eisklotz hin?

Ich meine, nicht dass ich nicht froh gewesen wäre, dass er verschwunden war! Aber ... was hatte seine Haltung verändert? Warum war er auf einmal beinahe menschlich? Mir war klar, dass dies die völlig falsche Reaktion war, aber seine Persönlichkeitsschwankungen bereiteten mir erhebliche Schwierigkeiten, weil ich mich einfach nie auf ihn einstellen konnte, nie so sein konnte, wie er mich am liebsten hatte. Außen vorgelassen, dass er mich am liebsten überhaupt nicht gehabt hätte.

Dementsprechend vorsichtig folgte ich ihm, immer noch in seinem Pullover, seiner Jogginghose und ansonsten barfuß durch die Tiefgarage. Die Heels hatte ich im Auto gelassen, lieber barfuß als noch einen weiteren Meter in diesen Schuhen! Und natürlich kam ich mal wieder nicht umhin, mir zu denken, wie unglaublich hübsch mein Ritter (oder persönlicher Christian) war. In seinem dunkelgrauen Kaschmirpullover, der Designerjeans, den italienischen Lederschuhen und dem passenden Gürtel. Wie weltmännisch, wie männlich, wie unsagbar attraktiv. Prompt rannte ich in seinen Rücken, weil er vor den Aufzügen stehen geblieben war. Er verdrehte nur die Augen, ich murmelte ein »Entschuldigung!« und starrte mit flammenden Wangen zu Boden.

Die Luft im Aufzug war mit einem Mal viel zu begrenzt, binnen Sekunden war sein Duft überall, seine Aura sowieso … Vorsichtig schaute ich ihn unter meinen Wimpern heraus an … Er fluchte leise und schloss die Augen, ballte die Hände zu Fäusten. Ich wollte fragen, was sein Problem war, aber ich biss mir auf die Unterlippe.

Bloß nicht nerven, Reg! Tu nichts, was ihn irgendwie nerven könnte! Er könnte es sich immer noch anders überlegen! Sieht nämlich fast so aus, als wenn er seine Entscheidung schon wieder bereuen würde.

Im dritten Stock angekommen musste ich hinter ihm hermarschieren – unter den Augen all der gaffenden Leute, für die ich ganz offensichtlich sowas wie ein Alien war. Jetzt flammten meine Wangen nicht mehr, stattdessen glich mein Kopf einer überreifen Tomate. Erst einmal gingen wir in einen Schuhladen – ich war noch niemals in so einem großen Schuhgeschäft gewesen und schaute mich mit großen Augen um. Mom und ich gingen immer zum kleinen Laden um die Ecke ... wo sie das passende Model für mich aussuchte. Augenmerk auf: Gesund, nicht auffallend, lange haltbar. Obwohl wir wirklich nicht arm waren, sparte sie, wo es nur ging, weil es eben eines von Gottes Geboten war.

Aber nun sagte er: »Viel Spaß!«, und ließ sich schon jetzt gelangweilt und wieder genervt auf einen der Hocker sinken. Ich war wie erschlagen, schaute mich nur um, biss auf meiner Unterlippe herum und nestelte an meinen Fingern ...

»Was?«, blaffte er mich an. Ich zuckte mit den Schultern. Er amüsierte sich, ich sah es genau an dem Funkeln seiner Augen, wie ich hier total unbeholfen vor ihm stand. Stöhnend verdrehte er die Augen. »Du bist eine Frau, wir sind in einem Schuhladen. Also in deinem Element. Sollten da deine Instinkte nicht einfach übernehmen, oder sowas?«

HÄ?

»Oh Baby ...« Er stand auf, schüttelte den Kopf und schaute schmunzelnd und ziemlich bedauernd auf mich herab. ER WAR SO SCHÖN! Ich wollte wieder diese vollen Lippen auf mir! »Du brauchst dringend eine Freundin ... aber erst mal, werde ich wohl herhalten müssen! Komm!« Und damit zog er mich am Handgelenk hinter sich her, mitten rein ins Schuh-Getümmel ...

WOW!

Eine Stunde später hatte ich hübsche weiße Turnschuhe an, und Ryan ... ich liebte übrigens seinen Namen, der war SO sexy ... trug noch eine Tasche mit für den Herbst passenden Stiefeln. Ich war so glücklich. Er hatte mir die Schuhe ausgesucht – und genau meinen Geschmack getroffen. Hatte mich nicht in Heels gezwängt, sondern genau das gefunden, worin ich mich wohlfühlte. Und so langsam ging mir auf, dass er eigentlich alles andere als ein Eisklotz war.

Wir gingen weiter in eine Boutique mit dem komischen Namen Gucci ... Ich musste über den Namen lachen, er schaute mich nur zweifelnd an und wandte sich an die Verkäuferin, die sofort angeeilt gekommen war und ... ihn mit Augen verschlang, während sie mir in meiner Aufmachung nur einen missbilligenden Blick zuwarf. Ich verengte die Lider, als er süffisant grinste und sich durch die Haare strich. »Wir brauchen was für die junge Lady hier!«

»Aber natürlich, wollen Sie so lange Champagner, Sir?«

»Lass stecken, Babe!« Damit ließ er sich einfach auf eines der gemütlichen Sofas fallen, während die Blondine sich auf mich stürzte. Von Missbilligung war keine Spur mehr.

»Oha! Ich sehe schon die neue Herbstkollektion an Ihnen! Butterblumengelb und Lindgrün! DAS ist der neue Trend! Das wird Ihnen unglaublich stehen! Sie werden umwerfend aussehen! Jetzt warten Sie mal ab, bis ich Ihnen die neuen Blusen gebracht habe, da werden Sie umfallen, so schön sind sie! Der Schnitt ist einfach wunderbar, so frisch! Ein hübsches Aubergine wird auch umwerfend an Ihnen aussehen, oder lieber ein Fuchsia ... hach ...« Ich schaute ihn mit leidendem Gesicht an, als sie mich wild plappernd zu einer der vorhandenen Kabinen zog – und genoss das kleine Lachen, das mir folgte. Wenn es etwas gab, was noch schöner war als Ryan Banks sowieso schon, dann war es Ryan Banks lachend. Eindeutig.

Die Blondine machte ihm eindeutig schöne Augen, aber er hatte nur Augen für mich. Zeigte bei den jeweiligen Outfits den Daumen hoch und runter, wie ein römischer Kaiser bei den Gladiatoren. Ich fühlte mich anfangs etwas unwohl, so von ihm betrachtet zu werden. Besonders in diesen engen Jeans und Pullovern, doch seine Augen wurden dunkler – und sie funkelten auf diese besondere Art, die ich schon kannte und die mir die Hitze durch den Körper trieb. Also war es gar nicht so schlimm. Außerdem ließ er am Ende die Verkäuferin eiskalt abblitzen, als sie ihn noch kurz mit nach hinten nehmen und ihm was ganz Spezielles zeigen wollte.

»Nein danke.« Er reichte ihr nur seine goldene Kreditkarte und lehnte gelangweilt am Tresen, während ich in mich hineingrinste. Mit mindestens zehn Outfits für jeden Anlass ausgestattet und in einem hübschen neuen Kleid, das mir wirklich unsagbar gefiel, verließen wir kurz darauf das Geschäft. Das Kleid war eher schlicht, in einem Sonnenblumengelb gehalten, kurze Träger, an der Taille eng, der Rock weiter und bis zu den Knien. Dazu trug ich die braunen Stiefel, die mir bis zu den Knien reichten – und sündige schwarze Unterwäsche mit Spitze! Meine Mutter wäre tot umgefallen, wenn sie mich in dieser Unterwäsche gesehen hätte, aber ich fühlte mich einfach nur … gut. Und das erste Mal im Leben wie eine Frau.

Ryan sah mich übrigens auch so an, während ich vor ihm durchs Kaufhaus herlief und die Verkäuferin nachäffte. »Also, Mädchen, das geht gar nicht, dieses Mohnrot macht Ihre Haut so blass, als wären Sie gerade aus einem Grab gestiegen!« Er lachte leise und schlenderte so entspannt, wie ich ihn noch nie gesehen hatte, neben mir her. Beladen mit meinen Taschen, aber das schien ihn nicht im Geringsten zu stören.

»Ich habe einen Bärenhunger … Komm!« Ohne auf meine Erwiderung zu warten, bog er einfach nach links ab, und kurz darauf befanden wir uns in einem total stylischen Restaurant, in dem kleine Tischchen vor einer Art Laufband standen, auf dem kleine Tellerchen mit allerhand Sachen vorbeizogen.

»Sag mir nicht, dass du noch nie Sushi gegessen hast!«, meinte er mit großen Augen, und ich schüttelte den Kopf. Ich hatte so vieles noch nicht gemacht, was für die Mädchen aus meiner Klasse absolut normal gewesen war. Das war peinlich.

»Kein Grund zum Rotwerden … Jetzt warte ab! Du magst doch Fisch, oder?«

»Ich liebe Fisch …« *Und ich liebe dich …* hätte ich fast gesagt, was ich natürlich nicht tat!

»Dann wirst du heute deinen ersten Orgasmus erleben!«, sagte er, und ich riss die Augen auf. »Geschmacksorgasmus! Kein Grund, mich so anzuglupschen!« Ryan lachte in sich hinein und gluckste immer noch über mein Gesicht, als der Kellner kam. Der warf mir einen langen Blick zu, besonders auf den etwas zu tiefen Ausschnitt, und ich wurde noch roter.

»Wenn du dann mal fertig mit Tittenglotzen bist, könntest du ja die Getränkebestellungen aufnehmen«, knurrte Ryan.

Der Kellner riss die Augen auf und straffte sich. »Oh ja, natürlich. Tut mir leid, Sir!«

Ryan starrte ihn nur düster an und ließ mir den Vortritt.

»Ein Wasser bitte!«, sagte ich leise.

Er verdrehte die Augen. »Und eine Kanne Pflaumenwein für uns beide. Für mich außerdem ein Lemon Bitter.«

»Sehr wohl Sir!« Der Kellner machte, dass er davonkam. Unter Ryans stechendem Blick hätte ich mich auch total unwohl gefühlt. Der war wieder mal genervt, wie ich genau merkte, und so sagte ich nichts … Doch er schaute mich an, während ich auf meine Bambusunterlage starrte und seufzte.

»Ich mag es nicht, wenn dich die Kerle anstarren«, meinte er, und mein Herz schlug ein bisschen schneller. »Wie auch immer … also … Hier fahren die geilen Teile vorbei. Du nimmst dir einfach, was dich gerade anmacht, tunkst in die Soße und schiebst es dir rein.« Das klang so unglaublich zweideutig, dass ich kichern musste. Als ihm auffiel, was er gesagt hatte, während er es an einem Stück Sushi demonstrierte, musste er auch grinsen. »Ich kann einfach nicht anders.«

»Ich weiß!« Ich versuchte lächelnd die Stäbchen zu nehmen, so, wie er es mir mit seinen langen gepflegten Fingern zeigte, doch sie fielen mir immer wieder aus der Hand, bis mir sogar ein »SCHEISSE!« über die Lippen kam und ich schnell meine Hand vor den Mund schlug. Er lachte leise und rief nach dem Kellner. »Bringen Sie der jungen Dame bitte eine Gabel!«

»Natürlich Sir!« Das wirkte etwas echauffiert, aber zwei Minuten darauf hatte ich normales Besteck, spießte das Röllchen auf die Zinken, tunkte und schob es mir in den Mund.

»Oh mein Gott«, stöhnte ich nach ein paar Bissen … und seine Augen wurden dunkler.

»Genial, oder?«, fragte er heiser, meine Lippen beobachtend, und ich stöhnte nochmal. Er rutschte auf dem Stuhl herum und biss die Zähne aufeinander.

»Oh mein Gott! Was habe ich bis jetzt nur verpasst!«, rief ich und stürzte mich auf das nächste Tellerchen.

16. Mr. Traummann

Regan

Der Pflaumenwein sorgte dafür, dass die Anspannung der letzten Stunden vollends von mir abfiel – und auch Ryan war so offen und witzig, wie ich ihn noch nie erlebt hatte. Daheim war er immer ein absoluter Griesgram, ganz anders als hier. Wir tranken das ganze Kännchen leer, das man uns hier serviert hatte, wobei ich sogar etwas mehr bekam als er, und er amüsierte sich gerade darüber, wie ich ihm erzählte, dass meine Mutter mich einmal mit Magendarmgrippe zum Gottesdienst geschleppt hatte und ich Mister Clevelands Rücken von oben bis unten vollgekotzt hatte.

»Und dann hat sie mich rausgezerrt und mir den Mund mit Schnee ausgewaschen und …« Ich verstummte, als ich merkte, dass Ryan gar nicht mehr lachte, schloss betreten den Mund, schaute auf meinen Teller und sagte: »Sorry!«

Ich war wieder zu übermütig geworden! Verdammt! Wieso konnte ich nicht einfach …

»Hey …« Ich fühlte seinen Zeigefinger unter meinem Kinn, und er hob mein Gesicht an, sodass ich ihn anschauen musste. »Schon okay. Ich mag es, wenn du so freimütig von dir erzählst. Ich mag nur nicht, was deine Mutter alles mit dir angestellt hat.«

»Sie ist eben ein bisschen …«

»Balla Balla?«

»Streng, wollte ich sagen …« Ich kaute unbehaglich auf meiner Unterlippe.

Er zog seine Hand zurück und rutschte wieder auf dem Stuhl herum.

»Sie ist nicht streng, sie ist völlig besessen und gehört in die Irrenanstalt, nicht du!«

Ein wenig Widerstand regte sich schon in mir, doch ich protestierte nicht, denn Fakt war doch wohl, dass ich ohne einmal zurückzuschauen mit ihm mitgegangen war, mit einem fremden Mann. Womit sich die schlimmsten Albträume meiner Mutter bewahrheitet hatten. »Wieso hast du mich … hast du mich wieder mitgenommen?«, platzte es aus mir heraus.

»Weil ich den Gedanken nicht ertragen konnte, dich da zu lassen.« *Wow* … »Kein Mensch, und besonders kein Kind sollte so leben!«

KIND?

AUTSCH!

Er sah mich als Kind?

Ja, natürlich tat er das!

Wie verhielt ich mich denn auch? Nicht anders als ein … Kind!

War das das ganze Problem?

Als wir vorhin beim Spielzeuggeschäft vorbeigegangen waren, hatte ich ihn gefragt, ob ich dort auch mal reingehen könnte.

Meine Güte!

Ich wurde knallrot, weil es mir im Nachhinein so peinlich war …

»Also, bist du fertig?!«, erkundigte er sich.

»Ja …« Ryan hatte schon gezahlt, also stand er auf und nahm wieder alle Taschen. Ich folgte ihm stumm und mit hängenden Schultern aus dem Restaurant. In mir brodelte es, denn ich wollte nicht, dass er mich als Kind sah! Ich war achtzehn und ganz bestimmt kein Kind mehr! Ich hatte Brüste – sogar nicht gerade kleine – und einen Hintern! Und ich hatte … hatte auch Bedürfnisse!

Ich war kein Kind mehr, und das würde ich ihm schon noch beweisen.

Denn ich wollte ihm immer noch näherkommen – und diesmal nicht aus Mittel zum Zweck, um bei ihm bleiben zu dürfen. Er würde mich nicht mehr nach Hause schicken, das ahnte ich tief in mir. Stattdessen wollte ich ihm nahkommen, weil ich den Wunsch danach verspürte … der übrigens in jeder Sekunde, die ich mit ihm verbrachte, ein bisschen größer wurde. Ich wollte Ryan Banks so sehr, wie ich noch nie etwas auf der Welt gewollt hatte. Nach dem heutigen Tag war es sicher. Denn er war nicht nur mürrisch und ein Griesgram – er war auch lustig und aufmerksam und großzügig und einfach ... ein guter Mensch. Selbst wenn er das vielleicht nicht so sah. Ich hatte es erkannt – und das würde ich niemals wieder vergessen. Er hatte mich daheim rausgeholt, hatte sofort gesehen, dass ich dort eingehen würde und hatte es nicht zugelassen. Dieser Mann hatte sich für mich eingesetzt, als erster Mensch in meinem Leben. Er hatte mir all diese schönen Sachen gekauft, ohne ein zweites Mal über all das Geld nachzudenken. Außerdem war er einfach nur wunderschön ... Er war ... ein absoluter Traummann. Ohne, dass er es auch nur wusste.

Konnte mir irgendwer verübeln, dass ich dieses Wunder behalten wollte?

Und zwar für immer und ewig?

***

Wie bereits befürchtet, hatte Ryan sich, als wir bei ihm zuhause ankamen, wieder etwas verschlossen. Es war schon dunkel und es hatte angefangen zu regnen, was irgendwie zu der Stimmung passte – zumindest seiner. Er trug die Sachen in mein Schlafzimmer und legte die unzähligen Tüten kopfschüttelnd vor das Bett.

»Was ist?«, fragte ich leise, während ich im Türrahmen stehen blieb und diesem gefallenen Engel dabei zusah, wie er sich durch die Haare strich.

»Ach, ich kann nur nicht glauben, dass ich dich wieder hierher gebracht habe.«

»Bereust du es?«

Ungläubig sah er mich an. »Natürlich bereue ich das!«

Ich zuckte zusammen.

Er holte tief Luft. »Aber ich werde dich nicht mehr wegschicken. Du kannst hier solange bleiben, bis wir was anderes für dich gefunden haben. Vorausgesetzt, du hältst dich an gewisse Regeln.«

»Okay ...« Ehrlich, ich wagte kaum, ihn anzusehen, schon, damit er nicht sah, wie erleichtert ich gerade war.

»Keine laute Musik! Kein Rumgetanze auf der Couch! Du räumst deinen Scheiß weg, und wenn ich von der Arbeit komme ...« Er stockte und musterte mich kritisch, wie ich total schüchtern im kaum erleuchteten Türrahmen stand. »Na gut, du darfst für mich kochen.« Ein Strahlen glitt über mein Gesicht. »Aber ich gebe dir eine Liste mit Sachen, die ich gerne esse. Und du wirst putzen, hier alles sauberhalten. Meine Haushälterin, Mrs. Margret, gibt dir eine Einweisung!«

»JA! Ich liebe putzen!«

»Du bist verrückt!« Schmunzelnd ging er an mir vorbei und ließ mich freudestrahlend zurück ... okay ... er hatte mich verrückt genannt. Aber irgendwie konnte ich das nicht wirklich leugnen. Immerhin kam ich ja geradewegs aus der Irrenanstalt, oder? Und war es nicht ... war es nicht ein liebevoller Ausdruck, also in dem Sinne, wie er es gemeint hatte? Zeugte das nicht von gewissen Gefühlen? Auf jedem

Fall war ich ihm nicht egal, sonst hätte er mich nämlich weggeschickt. Ich hatte so eine Ahnung, dass es vor mir noch nicht viele … Frauen gegeben hatte, die bei ihm gewohnt hatten. Und mit »gewissen Gefühlen« konnte man doch arbeiten!

Auf jeden Fall war es ein Anfang.

***

Wir aßen auf der Couch vor dem Fernseher einen kleinen Snack, den ich uns zubereitet hatte, und Ryan trank noch ein Bier.

»Ich habe hier noch nie auf der Couch etwas gegessen«, bemerkte er irgendwann beiläufig.

»Ehrlich?« Ich schaute ihn mit großen Augen an.

»Japp … Ich habe mir auch noch nie einen Tag freigenommen, um mit irgendwem shoppen zu gehen und den Taschenträger zu spielen.«

»Es tut mir leid …«

Entnervt sah er auf. »Das sollte es auch! Mein Boss wird außer sich sein.«

»Was machst du eigentlich beruflich?«, erkundigte ich mich, bemüht, die Wogen zu glätten … und die Falten auf seiner Stirn.

»Ich bin in der Werbung tätig.«

»Oh. Okay«, antwortete ich, ohne den geringsten Schimmer, was das bedeutete.

»Ich mache diese Spots, die du da siehst, unter anderem.«
Er deutete mit seiner Gabel, auf der eine kleine Essiggurke
steckte, in Richtung riesigem Fernseher, wo gerade der
Trailer von einem Sportartikelhersteller über den
Bildschirm flimmerte.

»Wow!« Jetzt verstand ich auch, wie er sich dieses
Luxus-Penthouse leisten konnte.

»Für wen hast du schon alles Spots gedreht?«

Seine Mundwinkel zuckten nach oben. »Glaubst du
wirklich, das würde dir was sagen?«

»Wieso?«

»Na ja, du scheinst die letzten achtzehn Jahre hinter dem
Mond gelebt zu haben.« Also ehrlich war er! Schmerzhaft
ehrlich. Und er entschuldigte sich nicht für seine
Ehrlichkeit, auch auf die Gefahr hin, dass er damit Gefühle
verletzte, oder so. Wenn es so war, dann war das eben so.
Damit würde ich wohl umgehen lernen müssen, wenn ich
hier bleiben wollte. Und eigentlich hatte er recht!

Ich schmiegte meine Wange an mein angezogenes Bein
in der superflauschigen, nagelneuen Pyjamahose …. »Du
hast recht.« Ich hatte wirklich hinter dem Mond gelebt, war
immer ein Außenseiter gewesen. Mode? Was war das?
Trends? Kann man die essen?

»Wie auch immer«, sagte er, wieder in diesem Tonfall
ohne Betonung. »Ich bin so fertig, dass ich heute nicht mal
einen Fick brauche. Ich gehe jetzt pennen!« Damit stand er
auf und schlenderte davon, ließ mich nachdenklich vor dem
Fernseher zurück.

Ja. Ich war ein Freak ... Ich wusste über gar nichts Bescheid, wie es eigentlich in dieser Welt ablief. Heute im Shoppingcenter hatte ich mich gefühlt wie auf einem fremden Planeten. Aber ich wollte und musste anders werden, wenn ich wirklich sein Herz gewinnen wollte! Ich musste ... mich ändern. Aber wie? Ich hatte keine Ahnung ...

Seufzend räumte ich das Geschirr weg und legte mich ins Bett. Die Tür ließ ich offen, so fühlte ich mich ihm irgendwie näher.

Und daher hörte ich es eine Stunde später ...

Ein verzweifeltes Brüllen, das gespenstisch durch das gesamte Penthouse hallte.

Er hatte wieder einen Albtraum!

17. Der Engel

Ryan

Ich wachte wie jeden Morgen zehn Minuten vor dem Weckerklingeln auf. Es war nicht mehr dunkel, aber auch noch nicht hell, weshalb ich den Körper, an den ich mich presste – wieder – nur schemenhaft wahrnahm. Deswegen fühlte ich nur. Total verschlafen ... diese seidige Haut, diese weichen Rundungen. Ich hörte den langsamen, gleichmäßigen Atem und roch diesen süßen, so natürlichen Duft. So unschuldig, so rein ... und doch so heiß. Das fand zumindest mein Schwanz, der sich an diesen kleinen Knackarsch schmiegte. Ich blieb ganz still, würde den Teufel tun und mir noch mal einen Headnut einfangen, und schloss wieder die Augen.

Eigentlich war es gar nicht so schlimm, dass ich nicht allein im Bett lag. Es fühlte sich gut an, fast schon perfekt.

Ich genehmigte mir, mich noch enger an sie zu schmiegen. Sie war wie letztens, bis auf ein Höschen völlig nackt – und so warm. Meine Brust presste sich an ihren Rücken, meine Oberschenkel an ihre ... mein Unterkörper an ihre Weichheit. Fuck ... fuck ... fuck ...

Nein, sie war wirklich kein Kind, wie ich spätestens jetzt bemerkte, während ich meine Nase in ihrem Nacken vergrub, dort sanft darüberfuhr und den kleinen Schauer registrierte, der sie schüttelte. Selbst im Schlaf war sie empfänglich. So rein. Ich stützte mich auf einen Ellbogen, schaute auf sie herab, auf ihr friedlich schlafendes Gesicht. Mit einem Arm hatte sie das Kissen umfangen, sie hatte sich daran gekuschelt und wirkte ... wie ein verdammter Engel. Ehrlich. Mit diesem blonden Haar und diesen riesigen blauen unschuldigen Glupschern konnte sie schon echt als Gottesgestalt durchgehen. Geradewegs vom Himmel herabgestiegen. So rein und unschuldig und GUT. Wie übel, dass sie gerade im Bett vom Teufel persönlich gelandet war. Doch ... ich konnte sie nicht rausschmeißen, auch wenn es das einzig Richtige gewesen wäre. Alles in mir sträubte sich dagegen, stattdessen strich ich ihr eine Strähne aus der Stirn, fühlte die samtig weiche Haut unter meinen Fingerspitzen, erinnerte mich daran zurück, wann und ob ich jemals eine Frau so berührt hatte, und kam zu einem vernichtenden Ergebnis: Ich hatte noch niemals eine Frau so berührt.

Und ich hatte auch niemals eine Frau in meinem Bett schlafen lassen.

Vor allem aber hatte ich zum zweiten Mal seit endlosen grauenhaften Jahren mal wieder so richtig geil durchgepennt und fühlte mich frisch und erholt nach dem Schlaf.

Genau wie beim letzten Mal, als sie zu mir ins Bett gekrochen war.

Wie machte sie das nur?

War sie ein Schlafengel? Gesandt, um mich zu retten?

Ich grübelte noch, nach wie vor an sie geschmiegt, als sie anfing sich zu regen und ihren kleinen Knackarsch an mir zu reiben.

Verdammt!

Ich wollte sie ficken!

So sehr!

Aber stattdessen verhärtete sich mein Gesicht ... es wurde zu dieser Maske, die ich mir angewöhnt hatte, anderen Menschen gegenüber zu tragen, und mein Blick wurden hart, als sie lächelte, verschlafen blinzelte und sich dann umdrehte ... Als sie die Augen öffnete und mich direkt ansah. Mich und auf meine abgefuckte dunkle Seele.

Kaum hatte sie meinen Blick bemerkt, zuckte sie merklich zusammen. »Oh ...«

»Ja«, knurrte ich anklagend.

»Ich ... ich ... es tut mir leid!«

»Sollte es auch. Ich habe dich nicht in mein verdammtes Bett eingeladen!« Sie raffte die Decke hoch an ihre süßen Brüste, die mich folterten. Ich war pissig. Hier lag sie ...

eine absolute Traumfrau. So unberührt, so heiß! Die perfekte kleine Lolita. Und ich durfte sie nicht ficken!

Niemals!

»Es tut mir leid«, stotterte sie, die blauen Augen aufgerissen, die blonden Haare ein einziges Chaos, das ihr Gesicht umrahmte, und die Wangen rot – mit steigender Tendenz. »Du hattest wieder einen Albtraum und … ich wollte dir helfen.«

»Tja, es hilft mir aber nicht, wenn du mich ständig hart machst und ich dich nicht ficken darf!«

Sie wurde noch ein bisschen roter, wie von mir erwartet,

»Ich … ich mache dich hart?« Sie schaute nach unten, dorthin, wo sich der Beweis meiner Worte gegen die Shorts drückte, dann schoss ihr Blick wieder hoch. Ihre Augen waren riesig und ihre Wangen flammend rot.

»Ich … äh … es tut mir leid!«

»Das sollte es auch!«, bestätigte ich. »Also, wenn du nicht willst, dass ich dich jetzt so ficke, dass du eine Woche nicht mehr laufen kannst, dann machst du lieber, dass du aus meinem Bett kommst!« Eigentlich hatte ich sie damit vertreiben wollen, einschüchtern, zu Tode erschrecken. Aber sie tat selten, was man von ihr erwartete, das hatte ich inzwischen begriffen. Ihr Blick fing an verwegen zu funkeln, wurde auch um einiges dunkler – und ängstlicher – und sie legte sich auf den Rücken. Dabei schloss sie die Augen, als würde sie etwas total Übles erwarten und sagte: »Ich bin bereit!« Die Fäuste geballt, das kleine Kinn zitternd.

Trotz meiner scheiß Laune musste ich mir mühsam das Lachen verbeißen. »Meine Fresse, du heulst doch schon wieder gleich!«

»Ich weiß, dass du DAS dafür erwartest, dass ich hierbleiben darf. Es ist okay. Wirklich!«, sagte sie tapfer, und ich schüttelte amüsiert den Kopf. Dann beugte ich mich vor und sprach direkt an ihrem Ohr.

»Glaubst du etwa, ich habe es nötig, eine Frau zu bumsen, die sich vor mir ins Höschen scheißt? Nein, Süße, ich will meine Frauen nach mir lechzend, willig und voller Gier ...« Ich ließ meine Zunge über ihren Hals gleiten ... saugte kurz an der empfindlichen Haut unter ihrem Ohr und beobachtete, wie sich ihre Nippel sofort aufstellten. Doch sie wurde steif wie ein Brett. Anfängerin! Pah! »Ich will eine Frau, die weiß, was sie tut und nicht ein kleines zitterndes Mädchen, das trocken wie die Wüste Gobi ist. Also verschwinde. Aus. Meinem. Bett. JETZT!«

Die letzten Worte hatte ich eher geknurrt als gehaucht, weil sie mir so schwer fielen und weil sie es endlich checken musste! Sie schoss nach oben. Tränen in den unschuldigen wunderschönen Augen. Anklagend und total verletzt sah sie mich an und presste die weiße Decke an ihre Brust.

»Du bist so gemein!«

»Und du bist absolut nicht meine Liga!«

»Arschloch!«, rief sie mir kämpferisch entgegen – oha! Damit brachte sie mich endgültig zum Lachen. Sie war bereits aus meinem Bett gesprungen und mit der Decke an ihre Brüste gepresst aus meinem Schlafzimmer gestampft.

»Das ist meine …« *Decke* wollte ich sagen … da hatte sie schon die Tür mit voller Wucht hinter sich zugeknallt.

Auch gut.

18. Felicitas

Regan

Die nächsten zwei Tage der Woche vergingen wie im Flug. Ryan war wie immer kurz angebunden und ziemlich mürrisch. Aber es gab auch ein paar einschneidende Veränderungen: Er aß mit mir zu Abend, und manchmal, wenn ich Glück hatte, erzählte er mir sogar ein wenig von seinem Tag. Ich verstand zwar nur Bahnhof, weil ich von seinem Metier keine Ahnung hatte, aber ich lauschte trotzdem andächtig und hing an seinen schönen Lippen. Auch wenn er ein Arschloch war, das mir ein für alle Mal klar gemacht hatte, dass zwischen uns nie etwas laufen würde, so konnte ich nicht die Augen von ihm lassen. Und natürlich hatte mich verletzt, was er in diesem Bett an jenem Morgen zu mir gesagt hatte! Natürlich hatte ich danach geweint, aber ich hatte mir vorgenommen, nicht einfach so aufzugeben! Mich nicht unterdrücken und niedermachen zu lassen, nicht dieses Mal!

Dieses Mal hatte ich ein eindeutiges Ziel!

Ich musste eine Frau werden!

Und zwar eine, die er auch als solche erkannte!

Momentan hielt er mich eher für eine dahergelaufene Katze, er gab mir zu Essen, das ich selber zubereitete, und ab und zu schenkte er mir ein paar kleine Häppchen seiner Zuneigung, also auf Ryan-Art. Indem er beim Abendessen eben mit mir redete. Manchmal konnte ich ihn sogar zum Lachen bringen. Ab und zu ertappte ich ihn dabei, wie er lächelnd am Esstisch saß und mir dabei zusah, wie ich noch die letzten Handgriffe bei der Zubereitung des Essens erledigte. Er lobte sogar mein Essen! Kochen war eine meiner Leidenschaften, etwas, womit ich punkten konnte, was blieb mir denn anderes übrig, als zu versuchen, ihn damit zu bestechen? Außerdem, hieß es nicht: Die Liebe geht durch den Magen?

Ein bisschen schien es sogar zu funktionieren, denn wenn wir beim Essen saßen, dann taute er ein wenig auf, aber sonst nicht. Kein bisschen.

Also fasste ich einen Plan. Von dem Haushaltsgeld, das er mir jeden Morgen hinlegte, kaufte ich mir am nächsten Tag erst mal von jeder Frauenzeitschrift eine, die ich in den folgenden Stunden studierte. Noch niemals hatte ich mir sowas kaufen dürfen, es war, als würden sich mir völlig neue Welten eröffnen. Welten, von denen ich keine Ahnung gehabt hatte! Plötzlich wusste ich, was angesagt war …

dass es toll war, eine Lücke zwischen den Beinen zu haben, und was die angesagten Lippenstift-Farben und Frisuren waren, welche Schuhe man gerade trug und wie man es sich am besten selber machte. Ja! Das stand da! Einfach so, schwarz auf weiß! Ich wurde knallrot, als ich den Artikel las und wusste, dass ich das niemals ausprobieren würde! Auch wenn es einen – ziemlich verruchten und verborgenen – Teil in mir schon interessierte, WAS Lust war und WIE ich mir die selbst beschaffen konnte. Anscheinend waren meine lahmen Versuche, die mich in den ganzen Schlamassel gestürzt hatten, niemals mehr als genau das gewesen: Echt lahme, total fruchtlose Versuche.

Nach wie vor kam es mir komisch vor, mich selbst zu berühren, ganz besonders aber gottlos. Ich hatte immer gewusst, dass der Heiland dagegen war, dass man dafür in die Hölle kam, ich hatte es ja auch gar nicht oft getan. Wirklich nicht oft …

Und dann auch noch die Vorstellung, dass jemand anderes mich dort … und dort berührte …

Ehrlich gesagt konnte ich mir das nur bei einem Menschen vorstellen. Und der hatte mir eindeutig klar gemacht, dass dies wahrscheinlich nicht in einer Million Lichtjahren passieren würde. Außerdem reichte es nicht! Als ich mir am nächsten Tag Make-up kaufte, total unbeholfen im kleinen Supermarkt um die Ecke, und mich dann schminkte, sah ich aus wie ein Clown – aus einem Horrorfilm. Meine Wangen waren viel zu rot, das Restliche von meinem Gesicht viel zu weiß, weil ich eindeutig ein viel zu helles Make-up gewählt hatte. Meine Augen waren von schwarzen Schlieren umgehen, okay, dadurch strahlte mein Blau ziemlich, aber nun sah ich aus wie ein cracksüchtiger Waschbär! Darüber hinaus hätte es sein können, dass ich bei den Augenbrauen etwas zu viel Farbe benutzt hatte, weswegen diese zwei schwarzen Balken glichen. Und außerdem waren die sowieso nicht gezupft und ich damit nicht im Trend.

Als mich Ryan an diesem Abend erblickte, erschrak er fast zu Tode.

»Heilige Scheiße! Willst du bei ES mitspielen?«, fragte er und fasste sich theatralisch ans Herz. Ich wurde unter den vielen Schichten, Concealer, Make-up, Puder und Rouge knallrot und flüchtete schnell ins Bad, wo ich mir das Zeug mit einem Abschminktuch runterschrubbte. Meine Güte! Ich machte aber auch nichts richtig!

Es kostete mich etliche Versuche, um ihm wieder unter die Augen zu treten, und ihn, bei meinem Anblick nicht sofort wieder laut loszulachen.

Als wir danach zu Abend aßen – ich hatte Spaghetti carbonara und Sommersalat mit Kürbis und Sonnenblumenkernen sowie karamellisiertem Feta-Käse gemacht –, erzählte er mir, dass er morgen eine Party geben würde.

»OH!«, rief ich und ließ meine Hände mit dem Besteck sinken.

»Ja«, antwortete er mürrisch.

»Wieso?«

»Ich habe Geburtstag«, knurrte er und mir fiel fast die Gabel aus der Hand.

»Du hast Geburtstag?«

»Hab ich doch grad gesagt!«

»Das ist ja schön! Wie alt wirst du?«

»Dreißig!«

»WOW!«

Er sah mich an, als wäre ich wahnsinnig – wieder mal. »Das ist kein Grund zur Freude, ganz im Gegenteil!«

»Doch!« Heftig nickte ich. »Das ist der Tag, an dem du auf diese schöne Welt gekommen bist, und es ist gut, dass du ihn feierst!«

»Das tue ich nur, weil sie sonst keine Ruhe geben.«

»Wer ist sie?«

»Meine Familie – und Freunde. Die kommen morgen alle ...« Er seufzte und rieb sich geschlagen über das Gesicht.

»OH!« Ich würde seine Familie und Freunde kennenlernen! WOW!

»Es wäre vielleicht besser, wenn du ... wenn du an diesem Abend im Zimmer bleibst.«

Es war, als hätte er einen Eimer mit eiskaltem Wasser über mich entleert. WAS?

Ryan schaute hoch und entlarvte natürlich sofort die Enttäuschung in meinen Augen.

»Solche Partys, wie ich sie feiere, sind nichts für dich. Deswegen!«

»Das ist mir egal, ich will mit dir Geburtstag feiern!«, blaffte ich kämpferisch, und er verdrehte die Augen. Dann sah er mich skeptisch an und legte den Kopf schief.

»Okay.«

»Okay?«

Und nun lächelte er teuflisch. »Aber sag nicht, ich hätte dich nicht gewarnt!«

***

Der nächste Tag war ein Samstag, weswegen Ryan zu Hause war. Nach dem Rausschmiss an jenem Morgen, hatte ich nicht mehr in seinem Bett geschlafen. Und ja, natürlich hörte ich ihn schreien und brüllen und ja, es zerriss mir das Herz, ich hörte ihn in jeder verdammten Nacht! Aber ich ging nicht zu ihm. Auch wenn es mich alles kostete.

Heute Morgen war er besonders mürrisch, denn am Abend würde die Party steigen. Ich freute mich und fragte, ob ich dekorieren sollte, aber er sagte, das würde eine Firma übernehmen und wir sollten uns erst mal um mich kümmern.

»Um mich?«

»Ja, ich bringe dich zu Felicitas, die macht das.«

»Wer ist Felicitas?«

»Das wirst du schon sehen! Jetzt zieh dich endlich an, ich habe nicht den ganzen Tag Zeit!« Total genervt lehnte er im Türrahmen – einem Adonis gleichend – in einem cremefarbenen warmen Pullover sowie einfacher Jeans …

und wartete darauf, dass ich in meine Jeans und ein Top schlüpfte. Dann ging er mit mir aus der Haustür, ein Stockwerk nach unten und klingelte bei »Michalovski.«

Als eine wunderschöne, rassige Latina öffnete, fiel mir fast die Kinnlade herunter.

»Ist das dein Ernst? Es ist gerade mal zwölf!«, meinte sie gähnend und kratzte sich den Hintern, dann glitt ihr Blick zu mir. »Oh ...«

»Kannst du dich um sie kümmern?«

Sie blinzelte ein paarmal hektisch. »Wie?«

»Dass sie heute Abend für die Party passabel aussieht?«, führte er deutlich entnervt etwas weiter aus. Klang fast so, als würde er sich für mich schämen. Ich wurde immer kleiner.

Sie sah mich skeptisch an, was auch nicht unbedingt schmeichelhaft war. »Wieso?«

»Weil sie ... sie wohnt bei mir.«

»SIE WOHNT BEI DIR?« Felicitas fiel fast alles aus dem Kopf.

»Ja. Aber ich ficke sie nicht, also mach keinen Aufstand!«

»Wieso wohnt sie dann bei d...«

»Also! Kannst du dich nun um sie kümmern, oder nicht?«, unterbrach er sie ungeduldig.

Ich schaute betreten zu Boden und sah deshalb Felicitas teuflisches Lächeln nicht.

»Und *wie* ich das kann!« Damit nahm sie mich an der Hand und zog mich in das Innere ihrer absolut chaotischen, aber luxuriösen Bude. Die Tür warf sie direkt vor Ryans Nase zu. Also, diese Felicitas schien nicht den geringsten Respekt vor ihm zu haben.

»Also … ich bin Felicitas, achte einfach nicht auf das Chaos. Ich bin Künstlerin, das gehört so … und du bist?«

»Ich heiße Regan«, flüsterte ich.

Ich folgte ihr betreten in die hübsche Küche, und sie deutete nachlässig auf einen der Hocker vor dem Tresen, wo ich mich hinsetzte und der wunderschönen Frau in dem weißen Morgenmantel dabei zusah, wie sie Kaffee zubereitete. Sie hatte langes schwarzes, unsagbar glänzendes Haar, auch wenn es gerade etwas verstrubbelt war, haselnussbraune, riesige Augen, meterlange gebräunte Beine, wunderschöne volle Brüste und eine schmale Taille. Ihr Gesicht war absolut symmetrisch, hatte einen lateinamerikanischen Touch und war einfach so schön, dass man sie nur anstarren konnte. Sie war eindeutig die schönste Frau, die ich je gesehen hatte. Was hatte sie mit Ryan zu tun?

»Also, was hast du mit ihm zu tun?«, fragte sie mich locker in genau demselben Moment, als ich mir fast die gleiche Frage stellte, und ich … rutschte unbehaglich auf dem Hocker herum.

»Ich äh … bin ihm zugelaufen.« Sie lachte.

»Wie eine Katze?«

»Ja, so ähnlich. Es ist … kompliziert.«

»Und du wohnst bei ihm?«

»Ja.«

»Wie lange schon?« Sie durchwühlte ihren Kühlschrank, holte aber schließlich nur Milch für den Kaffee heraus. Vorsichtig roch sie daran, ob diese noch gut war, riss angewidert den Kopf zurück und stellte sie kopfüber in den Ausguss. Aus einer Ecke kramte sie eine neue Flasche und stellte sie dann zwischen uns auf den Tresen.

»Eineinhalb Wochen.«

»Und du wärmst ihm natürlich das Bett.« All das sagte sie ohne die geringste Betonung, als wäre es eine Selbstverständlichkeit.

»Nein«, kreischte ich. »Also nicht so.« Ich wurde knallrot, und sie stockte.

Sie stand gerade an der Kaffeemaschine und sah auf. »Wie? Ihr hattet echt keinen Sex?«

»Nein.«

Sie starrte mich an, wie ein achtes Weltwunder.

»Du bist eine Transe?«

»NEIN!«, rief ich, aus der Vogue wusste ich gottseidank ganz genau, was sie meinte. Sie runzelte die Stirn.

»Du bist lesbisch?«

»Nein!« Allein die Vorstellung trieb das Blut in meine Wangen und den kalten Schweiß auf meine Haut. Verdammt, das war eine Todsünde!

Sie winkte ab. »Schon klar, das wäre ihm auch egal gewesen … Dann würde er dich einfach bekehren«, murmelte sie vor sich hin und schenkte den durchgelaufenen duftenden Kaffee ein. »Du bist äh … du hast eine ansteckende Krankheit? Wobei ihm das auch egal wäre.«

»Nein!«, rief ich wieder, mit wachsender Verzweiflung.

»Aber wieso?«

»Wieso was?«

»Wieso hat er dich noch nicht flachgelegt? Ich meine, schau dich an! Du bist wunderschön! Und total süß!«

»*Du* findes*t mich* wunderschön?«, fragte ich und mein Herz schlug schneller. Das konnte ich nicht glauben, so hatte mich noch nie ein Mensch genannt!

Ihre perfekte Stirn legte sich in kleine Falten. »Äh ja. Ganz offensichtlich.«

»Danke.« Ich wurde noch roter, obwohl ich bis zu diesem Moment geglaubt hätte, dass das nicht möglich war.

»Also, du behauptest wirklich, du lebst seit fast zwei Wochen da oben und er hat dich nicht einmal angerührt!«, fasste sie zusammen.

»Doch … aber nur kurz und … er sagt … ich bin ein kleines Mädchen und keine Frau und … eigentlich ist er die meiste Zeit total abweisend und gemein zu mir. Glaube nicht, dass er irgendwas an mir findet.« Ich zuckte mit den Schultern. Gott, war das peinlich!

»HA!« Sie lachte und stellte mir eine Tasse mit Kaffee vor die Nase. »DAS können wir ändern!«

»Können wir?«

»OH ja!«

Felicitas war Model – Supermodel genauer gesagt. Sie war seit ihrem zwölften Lebensjahr im Geschäft, hatte Ryan vor sechs Jahren kennengelernt, als sie gerade achtzehn geworden und in ihre Wohnung gezogen war, und sie wusste genau, was sie tat. Sie war exakt das, was ich gebraucht hatte, weswegen ich mich jeder Folter voller Elan ergab. Ich ließ mir die Beine wachsen! Die Augenbrauen zupfen! Ich ließ mir die Haare glätten und dann wieder Wellen hineinmachen, wieso auch immer! Ich ließ mir das Gesicht schminken – professionell diesmal, ohne danach wie ein verunglückter Waschbär auszusehen –, und schließlich schlüpfte ich in die weiße Spitzenunterwäsche und das Kleid, das sie mir gab.

Es war weiß, einfach nur weiß, und unglaublich knapp. Gerade mal meinen Hintern bedeckend, aber total heiß, laut ihrer Aussage. Dazu bekam ich die höchsten Heels, die sie finden konnte ... Da sagte ich das erste Mal NEIN! Ich hatte selbst passende Folter-Schuhe! Die goldenen Heels! Felicitas holte sie und fand, sie passten tatsächlich ganz gut. Allerdings beklebte sie meine Füße mit Blasenpflastern und legte eine dicke weiche Sohle hinein, damit ich darin nicht mehr so herumrutschte und einen festen Stand hatte.

Sie ließ das Haar leicht gewellt und goldglänzend über meinen Rücken fallen, nur an den Seiten hatte sie mir zwei geflochtene Zöpfe gebunden und nahm sie nach hinten. Meine Augen schminkte sie nur ganz leicht in einem sanften Braun. Dazu verpasste sie mir roten Lippenstift, sodass mein Mund förmlich herausstach und voll und sinnlich wirkte. Ich bekam goldene lange Ohrringe, die schimmernd meinen Hals betonten, und ein paar passende Armreifen. Außerdem feilte und lackierte sie mir die Nägel in einem Rot, das zu meinem Lippenstift passte.

Und fertig war ich!

***

Die Aufhübschung hatte den halben Tag gedauert, vor allem, weil sie ziemlich oft mit irgendwelchen Menschen telefonierte und sich nebenbei auch selber fertigmachte. Und ganz nebenbei quatschte sie in einer Tour.

Niemals zuvor hatte ich eine Person kennengelernt, die so schön, so nett, und so unvorstellbar mitteilungsbedürftig war.

Ich konnte mich nur im Spiegel anstarren, denn ich sah wirklich, wirklich unglaublich aus! So hatte ich mich selbst noch nie gesehen! Noch niemals in meinem ganzen Leben war mir aufgefallen, wie voll mein Mund war, wie groß und strahlend meine Augen, wie perfekt geformt mein Körper, wie lang meine Beine und wie schön mein Haar …

Zum ersten Mal sah ich die Frau in mir – und hoffte, dass Ryan sie auch erkennen und dass sie ihn absolut umhauen würde. So, wie mir Felicitas das prophezeite, während wir unsere Schuhe anzogen und uns schließlich aufmachten …

19. Swingerpartys und andere Katastrophen

Regan

Eigentlich kannte ich Ryans Apartment mittlerweile in- und auswendig, aber als wir es jetzt betraten, war es, als wäre ich in einer anderen Welt. Der Flur war behängt mit goldenen Glitzerschlangen, nur ein paar Spots erhellten den teuren Tisch an der Seite und den schwarz glänzenden Marmor. Aus dem Wohnraum drang ein lila Schein zu uns vor. Musik dröhnte, halb nackte Leute unterhielten sich. Der riesige Wohnraum des Penthouse' war auch in Schwarz und Gold dekoriert, von irgendwo wurde Nebel versprüht, die Bar neben dem Klavier war in ein schwaches Lila getaucht. Ansonsten waren die Lichter gedimmt, alles wirkte ein wenig konfus. Auf der riesigen Couchecke tummelten sich alle möglichen, mehr oder weniger angezogenen Leute mit Masken, und auch mir wurde von

Felicitas eine Maske gereicht, die nur die Partie rund um meine Augen verdeckte. Sie war auf venezianische Art geformt, in unschuldigem Weiß, während sie sich eine schwarze Maske anlegte. Der Esstisch war verschwunden, dafür war dort eine Art Tanzfläche errichtet worden, dahinter funkelte die Stadt in den schönsten Blau- und Weißtönen. Die Menschen hier waren alle so schön, so ausgelassen, wie ich es nie zuvor erlebt hatte. Nebenbei merkte ich, wie die Blicke der Männer verlangend über mich wanderten, weswegen ich knallrot wurde.

Felicitas nickte zustimmend. »Japp, die Kerle stehen auf dich. Besonders Harley.«

»Harley?«

»Ryans Bruder.« Felicitas zog mich zur Bar, wo sie uns was zu trinken mixte und nickte in die entgegengesetzte Richtung. Ein echt hübscher, groß gewachsener Mann in schwarzem Anzug beobachtete mich mit einem Drink an seinen sinnlich lächelnden Lippen. Sofort schaute ich zu Boden, während ich fühlte, dass meine Wangen lichterloh brannten. Ich wollte nicht die Beachtung von irgendeinem Harley … sondern nur von *ihm*. Wo war er überhaupt?

Während Felicitas plapperte und mixte, ließ ich meinen Blick erneut durch den Raum schweifen und befasste mich etwas länger mit den Menschen auf der Couch … Wo ich ihn auch fand … oben ohne! Nur in Jeans! Und mit zwei Frauen! Die eine küsste seinen Mund, die andere beschäftigte sich mit seinen Nippeln, seinem Bauch … All die Fantasien davon, was er mit diesen Frauen wohl im

Schlafzimmer machte, wurden real, als ich sie beobachtete. Es war wie ein Autounfall. Es tat weh … aber ich konnte auch nicht wegsehen.

»Oh Süße, vergiss ihn einfach und trink lieber mit mir!« Meine neue Freundin reichte mir einen dunklen Cocktail mit Schirmchen und Kirsche und stieß mit mir an. »Diese Welt hat so viele andere schöne Männer zu bieten, die nicht so abgefuckt sind, wie Ryan Banks!« Dann nahm sie einen Schluck und lächelte einen großen muskulösen Typ an, der sich an uns vorbeischob, um zur Bar zu gelangen. Er stolperte fast, und ich kicherte. Mann, wie gern hätte ich auch so eine Wirkung auf die Männer! Oder besser gesagt auf den einen, aber der war ja beschäftigt … Gerade kniete sich eine der Frauen vor ihm auf den Boden! Einfach so! Vor allen Menschen, während er die andere küsste …

Oh Mann …

Was würde ich dafür geben nur einmal SO von ihm geküsst zu werden und SO seinen Körper berühren zudürfen!

Wieso durften die das überhaupt und ich nicht?

HÄ?

Je länger ich hinsah, desto übler wurde mir. Ja, es war wirklich wie ein Autounfall, denn ich konnte einfach nicht den Kopf abwenden, egal, welchen neuen grausamen Level die Geschichte dort drüben auch gerade erreichte. Was zur Hölle – oh verdammt – OH! – war das hier eigentlich?

»Hey hübsche Frau!« Mit einem Mal stand er vor mir. Harley Banks, Ryans Bruder, und ich schaute ihn erschrocken an.

»Äh hi …« Felicitas kicherte und unterhielt sich weiter mit dem Muskelmann zu unserer Rechten, den ich spontan Meister Propper taufte, hatte aber immer einen Blick auf mich, als Harley Banks sich mit den Ellbogen neben mich an die Bar lehnte und mich aufmerksam fixierte.

»Dich habe ich hier noch nie gesehen.«

»Nun, das liegt daran, dass ich bis jetzt noch nicht hier war!«, antwortete ich nassforscher, als ich mich fühlte und trank noch einen Schluck von meinem Cocktail. Meine Güte, wieso tranken das die Menschen freiwillig? Das brannte, als würde man mir die Kehle verätzen.

»Ja, das könnte unter Umständen die Antwort sein. Denn wenn du öfter hier gewesen wärst, wärst du mir auf jeden Fall sofort aufgefallen. Bist du allein hier?« Ich ließ meinen Blick über diesen … ein wenig aufdringlichen Kerl neben mir gleiten. Er sah unglaublich gut aus, was aber klar war bei seinen Genen. Sein Lächeln war offen und locker, sein Drei-Tage-Bart gepflegt, und seine Augen umwerfend. Er war mir sofort sympathisch, und außerdem verstärkte sich das warme Gefühl in meinem Bauch, je länger ich ihn ansah und je mehr ich von meinem Cocktail trank. Er war blond, nicht so dunkelhaarig wie Ryan, seine Augen waren blau, nicht grün. Alles in allem wirkte er viel heller, viel freundlicher als der Miesepeter, der nicht mal wusste, dass ich überhaupt da war und sich lieber mit anderen Frauen vergnügte.

Arsch!

Trotz machte sich in mir breit. »Ja, bin ich. Okay, eigentlich wohne ich hier!«

Er riss die hübschen Augen auf. »DU wohnst HIER?«

»Japp.«

»Bei Ryan?«

»Ja, wobei, eigentlich hält er mich eher wie ein kleines Hündchen«, gab ich düster dazu und leerte den Drink in einem Zug.

»Bist du dir sicher, dass du das Zeug so schnell in dich reinschütten solltest? Felicitas' Mischungen sind nicht ohne«, merkte er mit leisen Zweifeln an.

»Klappe! Sie sind genial!« Er bekam von ihr einen Schlag auf den Hinterkopf und lachte. Ich mochte sein Lachen und musste auch grinsen.

»Hör nicht auf den Kerl, er weiß nicht, was gut ist, Süße! Ich mache dir noch einen!« Ohne meine Antwort abzuwarten, machte Feli sich ans Werk, während dieser Harley mich mit schief gelegtem Kopf musterte und mit einem Mal fragte: »Fickt er dich?«

Hätte ich was im Mund gehabt, hätte ich mich verschluckt. Also in Sachen Direktheit standen sich die Brüder eindeutig in nichts nach.

»ÄH NEIN!«, keuchte ich und spürte, dass meine Wangen wieder heiß wurden.

Er lachte. »Okay. Sorry, ich musste das so direkt fragen. Ansonsten hätte ich nämlich das hier nicht tun können.«

»Was denn?«, fragte ich, da kam er mir schon näher und lehnte einen Arm hinter mir an der Bar an. Nun war er mir so nah, dass ich sein Aftershave wahrnehmen konnte, und das roch ziemlich gut. So gut, dass sich mein Kopf ehrlich gesagt drehte.

»Wie heißt du, Süße?«, erkundigte er sich rau, seine Lippen so nah, dass ich die feinen Fältchen darin sehen konnte.

»Regan McKenzie.« Ich schluckte, auch wenn mein Hals staubtrocken war, und fühlte, wie sein Finger hauchzart über meine Wange glitt.

»Und du hast keine Ahnung, in was du hier reingeraten bist, oder Regan McKenzie?« Ich schüttelte den Kopf. »Soll ich es dir zeigen?«

Mit einem Mal war ich nicht mehr sicher, ob ich das wirklich wollte, und schaute mich nach Felicitas um. Die verdrehte die Augen und reichte mir einen nächsten Drink.

»Rück ihr nicht so auf die Pelle, Harley, du siehst doch, dass du sie total überforderst!«

»NEIN, tut er gar nicht!«, sagte ich mutig und trank noch einen Schluck. Ich war es leid, dass jeder dachte, ich wäre so dumm und unschuldig und sonst was. Besonders er!

»Siehst du, tu ich gar nicht!« Harley grinste breit und spitzbübisch, womit er noch mal um einhundert Prozent attraktiver wurde, dann nahm er mir den Drink ab und meine Hand. Er zog mich hinter sich her ... »Wohin ... wohin gehen wir?«, stammelte ich.

»Tanzen!«, meinte er nur, wirbelte herum und zog mich an sich ...

Und alles drehte sich sooooo lustig!

Woah!

***

Ich hatte noch niemals in meinem ganzen Leben mit einem Jungen getanzt, und das hier war kein Junge, sondern ein Mann. Die Musik dröhnte in meinen Ohren, das Herz gegen meine Rippen, ich fühlte seine großen männlichen Finger viel zu intensiv auf meiner Hüfte, sein Blick brannte auf meinem Gesicht und meine Finger hatte ich zaghaft auf seine Brust gelegt. Sie war hart und muskulös, dieser Mann roch so unsagbar gut, und er lächelte so hübsch. Ich mochte Harley Banks, denn er war ganz anders, als sein immer angespannter, so ernster Bruder. Er machte es mir leicht, ihm zu folgen, die Augen zu schließen und meine viel zu schwere Stirn an seine Schulter zu lehnen ... Ich mochte, was ich von ihm fühlte und wie *ich* mich in seinen Armen fühlte. Irgendwie so gewollt ... so gemocht ... *begehrt* ...

»Du bist also Ryans Bruda?«, fragte ich, merkte, dass die Worte nicht mehr ganz so leicht über meine Lippen kamen, und schaute hoch in seine hübschen blauen Augen.

»Japp.«

»Jünger oder älter?«

»Drei Jahre jünger. Das Glückskind von uns beiden, während Ryan eher die Arschkarte gezogen hatte.«

»Okaaay ...«

Das war meine Chance, mehr über den Mann herauszufinden, der sich nicht länger auf der Couch befand, wie ich nach einem kurzen Blick feststellte. Auch die beiden Frauen waren weg, weil er wahrscheinlich gerade sonst was mit ihnen anstellte! ARSCH! Ein eisiger Schauer des Grauens kroch bei der Vorstellung über meinen Rücken ... und ein heißer Blitz landete direkt in meinen Bauch.

Woah!

»Wie ... wie war er so als Kind?«, fragte ich hastig.

Er schien zu überlegen. »Genauso wie jetzt. Immer angespannt und viel zu ernst.« Harleys Gesicht verdüsterte sich etwas, er schwang mich mit einem Mal herum, sodass ich mit dem Rücken zu ihm stand, seine Lippen an meiner Schläfe, seine Arme um meinen Bauch ... »Aber lass uns nicht mehr über ihn reden. Reden wir doch mal über dich!«

»W... was willst du denn von mir wissen?«

»ALLES!«, hauchte er direkt in mein Ohr, und ich erschauerte. Heiß oder kalt – oder keine Ahnung wie ...

Ich schloss die Lider, biss mir auf die Unterlippe. »Alles?«

»Und noch viel mehr!« Ich spürte etwas Hartes in meinem Kreuz und stolperte vor Schock, doch er fing mich auf.

»Oops ...«

»Sorry, mein Kopf dreht sich ein bisschen.«

Leise lachte er. »Die Wirkung habe ich meistens.«

»Was?«

»Komm, gehen wir ein bisschen an die frische Luft!«

Ohne eine Antwort abzuwarten, zog er mich auf die riesige Dachterrasse, die das Penthouse umgab, und an die kalte, fast eisige Luft. Doch anstatt, dass sich mein Kopf klärte, merkte ich hier erst recht, dass ich zu viel getrunken hatte und absolut nicht mehr klar denken konnte. Der Nebel in meinem Kopf nahm immer weiter zu, und so nahm ich das Glas Wasser mehr als dankbar an, das Harley mir kurz darauf reichte.

»Geht's wieder?«, fragte er mitfühlend; ich schloss für einige Sekunden die Augen und lehnte mich mit beiden Armen an die Brüstung, atmete tief durch. Mir war innerlich so heiß …

»Ja. Ich vertrage nichts.«

»Das habe ich gemerkt!«

Ich grinste. »Aber du wirst es doch nicht ausnutzen, oder?«

»Niemals!«, antwortete er trocken und zündete sich eine Zigarette an. Er war hübsch, wenn er rauchte. Okay, genau genommen war er immer hübsch.

»Also … erzähl mir alles!«, forderte er und ich tat es …

Ich erzählte ihm von meiner irren Mutter, von der Klapse, wie ich geflüchtet und hierher gekommen war, wobei er echt aufmerksam lauschte und hin und wieder »HM« oder »AH« oder »OH« machte … Er war ein wirklich guter Zuhörer und dazu auch noch total attraktiv.

Hatte ich das schon mal erwähnt? Ja, okay, nicht so attraktiv wie dieser blöde Ryan Banks da drin, aber fast genauso. Außerdem schien er sich, im Gegenteil zu dem Kerl da drin, ehrlich für mich zu interessieren. Das tat mir gut. Ich ging total in meinen Erzählungen auf, konnte mir endlich alles von der Seele reden, was mich schon so lange belastete. Meine Zunge war durch den Alkohol genauso gelöst wie meine Gedanken, es bestand praktisch keine Barriere zwischen meinem Hirn und meinem Mund. Und ich trank schließlich doch noch ein bisschen von seinem ekelhaften Bier, auch wenn er mich warnte, dass ich es nicht übertreiben und erst recht nicht mischen sollte. Weiß der Geier, was er damit meinte.

Eine Stunde später saßen wir auf einer der gemütlichen Lounges neben einem kleinen Feuer, das in einer der Feuerstellen entzündet worden war ... Ich erzählte gerade von meinem freiwilligen Engagement im Tierheim und wie sehr meine Mutter es gehasst hatte, wenn ich voller Haare nach Hause gekommen war. Er hörte mir schmunzelnd zu und sagte, er habe auch einen Hund mit dem einfallsreichen Namen Buddy ... Unaufgefordert zeigte er mir das Foto eines schwarzen Labradors auf seinem Handy.

»Oh Gott, ist der niedlich!«, schrie ich schrill. »Hast du Bilder davon, als er klein war?«

»Ja.« Grinsend scrollte er etwas in seinem Handy herum, und mir fiel auf, wie verdammt schön sein Profil war.

»Du bist total hübsch von der Seite«, sagte mein Mund, bevor mein Hirn ihn aufhalten konnte, und ich schlug mit der Hand auf meine Lippen. Wie peinlich! Warum war ich immer so verflucht peinlich?

Doch Harley grinste nur und scrollte weiter. »Danke ... Und du bist total süß, wenn du angeheitert bist, wobei du auch nüchtern sicher total niedlich bist.«

»Ja hmpf, danke.« Ich schmollte. Er hörte auf zu scrollen und sah mich amüsiert mit hochgezogener Augenbraue an, während er einen Ellbogen locker auf die Lehne gestützt hatte und mit meinen Haaren spielte.

»Was?«

»Ich will nicht süß sein! Ich bin achtzehn Jahre alt und ich habe Brüste und einen Hintern und sowas!«

»DAS ist kaum zu übersehen!« Er war immer noch amüsiert, aber etwas Dunkles hatte sich in seinen Blick geschlichen. Etwas Gefährliches und gleichzeitig Heißes. Etwas, das in der Lage war, mir die Luft zum Atmen zu nehmen.

»Ich will nicht nur süß und niedlich sein! Sondern attraktiv!« Langsam legte er sein Handy weg, und ich schluckte, als diese seltsame, neue Intensität in seinen Augen zunahm ... »Ich will als Frau gesehen werden und nicht als Kind«, meinte ich schon etwas unsicher, weil seine Hand sich plötzlich in meine Haare schob und meine Schulter freilegte. Ich erschauerte.

»Weiter«, wisperte er.

»Ich will ... dass ... ein Mann mich ... KÜSST!«, keuchte ich, als er sich mit einem Mal vorbeugte und die Stelle an meinem Hals mit seinen Lippen berührte, wo er soeben die Haare zur Seite geschoben hatte. Sein Mund war warm und weich und fühlte sich gut an ... Meine Lider glitten zu und ich machte »Oh ...«

»Weiter!«, murmelte er mit seinem Mund an meinem Hals, und ich erschauerte.

»Ich will, dass ... ein Mann mich ... berührt wie ... wie ... *ohhh!*« Seine Hand strich über meinen Arm, nach oben ... zu meiner Wange ... und seine Zunge. Oh mein Gott! Seine Zunge glitt über meine Haut! Ich erstarrte total und schmolz dahin, meine Knie drohten unter meinem Gewicht nachzugeben, sie waren mit einem Mal so wackelig.

Doch er wich zurück und schaute mir in die Augen. »Du willst was?«, fragte er total kontrolliert, während ich total durcheinander war. Ich leckte mir über die Unterlippe, visierte seinen vollen köstlichen Mund an, der mich wie magisch anzog.

»Ich will, dass ...«

»WAS ZUR VERFICKTEN SCHEISSE SOLL DAS?«, knurrte mit einem Mal eine mir allzu bekannte, eiskalte Stimme hinter mir und wir beide erfroren auf der Stelle.

20. Im Himmel

Regan

Eben saß er noch neben mir, im nächsten Moment wurde
Harley Banks auf die Beine gezogen und angeknurrt. »Ich
schwöre dir, wenn du sie noch einmal anfasst, dann kille
ich dich, du kleines Stück Scheiße!« Und dann wurde er
fortgestoßen. »Verpiss dich, bevor ich mich vergesse!«

Wow …

Okay.

Die zwei Brüder waren sich … wahrscheinlich leicht
uneinig.

»Hey! Was tust du?«, fragte ich Ryan, sobald ich mich
aus meinem Schock gelöst hatte und auf die Beine
gesprungen war. »Lass ihn in Ruhe!«

»Klappe!«, blaffte er mich nur an und hielt mich am
Arm auf, als ich mich an ihm vorbeischieben wollte. Seine
nackte Haut auf meiner brachte alles zum Prickeln. Durch

den Alkohol in meiner Blutbahn irgendwie gedämpft und gleichzeitig so intensiv …

»Ich geh ja schon! Aber ich lasse bei Felicitas meine Nummer für dich da, Süße!« Harley grinste mich an, dann verdrehte er zu seinem Bruder die Augen und marschierte pfeifend davon.

»DU ARSCHLOCH!« Ich schubste Ryan, und er schaute mich verwirrt an, rührte sich aber nicht von der Stelle. »Musst du mir das auch noch kaputtmachen?«

Dabei ignorierte ich, dass er echt total sauer wirkte und oben ohne mit harten Muskeln vor mir stand, dass seine Haare zerwühlt, seine Lippen geschwollen waren und er auch nicht mehr so ganz nüchtern wirkte. Aber so wunderschön.

Und angepisst.

Oh ja.

Vor allem angepisst.

»Was?«, knurrte er und schaute mich zum ersten Mal an diesem Abend an. »Wie siehst du überhaupt aus?«

»Er wollte mich gerade küssen!«, brüllte ich ihn an, und damit nahm ich ihm wohl den Wind aus den Segeln, denn seine Kiefer mahlten und sein Blick verdunkelte sich.

»UND?«

»Ich wollte das! Ich wollte endlich von irgendwem geküsst werden, wenn du es schon nicht tust, du blöder, eingebildeter Penner!«

»Du willst, dass ich dich küsse?« Er klang tonlos, das Gesicht eine eisige Maske, doch in seinen Augen meinte ich, Verwirrung zu entdecken. Als würde er wirklich aus allen Wolken fallen. Mit einem Mal ging eine enorme Spannung von ihm aus, die mir den Atem raubte. Ich merkte, was ich gesagt, wie sehr ich mich verraten hatte und wusste, ich konnte nicht mehr zurück.

Am liebsten hätte ich die Worte genommen und wieder in meinen Mund gestopft, stattdessen biss ich mir auf die Unterlippe, verzog das Gesicht und schaute zu Boden.

»Regan!« Mit einem Mal klang er gar nicht mehr so sauer … und ohne, dass er mich berührte oder es direkt sagte, folgte ich dem unausgesprochenen Befehl in seiner Stimme und schaute auf. Direkt in seine lodernden Augen. Er sah aus … als hätte er Schmerzen.

Und dann … fühlte ich seine Hand meinem Haar und seine Lippen, die sich auf meine pressten, um mein Leben für immer zu verändern.

WOW!

***

Wie kann man in einem Moment sauer, wütend, verzweifelt und im nächsten nur total glücklich und gleichzeitig total erregt sein?

Von Ryan geküsst zu werden, das war, wie ich mir den Himmel vorstellte.

Unbeschreiblich.

Unglaublich.

Das Beste, was ich je erlebt hatte.

Sein Mund war so weich und warm, er drückte ihn mit genau der richtigen Kraft auf meine Lippen, und ich konnte es gar nicht erwarten, ihn zu schmecken. Unsere Zungen trafen sich im selben Moment. Da war keine Zaghaftigkeit zu merken, kein Zögern, keine Sanftheit oder sowas. So wie ich mir unseren ersten Kuss immer ausgemalt hatte. Das war die pure heiß lodernde Leidenschaft. Sein Griff war auch nicht gerade sanft, er packte mit einer Hand meinen Hinterkopf, mit der anderen Hand meinen Hintern, und er drückte mich eng an sich ... So, dass kein Blatt zwischen uns passte. Er hielt sich nicht zurück, genauso wenig wie ich. Durch den Alkohol beflügelt, folgte ich den tief in mir verankerten Instinkten, und meine Finger verflochten sich mit seinem weichen Haar, das ich schon so lange hatte fühlen wollen. Er stöhnte, als ich über seine Kopfhaut kratzte und seinen Geschmack, seinen Atem, alles, was er mir gab, wie eine Süchtige in mich einzog.

»Fuck!«, keuchte er in meinen Mund, dann wirbelte er mich herum und schubste mich auf die Lounge. Sein Mund, gerade eben noch auf meinem, war überall ... *er* war überall ... an meinem Hals, meinem Kiefer, er biss, knabberte, saugte, brachte mich zum Stöhnen und meinen Schritt heiß zum Pochen.

»Gott!«, keuchte ich, als er meine Hände über meinem Kopf in die weichen Kissen der Lounge drückte und mir jegliche Bewegungsfreiheit nahm ... Ich liebte es, mich ihm zu ergeben und schrie vor Lust fast auf, als er sein

Becken an meines presste. Mich spüren ließ, wie sehr ich ihn erregte.

»Ryan«, stöhnte ich gleichzeitig empört und sehnsüchtig und erschauerte, als er hauchte »Ich weiß, Baby!« und wieder meinen Mund küsste. Mein Becken ruckte wie von selbst nach oben und presste sich fest an seine Härte, ich rieb mich einmal von oben nach unten an ihm, und er stöhnte tief und heiser an meinen Lippen. Er hätte wohl so viel Initiative nicht erwartet. Dieser Laut ließ einen wahren Funkenregen der Lust in mir explodieren. Mit einem Mal hatte ich zu viel an, ich war ihm nah, aber noch nicht nah genug. Ich wollte alles von ihm, Dinge, von denen ich noch nicht mal den Hauch einer Ahnung hatte, er aber dafür umso mehr.

»Gott im Himmel!«, keuchte er an meinen Lippen, als ich die Bewegung probeweise wiederholte, seine Finger, umfassten meine Hüfte und gruben sich fast schmerzhaft in mein zartes Fleisch. Sein Atem kam schnell und abgehackt … und er stöhnte wieder, als ich mich weiter an ihm rieb. Ich merkte, dass ich die Macht hatte, obwohl er nach wie vor meine Arme weit über meinem Kopf festhielt, obwohl sein harter männlicher Körper mir nicht viel Bewegungsfreiraum gab, obwohl ich diesem Mann total verfallen war.

Ich war es, die den Schlüssel zu seiner Lust besaß. Die ihn mit ein paar Bewegungen meines Beckens leiten konnte. Die ihm Lust verschaffen konnte, die sein Herz zum Rasen und seinen wundervollen Mund zum Stöhnen bringen konnte.

Es war ... erhebend.

Es war ... der ultimative Kick!

Ich hörte nichts mehr, ich sah nichts mehr, ich fühlte. Fühlte mit allen Sinnen, eine Woge der Emotionen brach über mich herein und begrub mich unter sich, killte alles, was von meiner Denkfähigkeit noch übrig war, und ich stöhnte meine Gefühle regelrecht heraus, weil sie mich ansonsten vernichtet hätten. »Ich liebe dich!«

Dass das nicht gut gewesen war, wusste ich, kaum dass diese bescheuerten Worte meinen Mund verlassen hatten. Schlagartig stoppte er und mir wurde übel.

Kotzübel.

Seine Wärme verschwand, kurz darauf streifte ein eisiger Luftzug meine erhitzte Haut. Und ich lag da auf der Dachterrasse, inmitten dieser fremden Menschen, mein Kleid so weit hochgeschoben, dass mein Höschen zu sehen war, eine Schulter entblößt, die Lippen wund und das Herz so heftig in meiner Brust pochend, dass ich glaubte, es würde mich erschlagen.

Vereinzelt machten sich Kicherlaute bemerkbar, und ich wollte sterben.

»Ich schätze, du gehst jetzt besser ins Bett, Regan«, hörte ich seine Stimme. Tonlos, emotionslos, als wäre ich ein Gegenstand, der ihm lange genug mit seinem Anblick geärgert hatte, weshalb er ihn endlich in die Abstellkammer verfrachtete.

Als ich mich nicht rührte, spürte ich seinen festen Griff um mein linkes Handgelenk. Ein Ruck und ich war auf den Füßen, knickte aber sofort wieder ein – die Augen hielt ich fest geschlossen.

Er packte zu, ein Arm um meine Taille, wieder landete ich an seiner Brust und hörte ihn »Fuck!« knurren, bevor er mich in mein Zimmer beförderte. Wenig später ließ er mich auf mein Bett fallen und verschwand ohne ein Wort.

Ohne irgendwas.

Atemlos lag ich in der Dunkelheit, hörte die Musik, das Stimmengemurmel, das Lachen und das Gläserklirren. Selten zuvor hatte ich mich so ausgestoßen gefühlt.

Die Tränen kamen und ich ließ sie laufen, machte mir nicht die Mühe, sie wegzuwischen. Mir war immer noch übel, in meinem Mund war so ein komischer, pelziger Geschmack, und als ich so blöd war, die Augen zu schließen, drehte sich alles. Hastig riss ich sie wieder auf, doch es war zu spät.

Jetzt war es nicht mehr aufzuhalten.

Ich schaffte es nicht mehr ins Bad, stattdessen gelang es mir gerade noch so, meinen Kopf über den Bettrand zu halten, bevor ich mich übergab.

Oh Mist!

21. Der Morgen danach

Regan

Nie.

Wieder.

Alkohol!

Das war mein erster Gedanke, als ich am nächsten Morgen die Augen aufschlug. Und was immer ich auch in den nächsten Stunden tat, es änderte nichts an meiner Meinung.

Mir war speiübel, ich konnte kein Licht ertragen, vor meinem Bett lag mein Erbrochenes, was dazu führte, dass ich gleich noch mal kotzte, diesmal schaffte ich es aber wenigstens ins Bad. Ich wäre gestorben für ein bisschen Tee, doch als ich, nachdem ich ungefähr achtmal an irgendwelchen Möbeln angeeckt war, endlich in der Küche ankam, fand ich Mr. Eisklotz am Tresen sitzend vor, mit einer Tasse Kaffee in der Hand, in Anzug, verdammten

Schlips und fucking Kragen. Er sah kurz auf und widmete sich seinem Tablet – also seiner verdammten Morgenzeitung.

»Morgen«, stieß ich hervor, unfähig, ihn genau anzusehen. Viel wusste ich nicht mehr von gestern, aber was mir noch einfiel, war …

Peinlich.

Gott, es war so unglaublich peinlich!

Er sah nicht noch mal auf, was schlimmer war als jedes Gebrüll, mit dem er mich wegen meines geistigen Aussetzers gestern Abend zur Schnecke gemacht hätte. Ich wankte zur Spüle, hätte beinahe ein Wasserglas zu Boden gestoßen, konnte im letzten Moment noch zugreifen und spürte meine Augen brennen, während ich es unter dem Hahn füllte. Eben erst war mir aufgefallen, dass ich immer noch mein Kleid von gestern trug.

Dieses wundervolle, atemberaubende Kleid, das aussah, als würde es einer Prinzessin gehören, als wäre es die Erfüllung aller Träume, die ich jemals gehabt hatte. Als …

Ich riss die Augen auf, denn ein weiterer Erinnerungsfetzen war plötzlich in meinem verkaterten Hirn aufgetaucht.

Er.

Nah.

So unglaublich nah!

Wann war er mir so unglaublich nah gewesen …?

Schon spürte ich wieder seine Lippen, spürte seine Hände auf mir, unter meinem Kleid, auf meiner Haut, an all den verbotenen Stellen meines Körpers. Das Blut schoss mir in den Kopf, mir wurde schon wieder übel, und ich drängte es mit aller Macht zurück, starrte ihn mit großen Augen an …

Ryan trank seinen verdammten Kaffee und las seine verdammte Zeitung, als wäre nichts passiert. Dabei war ALLES passiert!

Tief holte ich Luft, schluckte trocken und hob langsam den Blick. »Gut geschlafen?«

Anstatt zu antworten, musterte er mich unter erhobenen Augenbrauen.

Soll das ein Witz sein, Regan?

Willst du mich verarschen, Regan?

Was willst du überhaupt von mir, Regan?

Und bevor ich das irgendwie auf die Reihe bekommen konnte, in Verbindung mit dem Bild, das sich mir immer wieder aufdrängte, auf dem mir seine Lippen so nah waren, auf dem er mich anschaute, als würde ich ihm wirklich etwas bedeuten, auf dem er mich küsste – mich … hörte ich seine Schlafzimmertür schließen.

Die Wolke nach Parfüm und Schlafgeruch trug sie vor sich her, weshalb ich ganz genau wusste, wer kommen würde. Es war wie ein Schlag in den Bauch, als hätte jemand zugetreten, und zwar mit voller Wucht, als sie hinter mir auftauchte.

Trotzdem sah ich hin, beobachtete die fast elfenhafte, überirdisch schöne Frau, die nur in ein Laken gehüllt aus dem Flur den Raum betrat. Sobald sie mich entdeckte, weiteten sich ihre Augen, ich glaubte sogar, sowas wie Scham in ihrem schönen Gesicht zu erkennen. Der Augenblick ging vorbei.

»Hey«, sagte sie und grinste mich an.

SIE GRINSTE MICH AN!

Hastig wandte ich mich ab, sah, wie Ryan aufstand, sein Tablet sorgfältig ausstellte und dann auf uns zukam.

»Ich muss los«, sagte er, ohne mit der Wimper zu zucken. »Gegen elf kommen die Putzfrauen, zieht euch bis dahin was an. Regan, ich will heute Abend mit dir reden. Du brauchst nicht zu kochen, wir gehen aus!«

Bevor er die Tür hinter sich schloss, musterte er mich noch einmal: Der Blick finster, ohne irgendeine gottverdammte Botschaft.

Eisiges Grauen erfasste mich.

Wieder schluckte ich, mein Hals kratzte, ich fühlte mich hundeelend. Ohne ein Wort zu sagen, ging ich zurück in mein stinkendes Kotzzimmer, warf mich aufs Bett und starrte die Decke an. Ja, die blöden Tränen liefen auch wieder, ich fühlte mich so mies, ich fühlte mich verraten, und ich wollte, dass sie verschwand.

Auf Nimmerwiedersehen.

In den vielleicht vierundzwanzig Stunden, die wir uns kannten, war die leise Hoffnung in mir aufgekeimt, vielleicht eine Freundin gefunden zu haben. Klar, hatte ich nicht darüber nachgedacht, wer dachte schon über solchen Irrsinn nach? Erst, als ich sie aus *seinem* Schlafzimmer hatte kommen sehen, als ich wusste, dass sie MIT IHM zusammen gewesen war, während ich halb im Delirium gelegen hatte, nachdem all das geschehen war, was mir mein Gehirn nur in großen Abständen offenbarte, da hatte ich begriffen, dass ich mich mal wieder total geirrt hatte.

Verdammt!

Prompt heulte ich noch mehr, dabei war ich gar nicht traurig – nicht mehr. Stattdessen fühlte ich Zorn in mir. Ich war so wütend.

So verdammt wütend!

Am liebsten hätte ich sie geohrfeigt.

Und warum stank es hier so erbärmlich?

Als es mir wieder einfiel, stöhnte ich und schlug die Hände vor das Gesicht, schluchzend und rotzend und heulend und … total am Ende.

ICH WOLLTE KEINE KOTZE WEGMACHEN!

22. Schwarz und Weiß und die vielen Töne dazwischen

Regan

Ich musste irgendwann eingeschlafen sein, denn als ich wach wurde, folterten mich die durch das weit geöffnete Fenster eintretenden Sonnenstrahlen.

Stöhnend verbarg ich das Gesicht unter meinen Händen, wünschte mich in die Dunkelheit und die Bewusstlosigkeit zurück, wünschte mir was zu trinken, wünschte … wünschte … Wer hatte eigentlich das Fenster aufgemacht?

»Hier«, sagte eine Stimme, deren Klang schlagartig alles zurückbrachte, was ich so dringend vergessen wollte.

»Hau ab«, knurrte ich, ohne die Hände runterzunehmen.

Genau das tat sie natürlich nicht, stattdessen hörte ich, wie sie fröhlich vor sich hin würgte. Ein Glas wurde abgestellt und die Tür zu meinem Bad geöffnet. Ich hörte sie mit einem Eimer hantieren und kurz darauf, wie sie unter wilden Flüchen und jeder Menge Würglauten die Sauerei neben meinem Bett wegwischte.

Wenn sie mich damit bestechen wollte, dann lag sie voll daneben, denn ich hatte sie verdammt noch mal nicht darum gebeten!

Die Matratze bewegte sich. »Verdammt, war das eklig«, murmelte sie.

Ich verzog das Gesicht. So, wie DIE aussah, hatte sie garantiert noch nicht oft Erbrochenes wegwischen müssen. Ich hatte mal ein halbes Jahr in einem Altenpflegeheim gearbeitet – das waren tolle Erfahrungen gewesen, die einen echt abhärteten. Okay, solange es nicht das eigene Erbrochene war. Nichts davon sagte ich, meine Hände nahm ich auch nicht runter.

»Hast du Kopfschmerzen?«

Nein, ich doch nicht, wie auch?

»Klar hast du die«, beantwortete sie sich ihre Frage selbst, warum stellte die blöde Kuh sie dann erst? »Du musst was trinken, dein Körper ist ausgetrocknet, deshalb geht es dir so schlecht.«

Ach, was sie nicht sagte! Ich tat einen Teufel, mich zu rühren, betete, sie würde einfach verschwinden und wurde wieder enttäuscht. Allerdings sagte Felicitas auch nichts mehr, schien sich auf die freie Seite meines riesigen Betts gelegt zu haben und zu meditieren.

Und das, wo ich dringend aufs Klo musste.

Irgendwann räusperte sie sich. »Es tut mir so leid«, sagte sie leise. »Ehrlich, es tut mir so verdammt leid. Ich ...« Sie holte tief Luft. »Ich war hackedicht, ich hab nichts mehr mitbekommen, erst heute Morgen, als ich neben ihm aufwachte ...«

Diesmal konnte ich das Schnauben nicht verhindern. Was für eine abgedroschene Phrase! Ehrlich, sogar ich wusste, dass man mit Alkohol nun mal nicht alles entschuldigen konnte. Mir fiel ein, was *ich* gestern alles in betrunkenem Zustand getan hätte – ja, ja, die Erinnerungen kamen immer schneller und vor allem anschaulicher zurück – und ich stöhnte. Aber ich hatte nicht versucht, das mit meinem Zustand zu entschuldigen, das war der Unterschied, oder?

»War klar, dass du das nicht einsehen würdest«, sagte sie, noch immer total leise. Draußen polterte es, und sie beantwortete meine nächste Frage, ohne dass ich sie gestellt hatte. »Die Putzfirma ist da, sie gehen mir auf die Nerven, deshalb bin ich reingekommen ... und, weil ich dachte, dass du vielleicht was brauchst.« Nach einer Weile: »Ich fühle mich so beschissen, so billig ... ich ... ich hab das Shooting ausfallen lassen.«

Sollte ich sie jetzt bemitleiden?

»Clark wird überhaupt nicht glücklich sein.«

Clark Simmons war der Topdesigner, bei dem sie unter Exklusivvertrag war. Nach und nach fielen mir die Details unserer gestrigen Unterhaltung ein ... die mich absolut nicht mehr interessierten. Ich hoffte, der Typ würde sie feuern! Und übrigens ... ein Gedanke kam mir und ich nahm tatsächlich die Finger vom Gesicht.

»Wie auch immer, ich glaube, deine Tour zieht nicht. Er scheint jedenfalls nicht sonderlich viel für dich übrig zu haben«, knurrte ich und wunderte mich im Stillen darüber, wie kratzig meine Stimme klang. »Ich mein, er hat dich heute früh nicht beachtet oder so, du hättest auch eine Tasse sein können. Nichts mit Liebe, schätze ich. Er hat dich nur benutzt.«

Obwohl es die Wahrheit perfekt traf, half es auch nichts, ich fühlte mich trotzdem betrogen und schlecht und hintergangen, zornig und kurz vor einem Mord. Denn SIE hatte er benutzt, mich ... okay, mich irgendwie auch, und ...

Oh, ich wusste es einfach nicht!

Verblüfft war ich, als sie den Kopf in den Nacken warf und schallend lachte.

Warum lachte diese dumme Kuh?

Mit jeder Sekunde, in der sie sich nicht endlich beruhigte, wuchs mein Zorn und meine Fäuste ballten sich etwas mehr. Irgendwann wollte ich sie wirklich schlagen, doch als ich trotz extremer Kopfschmerzen zum Sprung ansetzte, hörte sie schlagartig auf.

»Baby«, sagte sie in so überlegenem Ton, dass meine Mordlust kein Stück geschmälert wurde. »Ryan Banks und Liebe, das ist ...« Sie schien zu überlegen, was genau das nun war. »Das ist ... die Quadratur des Kreises. Das wird es niemals geben. Und ich wollte keine Liebe.« Ihre schöne

Stirn legte sich in Falten. »Na ja, genau genommen weiß ich nicht mehr genau, was ich wollte, aber Liebe ganz bestimmt nicht.« Sie beugte sich zu mir vor und ich sah, dass sie dicke, fette Augenringe hatte, worüber ich mich fast diebisch freute – obwohl die ihrer Schönheit auch keinen Abbruch tun konnten. »Sex«, hauchte sie. »Es dreht sich alles nur um Sex. Niemand sucht nach der Liebe, niemand ist so bescheuert, das zu tun. Ich jedenfalls nicht … und Ryan auch nicht.«

Sie lehnte sich zurück und sah dabei aus, als hätte sie versenkt, während ich für einen wilden Moment sogar meine Mordlust vergaß. Dann platzte es aus mir raus. »Aber ihr hattet … ihr habt … ihr hattet …«

»Sex«, vollendete sie meinen Satz mit so viel Kaltschnäuzigkeit, dass mir die Luft wegblieb, und zuckte mit den Schultern. »Nur Sex, Baby, das hat mit Liebe absolut nichts zu tun. Wenn du mich fragst, existiert die sowieso nicht. Alles Ammenmärchen. Am Ende zählt nur ein guter, befriedigender, heißer Fick.«

Ich sagte nichts, allein das Thema trieb mir das Blut ins Gesicht, darüber zu reden war undenkbar.

Sie hob lauschend den Kopf und stand auf. »Ich glaub, sie sind fertig. Wenn ich das richtig mitbekommen hab, dann hast du heute noch ein Date … oder sowas Ähnliches. Mit Ryan.« Letzteres hatte sie mit einem anzüglichen Grinsen gehaucht, was mein Gesicht kochen ließ. »Schätze, du solltest dringend was essen und …« Sie fuchtelte mit einer Hand in meine Richtung. »Irgendwas mit deinem Gesicht machen. Ich übernehm das Essen.«

Sprachs und war verschwunden, während ich versuchte, irgendwie ihren Gedanken zu folgen.

Date?

23. Regeneration

Regan

Date ...

... oder sowas ähnliches – genau wie Felicitas, die ich nie wieder mit den gleichen Augen sehen würde, gesagt hatte.

Nachdem ich mich irgendwie durch das wieder aufgeräumte Apartment geschleppt hatte, setzte sie mir einen Tee vor. Inzwischen war mir wieder so übel, dass meine Mordlust für den Moment in den Hintergrund getreten war. Auch die zwei Ibuprofen, die sie mir hinlegte, nahm ich kommentarlos und würgte sie hinunter.

»Kater sind nur dann schlimm, wenn man sich nicht zu helfen weiß«, philosophierte sie, während sie Speck briet. Allein von dem Geruch wurde mir noch ein bisschen übel. »Du musst trinken, viel Salz essen und ...«

Mehr bekam ich nicht mit, weil ich ins Bad hechtete, um mich erneut zu übergeben.

Als ich wieder zu mir gekommen war, erkannte ich, dass ich Felicitas momentan nicht sehen konnte ... oder wollte, oder beides.

Ich putzte mir die Zähne, schrak zurück, als ich die fremde, leichenblasse Person im Spiegel sah und stöhnte.

Das war ja ich!

Noch ein wenig in mich gekehrter zog ich meinen Kimono über und ging wieder in die Küche. »Ich komm hier allein klar!«, verkündete ich mit festerer Stimme, als ich mich fühlte.

Verdutzt sah sie von ihrer Pfanne auf. Schön wie die Sünde, so unendlich viel schöner als ich, ich konnte sie momentan einfach nicht ertragen, war mir noch immer unklar darüber, ob ich das jemals wieder könnte.

»Aber ich mache ...«

»Geh!«, sagte, flehte ich fast und rieb mir erschöpft über das Gesicht.

Und – oh Wunder – das schien sie tatsächlich registriert zu haben.

Resigniert ließ sie den Pfannenwender fallen und trat zu mir. »Ich verstehe, dass du Schwierigkeiten ...«

»Geh!«, wiederholte ich, lauter diesmal.

Und endlich – endlich – ging sie einfach –, auch wenn der Sieg nicht ganz rund war, weil sie nicht mal die Schultern dabei hängen ließ.

Als die Tür leise ins Schloss gefallen war, sah ich mich in dem riesigen, offenen Raum um.

Ja, die Putzleute hatten wirklich alles aufgeräumt, nichts erinnerte mehr an die gestrige Party, es roch nach Möbelpolitur und frischem Reiniger. Ich stützte meinen Kopf auf eine Hand und versuchte, überhaupt nicht zu denken, weil mein blödes Hirn das derzeit gar nicht gut verkraftete.

Während ich meinen Tee trank, stieg mir der Geruch des Specks in die Nase, und nach kurzem Zögern stopfte ich mir ein Stück in den Mund.

Hmmm, nicht übel.

Ich ließ ein nächstes folgen, und kurz darauf hatte ich die Pfanne leer gegessen, zwar fühlte ich mich noch nicht mal annähernd gut, aber das hohle Gefühl in meinem Magen war nicht mehr da. Und allmählich kehrten meine Lebensgeister zurück.

Ein Date?

Was für ein Date?

Date?

Ich sah wieder sein Gesicht vor mir, erinnerte mich daran, dass er mich kaum angesehen hatte, versuchte dabei zu verdrängen, was er heute Nacht mit Felicitas angestellt hatte, und schüttelte fast müde den Kopf.

Nein, ganz bestimmt kein Date.

Aber was dann?

Nach fünf Minuten kam ich zu dem Schluss, dass ich zu keinem Schluss kommen würde. Der Kerl hatte sich ja nicht einmal annähernd verständlich ausgedrückt.

Gut war, dass die Tabletten inzwischen wirkten, mein Kater im Abklingen war, und ich deshalb wieder zu Überlegungen in der Lage war.

Eben, er hatte nichts weiter gesagt.

Bevor ich was Falsches denken konnte, ging ich in mein Zimmer, in dem es glücklicherweise nicht länger nach Kotze stank und holte mein Handy hervor.

Eine SMS war eingetroffen.

Keine Anrede.

Queerroad 68

Nimm ein Taxi.

R.

Das war's.

Mehr nicht, schon gar kein Dresscode.

Mein Finger zuckte, ich wollte die Adresse googeln, doch am Ende ließ ich es.

Was auch immer kommen würde, angenehm würde es nicht werden, von tollem Essen konnte auch keine Rede sein, das würde ziemlich fies werden, sonst würde er sich nicht die Mühe machen, mich außerhalb des Apartments zu treffen. So gut kannte ich Ryan bereits.

Er meinte, mich nicht darüber aufklären zu müssen, wohin er mich heute Abend entführen würde – also tappte ich im Dunkeln, oder? Ich ließ das Handy sinken, mein Blick in die Ferne gerichtet, ein Lid zuckte.

Kurz darauf erwachte ich aus der Trance.

Japp!

Das war ein guter Plan!

Wenig später rannte ich die Treppe hinunter zu Felicitas Apartment und hämmerte auf ihre Tür ein – welchen Lärm es in dem ach so edlen Haus verursachte, interessierte mich einen Scheißdreck.

Sie öffnete erschrocken und ich platzte sofort heraus: »Ich brauche ein paar Klamotten!«, bevor ich mich an ihr vorbeidrängelte.

Was auch immer er plante, es würde garantiert nicht positiv für mich sein, so ungefähr konnte ich mir schon vorstellen, was das ganze Theater sollte: Er würde mir verklickern wollen, dass zwischen uns niemals was laufen würde ... bla, bla, bla.

Aber ich würde mich nicht einfach so geschlagen geben; wenn er das glaubte, dann kannte er MICH garantiert noch nicht.

Ich würde kämpfen.

Für mein Recht ... als Mitbewohnerin ...

Oder so was in der Art.

24. Time to say goodbye

Ryan

Ich hasste es, nach einer Party arbeiten zu müssen. Natürlich ließ ich mir nichts anmerken, etwas anderes ließ meine Professionalität nicht zu, aber als gegen Mittag mein Kater langsam schwächer wurde, war ich wirklich, wirklich dankbar.

Glücklicherweise hatte ich heute keine Außentermine, und abgesehen von meiner Sekretärin – Ann, 28, Cup D, Konfektionsgröße S, brünett – nervte auch niemand.

Erst kurz vor Feierabend fiel mir wieder mein Vorhaben ein und ich bemerkte zufrieden, dass meine Überzeugung, genau das Richtige zu tun, kein einziges Mal ins Wanken geraten war.

Sehr gut.

Wenn ich etwas noch mehr hasste als Leute, die meine Pläne vereitelten, dann, wenn ich selbst der Idiot war, der dies tat. Das stand mir nicht, das entsprach nicht dem, was ich sein wollte, wer ich war, verdammte Scheiße, und wie ich mich am liebsten sah.

Nach den obligatorischen zwei Überstunden – sehr wenig in meiner Gehaltsklasse, aber das interessierte mich heute einen Fuck – verließ ich das Gebäude und rief mir ein Taxi, das mich in die Queerroad zum *Boom* chauffierte.

Es handelte sich um einen … Pub, im weitestgehenden Sinne, denn hier wurde das beste Steak an der Ostküste serviert. Wie üblich war der Laden rammelvoll und wie üblich bekam ich, ohne vorher reserviert zu haben, meinen Tisch – das war so ein Nostalgieding, als Student hatte ich faktisch in dem Laden gewohnt.

»Heute allein?«, fragte Ruth, die Besitzerin, die seit ungefähr zwanzig Jahren nicht mehr zu altern schien, und sah sich suchend um.

»Sie kommt noch.«

Sie nickte. »Erst mal ein Bier.«

Es war keine Frage, man kannte mich hier.

Wenig später stand ein Glas dunkles Craft vor mir, und ich sah nach einem großen Schluck auf meine Uhr. Sie hatte noch fünf Minuten und ich konnte ihr nur geraten haben, pünktlich zu sein.

Als ich mich umsah, fiel mein Blick auf eine große, brünette Doppel D, die mich unverwandt ansah. Ihre Lippen waren grellrot geschminkt, ihr auf Figur geschnittenes, aber hochgeschlossenes Kostüm deutete darauf hin, dass sie ein Feierabendbier trank, und ihr eindeutiger Blick, dass sie einen Feierabendfick suchte.

Nichts leichter als das.

Sobald das Kleinkind abgehandelt wäre, würde ich mich um die Suchende kümmern. Wenn das *Boom* eines immer versprach, dann schnellen, unkomplizierten Sex, genauso, wie ich ihn mochte.

Ich grinste, tippte auf meine Uhr und bedeutete ihr mit einem Finger, dass sie sich eine Stunde gedulden sollte. Sie war nicht blöd, denn sie nickte und widmete sich ihrem Bier – nun nicht mehr auf der Suche, sie hatte gefunden, was sie wollte.

Zufrieden, schon mal ein Problem gelöst zu haben, hielt ich Ausschau nach dem anderen. Vor meinem geistigen Auge hatte ich eine Blondine, sie würde vermutlich eine der Jeans und Chucks angezogen haben, und – wenn ich Glück hatte – einen von diesen Wollpullovern, die ihrer Figur so schmeichelten. Das Haar offen – so mochte ich es am liebsten –, und nein, ich dachte nicht daran, wie sie sich gestern unter meinen Händen angefühlt hatte, oder wie geil es gewesen war, ihre Brüste zu massieren, zu fühlen, wie sich ihre Nippel aufrichteten, wie sie immer erregter wurde, bis ihre Pussy förmlich überflutet gewesen war, und ihre Hüften meinem Schritt entgegengeruckt waren. Wie sie sich schamlos an mir gerieben hatte, wie sie gestöhnt hatte und wie ihre kleinen Finger an meinem Haar gezogen hatten ... Wie süß sie geschmeckt hatte ... und wie verdammt heiß ich gewesen war. Wie sehr ich sie gewollt hatte. Besonders nachdem ich sie mit Harley – dem verdammten Wichser – erwischt hatte!

Nein, all das interessierte mich überhaupt nicht. Die Nacht mit Felicitas – die nicht unsere erste gewesen war und garantiert nicht unsere letzte gewesen sein würde – hatte keine Wünsche offengelassen. Ich hatte meine Faszination an diesem ... Kind – denn das war es – damit begründet, der Erste gewesen zu sein. Der Erste, der ihre Brüste berührte, der Erste, für den sie feucht gewesen war, vermutlich sogar der Erste, der sie geküsst hatte.

Das konnte einen Mann, der jede haben konnte und sich auch jede nahm, sofern sie durch die Qualitätskontrolle ging, schon mal anturnen. Außerdem war ich wütend auf Harley gewesen, der seine verdammten Wichsfinger einfach nicht hatte von ihr lassen können. Ja, die gestrige Geschichte war in Richtung Reviermarkierung gegangen, auch das hatte ich begriffen.

Genau deshalb, und, weil sie eben wirklich noch ein Kind war, ein mir schutzbefohlenes obendrein, würde ich die ganze Geschichte heute ein für alle Mal beenden ...

... und dann Miss Doppel D das Hirn rausvögeln.

Mein Blick glitt über eine Gestalt, die gerade eingetreten war, huschte im ersten Moment weiter, bevor er stoppte und langsam zurückwanderte.

Fassungslos betrachtete ich das ... Mädchen, das sich nach kurzem Rundblick auf mir eingepegelt hatte und sich auch tatsächlich in meine Richtung in Bewegung setzte.

Von blondem Haar war keine Spur, sie trug ein Basecap, in ihren Ohren hingen die längsten und zugleich hässlichsten, angerosteten Billigohrringe, die ich jemals gesehen hatte. So etwas fand man auf den total versifften Trödelmärkten für zwanzig Cent. Ihre Lippen waren in einem tiefen, satten Braun geschminkt, die Augen so dunkel gehalten, dass sie an einen Zombie erinnerte, zu allem Überfluss kaute sie auch noch unentwegt auf einem Kaugummi. Sie trug einen uralten, abgewetzten Hoodie mit etlichen Löchern und eine Jogginghose.

EINE JOGGINGHOSE!

An den Füßen befanden sich klobige Doc Martens.

»Hey!«, sagte sie, sobald sie mich erreicht hatte. »Sorry, war ziemlich viel Stau.«

Als sie sich umwandte, wusste ich, dass es pure Absicht war, denn somit sah ich das ganze Ausmaß der verdammten Katastrophe: Auf jeweils einer Arschbacke war eine große, weiße Hand zu sehen und über dem Ganzen stand doch tatsächlich: *Süß und saftig.* Und all das wurde von jedem einzelnen Mann im Raum sehr wohlwollend zur Kenntnis genommen.

Als sie wieder herumwirbelte und über das gesamte Gesicht grinste, hatte ich meine Züge längst perfekt unter Kontrolle.

Da musste sie schon früher aufstehen, aber ich dankte mir im Stillen, meiner ersten Eingebung, sie ins La Rochele zu entführen – dem angesagtesten Restaurant in der Stadt – nicht nachgegeben zu haben.

»Du bist fünf Minuten zu spät«, knurrte ich.

Flüchtig verschwand ihr aufgesetztes Gekaue, dann hatte auch sie sich gefangen und schwang sich auf den noch freien Stuhl. »Wie ich schon sagte, Stau. Außerdem ging unglaublich viel Zeit fürs Fertigmachen drauf.«

Ich antwortete nicht.

»Krieg ich ein Bier?«

»Du bist achtzehn«, erwiderte ich und winkte nach Ruth. »Eine Cola mit Eis.« Regans Schmollen übersah ich glatt.

Ruth hatte sich auch perfekt unter Kontrolle. »Hast du Hunger, Liebchen?«, erkundigte sie sich bei Miss *Süß und saftig*.

»Und was für einen!«

»Tja, dann hol ich euch mal die Karte.«

Während ich in Lichtgeschwindigkeit mein Bier vernichtete und Ruth zurief, mir ein neues zu bringen, sah Regan sich begeistert um. »Ziemlich cooler Schuppen, oder?«

Als sie mich ansah, begegnete sie meinem Blick aus erhobenen Brauen und verdrehte die Augen. Ich holte tief Luft, lehnte mich zurück und bemerkte, dass Miss Doppel D mit dem Fick-Mich auf der Stirn verschwunden war.

Scheiße!

* * *

Ewigkeiten vergingen, bevor das verdammte Steak serviert wurde – früher war hier alles viel schneller gegangen. In der Zwischenzeit war sie bei ihrer dritten Cola und ich bei meinem dritten Bier angelangt, und ich zwang mich, kein viertes zu bestellen. Sie sollte erst essen, bevor ich sie vor vollendete Tatsachen stellte.

Reine Taktik, ich hoffte, danach war sie zu träge, um lange zu diskutieren.

Dann endlich kam Ruth mit den riesigen Tellern und wir aßen. Ich, wie ich es gewohnt war, schnell, versiert, ohne Zeit zu verlieren. Miss Jogginghose speiste in Zeitlupentempo. Ein Stück ... fünf Minuten Rundumblick, das nächste Stück. Wenigstens versuchte sie nicht, mich in ein Gespräch zu verwickeln, was ja schon mal viel wert war.

Und als unsere Teller endlich leer waren, wollte ich einen Whisky.

... den ich natürlich nicht bestellte, schließlich war ich schon angetrunken genug.

Saftiger Arsch bestellte sich unter der Audienz von mindestens zehn Typen, die alle schon gut gebechert hatten, eine nächste Cola, nahm dann endlich das beschissene Basecap ab und ... ihre blonden Honighaare flogen wie in einem beschissenen Spot durch die Luft, bevor sie auf ihrem schmalen Rücken zum Liegen kamen. Jetzt hatten wir zwanzig männliche Zuschauer und ich einen Steifen.

Fuck!

»Weshalb ich dich hierhergebeten hatte«, sagte ich unverhältnismäßig laut, um meine innere Stimme zu übertönen, welche die ganze Zeit einen Strom aus Zweifeln auf mich herabrauschen ließ, neben den lautstarken Überlegungen, welchem Kerl, von denen, die sie permanent blickfickten, ich als erstes die Fresse polieren sollte.

Ihre blauen Augen fixierten mich und ich wurde noch ein bisschen härter.

»Ein Bier!«, bestellte ich bei Ruth, bevor ich wieder zum Gespräch zurückkehrte. »Du kannst nicht ewig in den Tag hineinleben, deshalb wirst du deinen Highschoolabschluss nachholen und danach ans College gehen. Heute habe ich dich angemeldet.«

Ihr Blick umwölkte sich ein wenig. »Aha.«

»Du hast ein halbes Jahr, um dir dein Hauptfach auszusuchen, in Berkeley ist die Auswahl groß.«

»BERKELEY?«

»Ich finde es nicht angemessen, dass du bei mir wohnst, das könnte … zu falschen Rückschlüssen führen. Deshalb wirst du in ein paar Tagen nach Berkely gehen, dort den Higschoolabschluss nachholen und dann studieren.«

»KALIFORNIEN?«

Verdammter Fuck. Für ungefähr 99,9 Prozent der weiblichen Bevölkerung war Geografie wie eine sehr exotische Fremdsprache – sie hatten keinen Schimmer. Ich hatte genau an das Exemplar geraten müssen, das sich auskannte.

»Ja, eine Eliteuni, dein Abschluss soll schließlich was hermachen.«

»Weil in der Nähe keine Eliteunis sind, oder was?«, fauchte sie pseudospöttisch.

»Ich habe mich …«

»Yale …«

»… nun einmal so entschieden, und …«

»Harvard.«

»… du wirst das respektieren. Schließlich bezahle ich die Scheiße …«

»Cornell …«

»… falls es dir noch nicht aufgefallen ist, ich bin kein verdammter Millionär.«

Sie lehnte sich zurück und verschränkte die Arme. »Ich will ein Bier.«

»Du bist keine fucking einundzwa…«

»ICH WILL EIN BIER!«

Aus unverständlichen Gründen war ich nicht in der Lage, ihr zu widersprechen, zu müde, zu ausgelaugt, zu … fertig. Das Ganze ging mir extrem auf die Eier, *sie* ging mir extrem auf die Eier!

»Ruth, bring ihr ein Bier … und mir auch eins.«

Triumph zeichnete sich auf ihrem blassen Gesicht ab, und ich knurrte sie an: »Bilde dir bloß nichts darauf ein, verdammt!«

Sie zuckte mit den Schultern. Ihr Schock schien schon wieder verwunden, was zugegeben schneller gegangen war, als von mir erhofft. Als Ruth wenig später die Gläser brachte, kassierte ich von dieser auch noch einen drohenden Blick. Weshalb ich mein Glas in Lichtgeschwindigkeit leerte und mich heimwünschte.

Auch Regan ließ sich nicht lumpen, keine fünf Minuten später war ihr halber Liter Geschichte, und Ruth brachte Nachschub, ohne auf mein Kommando zu warten – so ich denn eines hatte geben wollen.

Allerdings trank ich langsamer, während Regan ihr Glas wieder in dem beängstigenden Tempo leerte. Anscheinend hatte sie ihr gestriges Besäufnis glänzend verkraftet, was mich zu der Vermutung brachte, dass es garantiert nicht ihr erstes gewesen war.

Dann stellte sie mit lautem Knall ihr Glas ab, wischte sich über den Mund und starrte für einen langen Moment den Tisch an.

Als sie mich ansah, war ihr Blick glasig.

Zwei Bier und sie war abgefüllt.

Klasse!

»Ich muss mal«, sagte sie, schoss von ihrem Stuhl hoch und musterte mich fragend. Nachdem ich in Richtung Toiletten gedeutet hatte, wankte sie davon, von etlichen Wichsblicken verfolgt. Als einer der Kerle ihr jedoch folgte, stand auch ich auf – und fand sie kurz darauf im Flur wieder. Sie an die Wand gedrückt, der Kerl mit einem Arm neben ihrer Schulter abgestützt und vor sich hinlallend.

»Ich habe gesagt nein!«, keuchte sie, viel zu kleinlaut, viel zu leise, so gar nicht selbstbewusst und taff, wie sie mir gerade eben hatte weismachen wollen zu sein. Ihre Augen waren geweitet und ihre Miene verängstigt. Der Anblick versetzte mir einen Stich. Wie sollte ich sie allein in die weite Welt ziehen lassen, wenn sie nicht mal mit einem Besoffenen in einer Kneipe klarkam, verdammt? Sie war noch nicht bereit, und doch musste ich sie loswerden! Dringend! Aber nicht jetzt!

Jetzt tippte ich dem Kerl auf die Schulter, und als er sich zu mir umdrehte, bekam er meine Faust zu spüren.

»RYAN!«, brüllte sie, als der Kerl taumelte und mit dem Schädel gegen die Wand knallte. Verdammt tat das gut! Am liebsten hätte ich weitergemacht und ihn zu Brei verarbeitet, aber erstens war der Kerl von diesem einen Schlag total bedient und zweitens wollte ich nicht im Knast landen. Also beugte ich mich über ihn und knurrte »Nein heißt Nein, Pisser!« Dann packte ich sie am Oberarm und zog sie nach draußen, im Vorbeigehen schmiss ich einen Hunderter auf die Theke und ging, ohne mich zu verabschieden.

Sie war still und stolperte eher so neben mir her …

»Das hättest du nicht tun müssen!«, lallte sie auch noch. Auf diese patzigen Worte hatte ich nur eine Antwort: Ein Schnauben. Wir kamen an meinem Auto an, das an der Straße parkte.

»Ich bin perfekt allein klargekommen! Ich … ich brauche dich nich…« Bevor sie den Satz zu Ende sprechen konnte, hatte ich sie herumgewirbelt und gegen das Auto gedrückt. Und im nächsten Moment küsste ich sie. Schon wieder. Ich wollte nicht hören, dass sie mich nicht brauchte, denn ich wollte, dass es anders war. Ganz tief in mir drin ... dort, wo dieser Teil lebte, denn ich rein aus Prinzip ignorierte. Meine Hand hielt ihre Oberarme, meine Finger bohrten sich viel zu fest in ihr Fleisch, die andere stützte ich hinter ihr am Auto ab. Meine Zunge wütete in ihrem Mund und ich sog ihren süßen Geschmack tief in mich ein. Den Geschmack, nach dem ich vielleicht irgendwie ein kleines bisschen süchtig geworden war ... Ihretwegen war die blonde Fickschnitte weg, sie machte mich sauer! Machte nie, was ich erwartete! Sie machte mir das Leben zur Hölle und das sollte sie spüren! Irgendwie. Leider gefiel ihr meine Bestrafung mehr als gut. Fast schien sie nur darauf gewartet zu haben. Sie schlang die Arme um meinen Hals und küsste mich zurück, gierig, ausgehungert, genau wie ich war. Sie stöhnte an meinen Lippen und ich wurde noch härter. Kurz spielte ich mit dem Gedanken, sie hier auf der Motorhaube in dieser dunklen Seitengasse zu ficken, verwarf ihn aber wieder. Bei jeder anderen SOFORT. Bei ihr ... Niemals.

Fuck!

Was war nur für ein verdammtes Weichei aus mir geworden?

Ich erkannte mich selbst nicht mehr!

Ich machte mir Angst!

Verfickte Scheiße noch eins, so ging das nicht weiter!

Leider, oder sollte ich sagen, Gott sei Dank, sah sie das genauso, denn sie stöhnte an meinem Mund ... »Stopp!«

Und, wie der kleine Volltrottel, der ich in ihrer Nähe regelmäßig wurde, stoppte ich! So nah an ihren Lippen, so nah am Paradies auf Erden – den Blick direkt auf ihre lustverschleierten Tiefen gerichtet, knurrte ich »WAS?«

»Du hast mit Felicitas … geschlafen!«

Sie konnte noch nicht mal das Wort »gefickt« aussprechen, und ich gab mich weiter mit ihr ab.

Was.

War.

Nur.

Los.

Mit.

Mir?

»Und?«

Ihr Blick verdüsterte sich, in ihren Augen flammte regelrecht etwas auf – war es Zorn? Gut möglich …

»Und jetzt küsst du mich?«

»Äh, wie du gemerkt hast, ja!«

»Du hast kein Recht dazu, mich so zu behandeln!«

»Nein?«

Ich hob die Augenbrauen. Verdammt, sie amüsierte mich – so sehr … und DAS war das Fatale mit uns beiden!

»Nein! Wenn mich jemand küsst, dann soll ich die Einzige für ihn sein! Und nicht nur … ein Mund von vielen!«

Ich grinste und spielte mit einigen Strähnen ihrer Haare, einen Arm immer noch hinter ihr am Auto abgestützt. »Ach ja?«

»Ich weiß, für dich bedeuten Gefühle vielleicht nichts, aber ... wenn man ... die richtige Person ... *mag*, dann können diese Gefühle schön sein! Dann können sie ein Leben bereichern und ...« Sie zuckte mit den Schultern.

»Und was?«

Sie sah mich mit funkelnden Augen an, so verdammt sehnsüchtig und so verdammt ... so wie sie mich nicht ansehen sollte, aber wie es mir mittlerweile viel zu gut gefiel. Sie war zwar ein Kind, aber ich hatte noch niemals so ein schönes gesehen wie sie.

»Dann können sie einen glücklich machen«, wisperte sie und schaute zu Boden. »Und ich glaube, du warst schon lange nicht mehr wirklich glücklich, Ryan Banks!« Ernst und fast schon verzweifelt sah sie mir wieder in die Augen, und mein Grinsen fiel langsam in sich zusammen. Sie hielt meinen Blick, und in ihren Augen war so viel ... was gar nicht kindlich war und was mich echt nervös machte.

Entnervt verdrehte ich die Augen. »Wenn du meinst! Jetzt schwing deinen kleinen Arsch ins Auto, es wird kalt!« Damit löste ich mich von ihr.

Sie hatte sie nicht mehr alle!

Aber das wusste ich ja schon länger.

25. Exklusivrechte

Regan

Das Problem mit Ryan Banks war einfach, dass er unglaublich heiß war und dass er das auch genau wusste. Deswegen liefen ihm die Weiber wahrscheinlich schon seit seiner Jugend hinterher. Er war es nicht anders gewohnt, nahm sich, was er wollte, und zog dann zur nächsten. Und egal, wie sehr ich ihm auch verfallen war, egal, wie stark meine Gefühle für ihn mittlerweile auch sein mochten. Ich wollte – ich konnte – nicht eine von vielen sein. Ich wollte die eine sein.

Ana für Christian!

Deswegen hatte ich ihn von mir gestoßen, auch wenn mein Herzschlag sich immer noch nicht beruhigt hatte, während wir nach Hause fuhren. Auch wenn mein Höschen von dem Gefühl seiner Lippen und Zunge noch feucht war, ich konstant auf meiner Unterlippe herumknabberte und mich davon abhielt, mich herumzuwinden, weil ich genau wusste, wie sehr Ryan das hasste, wenn ich es tat. Trotz des Alkohols, den er getrunken hatte, fuhr er sicher, und ich hielt ihm lieber mal keine Predigt, wie gefährlich Alkoholgenuss und Autofahren in Kombination waren ...

Bei ihm angekommen, ging er sofort ins Bett, ohne mich noch eines Blickes zu würdigen. Er war angepisst.

Natürlich.

Augenverdrehend begab auch ich mich in mein Zimmer und las etwas in meinen Zeitschriften ... bis ... bis wieder sein Gebrüll anfing.

Es war ein Uhr in der Nacht.

Totenstill ...

Bis auf sein verzweifeltes Flehen. Ich schaute kurz hoch, dann widmete ich mich nur umso konzentrierter meiner Illustrierten ... Ich schaffte es genau eine Minute, ihn zu ignorieren, währenddessen sich mein Magen immer weiter verknotete. Egal, was für ein Arsch er auch sein mochte, ich konnte ihn nicht einfach so im Stich lassen, ich konnte es nicht ertragen, wenn er sich so quälte. Also atmete ich tief durch, zog meinen Pyjama, in den ich geschlüpft war, bis auf die Unterwäsche aus und ging zu ihm ins Schlafzimmer. Direkt zu seinem Bett, wo er sich schweißgebadet und stöhnend hin und her warf ...

Er war so schön.

So verloren ...

Mir traten bei seinem Anblick Tränen in die Augen.

Dann krabbelte ich zu ihm ans Bett, direkt zu ihm … und schmiegte mich mit dem Gesicht an ihn … nahm seinen Kopf und drückte ihn zart an meine Brust. »Shhhh … ich bin hier …«, wisperte ich, und meine Finger strichen durch seine verschwitzen Haare. Jeder Muskel, der soeben noch angespannt gewesen war, lockerte sich schlagartig. Während er undeutlich etwas murmelte, ging sein hektisches Keuchen in eine ruhige Atmung über … Er schlang seinen Arm um meine Taille, zog mich enger an sich und vergrub sein Gesicht regelrecht an meinen Brüsten.

Er seufzte … »Regan …« Ich dachte schon, ich hätte mich verhört und erstarrte. Da lag ich hier also im Dunkeln, mit weit aufgerissenen Augen in den Armen dieses schönen Mannes und war zu einer Salzsäule erstarrt. Meinen Namen einmal so von seinen Lippen kommen zu hören, voller Sehnsucht und Gefühl, als wäre ich die Erlösung all seiner Qualen, als wäre ich seine ganz persönliche Göttin, der er total ergeben war, das hätte ich mir niemals zu träumen gewagt – und das, von dem ich dachte, es sei längst gestorben, glomm wieder auf.

Hoffnung.

Hoffnung darauf, dass ich diesen so tief gestürzten, aber so wunderschönen Engel doch irgendwie retten konnte. Koste es, was es wolle. Denn ich wollte meinen Namen noch viel öfter auf diese Art von ihm gehaucht hören.

Allerdings wurde mir allmählich klar, dass ich nicht nur hinnehmen durfte. Wenn ich mein Ziel erreichen wollte, musste ich fordern, ich musste kämpfen – zur Not auch mit unfairen Mitteln.

***

Ryan

Oh mein Gott, war das geil, so ausgeruht aufzuwachen … So voller Elan und Tatendrang, so total entspannt. Fuck, es war der Himmel, wie es hier roch, es war der Himmel, was ich unter meinen Fingerspitzen fühlte. Es war einfach nur der gottverdammte Himmel.

Noch bevor ich die Augen öffnete, wusste ich, dass ich meinen traumlosen, so wunderbaren Schlaf einer ganz bestimmten Person zu verdanken hatte, die sich mal wieder halb nackt in mein Bett geschlichen hatte. Ich würde den Teufel tun und sie noch mal rausschmeißen.

Diese besondere Art der Folter gefiel mir allmählich. Denn ja, ich durfte sie nicht ficken, aber ich konnte sie ja wohl betrachten … Schlafend, so friedlich, so schön … ihre vollen Lippen … ihre einladenden Brüste, die elegante Kurve ihrer Taille, ihren kleinen Hintern in diesem verboten heißen roséfarbenen Höschen – passend zum BH. Fuck, ihr perfekt geformter, kleiner knackiger Arsch machte mich natürlich noch härter, als ich sowieso schon war, weil sie in meinem Bett schlief. Auf dem Bauch, in mein Kissen sabbernd ... und es war mir fuckegal. Ihr blondes Haar lag total zerzaust auf dem Kissen neben ihr, hing ihr jedoch auch ins Gesicht. Das Weichei in mir wollte es aus ihren Wangen streichen, die warme leicht gerötete Haut fühlen, der Bastard in mir wollte unter ihr Höschen gleiten und sie mit meinen Fingern an ihrer Pussy aufwecken. Wieder ihren Mund kosten, ihr Stöhnen hören, ihr noch viel mehr solch wunderbare Laute entlocken. Doch ich tat nichts davon. Wie ein ... Idiot lag ich auf der Seite, die Hände unter dem Gesicht gefaltet und beobachtete sie einfach nur. Das war mein Geheimnis, niemals würde jemand erfahren, wie verdammt gern ich das tat und wie erfüllend es sich anfühlte, ihr dabei zuzusehen, wie sie sich langsam regte. Und wie verdammt heftig plötzlich mein Herz schlug, als sie die Augen öffnete und mich ansah. Mit diesen mitternachtsblauen Glupschern, die mich bis in meine Träume verfolgten. In die gute Art der Träume.

»Hey«, sagte ich leise, mit vom Schlaf belegter Stimme. Es war im Moment alles so friedlich. Jedes zu laute Geräusch hätte die Idylle gestört.

Und als Belohnung für was auch immer bekam ich ein wunderbar träges glückliches Lächeln ... »Hey«, murmelte sie und streckte sich gähnend.

»Gut geschlafen, du kleiner Okkupator?«, fragte ich sanft und genoss ihr kleines Kichern.

»Ja und du?«, fragte sie, während ich mich auf eine Faust stützte und versuchte, ihren Arsch zu ignorieren, als sie sich so unsagbar sinnlich vor mir wand – und so unbedarft, so unschuldig.

Fuck.

In diesem Moment wurde mir fast mit der Wucht von Thors Hammer mitten in meine Fresse geschmissen klar, dass ich das hier jeden Morgen wollte.

Mich so fühlen wie jetzt.

Sehen, was ich jetzt sah.

Riechen, was ich roch, als ich mich vorbeugte und mit meiner Nase über ihre Schulter strich, ich konnte mich einfach nicht zurückhalten! Sie war wie eine Sirene! Gerade WEIL sie keine Ahnung von ihrer Wirkung auf mich hatte. Gänsehaut rieselte sichtbar ihren Rücken herab, als ich mit meinen halb offenen Lippen hauchzart über ihre duftende Haut strich und dann meine Stirn an ihre Schulter lehnte …

So nah wie ihr, war ich noch nie einer Frau gewesen – und das, ohne sie gefickt zu haben!

»Ich will, dass du jede Nacht hier schläfst!«, sagte mein Mund mit einem Mal, ganz ohne mein geistiges Einverständnis, und wir beide erfroren in unseren Bewegungen.

FUCK, BANKS, was tust du?, brüllte die eine Stimme in mir, aber die andere – die eigentlich so verhasste – antwortete: *Das, was richtig ist.*

»Was?«, fragte sie atemlos, und ich kniff die Augen zusammen. Ich konnte sie dabei nicht ansehen, deswegen knurrte ich so. »Du hast schon richtig gehört.«

»Du willst, dass ich jede Nacht in deinem Bett schlafe?«

»Ja.« Natürlich würde sie Ja sagen, sie dachte ja, mich zu *lieben*: Dummes kleines Kind!

Doch sie machte wieder nicht das, was ich erwartete, sondern lachte kurz auf.

Empört schaute ich sie an und war verwundert, auf verengte Augen und einen angepissten Gesichtsausdruck zu treffen.

»Ich soll also in dem Bett schlafen, in dem du Nacht für Nacht eine andere Frau … du weißt schon?«

Ohhhh süße kleine Regan … was ist dein Problem?

Stirnrunzelnd antwortete ich gedehnt, wobei es eher wie eine Frage klang … »Jaaa?«

»Das werde ich sicher nicht tun!«, blaffte sie mich an. »Wenn, dann …« Sie überlegte fieberhaft und schaute sich im Raum um, bis ihr eindeutig was einfiel und sie ihre Augen aufriss. Dann visierte sie mich wieder an – der Entschluss fest in ihrem Blick – und bohrte ihren Zeigefinger in meine Brust. »Wenn du mich Nacht für Nacht als Traumfänger benutzen willst, dann nur, wenn ich die Exklusivrechte auf dieses Bett bekomme – *und diese Wohnung*!«, gab sie noch schnell dazu.

Ich verdrehte die Augen und ließ mich nach hinten in die Kissen fallen. Tief ausatmend strich ich mir mit beiden Händen übers Gesicht. Keine Frauen mehr hier ficken? Im Gegenzug erholsame, wunderbare Nächte bekommen? Nun gut, seitdem sie hier wohnte, hatte es keine Nutten mehr gegeben – was ich mit denen anstellte, hatte ich ihren zarten Ohren nicht zumuten wollen. Und die anderen Frauen? Die Frauen für den »normalen« Sex? Ich musste eigentlich nicht lange darüber nachdenken, dennoch überlegte ich, was ich aus diesem Deal noch rausschlagen könnte.

Regan, die nur noch in Dessous in der Wohnung rumlaufen durfte? Viel zu gefährlich!

Regan, die mich auf den Knien mit offenem Mund erwartete, wenn ich nach Hause kam?

Eine kleine, süße, ans Bett gekettete feuchte Regan, wenn ich aus der Dusche kam?

Eine nackte Regan, die mich mit Trauben fütterte, während ich in der Badewanne lag?

Regan nach dem Aufstehen, ganz verschlafen, duftend und weich?

Regan, die auf meiner Lounge auf der Terrasse lag, mit vom Küssen geschwollenen Lippen und diesem vertrauensvollen, hingebungsvollen Blick.

Fuck, Ryan, krieg dich endlich wieder auf die Reihe!

Ich seufzte schwer und warf ihr einen knappen Blick zu. Völlig gebannt starrte sie mich an, weshalb ich fast lachen musste. Sie war so unglaublich … süß. Ein Wort, das ich eigentlich verabscheute, in welchem Zusammenhang auch immer!

»Okay!«, sagte ich schulterzuckend und beugte mich über sie, drängte dieses schockierte, sexy Ding auf den Rücken und schwebte über ihr. Nur Zentimeter von ihr entfernt. Als sie realisierte, dass ich mich darauf eingelassen hatte, erstrahlte auf ihrem Gesicht ein Einhunderttausendwatt-Lächeln, das sie – als ob das möglich wäre – noch schöner machte.

Fuck!

Fuck!

Fuck!

Fuck!

Und nun konnte ich mich nicht mehr zurückhalten, beim besten Willen nicht. »Aber du wirst jeden Morgen das hier tun!«, hauchte ich und dann … küsste ich sie.

Fuck auf Zurückhaltung!

Fuck auf Wegschicken!

Ich wollte sie!

Genau hier!

In meinem Bett!

Und zwar jeden Tag!

26. Zur Hölle, ja!

Regan

Ich liebte seine Küsse, liebte es, wie sich sein harter männlicher Körper – der sowas von bereit war – an mich drängte. Liebte es, unter seiner Last begraben zu werden. All das, von dem mir meine Mutter erzählt hatte, es wäre so böse und grauenvoll, war mit ihm einfach nur schön. Besonders dieser Moment, wenn er mich fast schon sanft küsste. Nicht so wie auf der Party – voller Wut, so hart, so kompromisslos. Oder gestern – voller Leidenschaft. Das jetzt war ganz anders. So anders, dass mein Herz schon wieder so laut schlug, dass es bis nach Timbuktu zu hören sein musste, und ich in seinen Mund seufzte. Es war so schön …

Seine Zunge so weich und warm, seine Hände in meinen Haaren zogen nicht oder hielten mich fest, sein Daumen strich über mein Kinn, während er mein Gesicht mit seiner großen, männlichen Hand umrahmte. Er wich zurück, seine schönen grünen Augen funkelten, so offen, so betörend … Doch als er sprach, passten seine Worte absolut nicht zu der wunderbar losgelösten Stimmung in mir. »Raus aus meinem Bett, Regan«, sagte er fast schon sanft.

»Was?«

»Ich muss mir jetzt einen runterholen, verschwinde!«, sagte er klar und deutlich, und ich wurde allein schon bei der Vorstellung daran, was er tun wollte, knallrot.

»Du willst … masturbieren?«, fragte ich mit großen Augen. Er stöhnte gequält und verzog das Gesicht, als hätte er Schmerzen. Geschlagen ließ er es an meinen Hals fallen, wo sein Atem köstlich kitzelte.

»Gott im Himmel, ich will dich ficken.« Er schob sein Becken vor, rieb sich direkt an meiner – echt feuchten – Mitte, und meine Lider glitten zu. Mein Körper rekelte sich voller Lust … und seine so verruchten Worte ließen sie noch weiter nach oben schnellen. »Also verschwinde!«, sagte er jetzt fester und rollte sich mit einem Ruck von mir, kam auf dem Rücken zum Liegen und legte einen Arm über sein Gesicht. Seine Brust hob und senkte sich genauso schnell wie meine.

»Hau ab, jetzt!«, knurrte er barsch und schob seine Hand unter seine Shorts … umfing sich ohne jegliche Scham selbst.

Ich wusste nicht, woher er die Kraft dafür nahm, sich so von mir fernzuhalten. Es kostete mich fast übermenschliche Anstrengung mich nicht wieder auf ihn zu stürzen, ihn zu küssen – mehr zu fordern. Doch ich konnte ihm auch auf gar keinen Fall dabei zusehen, wie er ... diese verbotenen Dinge tat! Und ich wollte auch auf gar keinen Fall irgendwas von seinem *DingDong* sehen! Das hätte wahrscheinlich mein ganzes Bild von ihm zerstört!

Also sprang ich auf die Beine und flüchtete förmlich aus dem Zimmer. Mir folgte sein leises, heiseres Lachen ...

Dieser Mann würde irgendwann meinen Untergang bedeuten – obwohl ich ihm heute den ganzen Tag nicht mehr ins Gesicht sehen könnte!

Er war so unglaublich ... *ungehobelt!*

Ehrlich!

***

Ryan

Anastasia war wie immer eine glatte zehn.

Allein ihre phänomenalen Blow-Job-Künste verpassten ihr eine acht. Dazu endlos lange Beine, dunkelbraune lange Haare, gewiefte Finger und eine superenge Muschi, die mich bis jetzt jedes Mal fast schon wie einen Teenie megaschnell hätte kommen lassen. Was ich natürlich nicht zuließ, schließlich wollte ich meine Ficks genießen. Also gab es nichts unter einer halben Stunde – wie auch jetzt. In meinem Büro, direkt an der Fensterscheibe, die ganze Stadt konnte zusehen, wenn sie wollte, das machte mich – und sie – nur noch mehr an. Endlich konnte ich diesen unsagbaren

Druck auf die einzig richtige Art loswerden, und das tat ich. Nicht nur einmal. Erst von hinten in ihre Pussy ... danach verpasste ich ihr mit meinem Mund einen Orgasmus und sie durfte mir auch nochmal einen blasen. Schön Deep Throat, während ich auf meinem Schreibtischstuhl saß und mir bereits meine nächste Kampagne überlegte.

Gott, es tat so gut, in ihren Rachen zu kommen.

Da ich mich ja auf Regans hirnrissigen Deal eingelassen hatte, musste ich mir meinen Fickvorrat schon im Büro besorgen, denn daheim war der Sex für mich gestorben. Ein Deal ist ein Deal, und wenn ich etwas tat, dann, mich an mein Wort halten. Ein Mann ist kein Mann, wenn er sein Wort bricht. Eine der unzähligen Prinzipien, die ich in meinem Leben streng befolgte. Dicht gefolgt von: *Verliebe dich niemals, sei dein eigener Herr und fick andere, bevor sie dich ficken können!*

Wer war ich und was hatte sie mit Ryan Banks gemacht?

So langsam mutierte ich zu einem dieser kleinen Männchen, die nur eine vögelten ... keine Abwechslung, irgendwann zwangsläufig pure Langeweile – mein größter Albtraum. Das durfte einfach nicht passieren, ich musste das aufhalten, bevor es zu spät war. Also vereinbarte ich mit Anastasia, dass sie mich nochmal nach Feierabend im Büro aufsuchen und ihre absolut heiße Freundin Vivien vom Empfangstresen mitbringen sollte, worauf sie sich freudestrahlend einließ.

Braves Mädchen.

Ich würde sie mit einem Erlebnis belohnen, das sie lange nicht mehr vergessen würde. Aber jetzt erstmal hieß es arbeiten ...

Frisch ausgefickt konnte ich super in den Tag starten, der tatsächlich äußerst produktiv wurde ...

27. Oder doch, nein?

Ryan

Eigentlich war ich recht gut drauf, als ich daheim ankam. Ich hatte Anastasia und auch Vivien nochmal ausgiebig gefickt, somit drohte ich nicht mehr, jede Sekunde an Samenstau zu krepieren, während ich in ihrer Nähe war. Es duftete köstlich, sobald ich die Tür aufschloss und mit beschwingten Schritten und einem Lächeln meine Schuhe auszog, bevor ich um die Ecke bog, um das Wohnzimmer zu betreten – und sofort wie erfroren stehen blieb. Denn ... während sie vor sich hinkochte, lehnte neben ihr mein verdammter Drecksbruder.

Ihre Augen strahlten, sie schlug ihm spielerisch auf die Brust, wohl wegen etwas, was er gerade ach so Witziges gesagt hatte, und ihr glockenhelles Lachen erklang im Raum.

Ich ließ meinen Aktenkoffer mit einem zu heftigen *RUMS!* auf den Boden knallen, sodass sie zusammenzuckte und ihr Blick zu mir flog. Ich starrte sie nur an, während Harley – der kleine Scheißer – nicht mal mit der Wimper zuckte. In seinem verdammten Boss-Anzug, eine Hand in der Hosentasche, lehnte er absolut lässig an meinem Tresen, als würde er nicht Gefahr laufen, jede Sekunde elendig zu verrecken. Ich wollte seinen Kopf nehmen und sein Rattengesicht so lange gegen den Kühlschrank hämmern, bis ihm die Lebensgeister ausgingen. Mit übermenschlicher Anstrengung hielt ich mich zurück und beobachtete, wie sie sich eine Strähne hinter das Ohr strich, knallrot wurde, zu Boden schaute und hauchte: »Hi …«

Verflucht!

Ein Wort und ich wollte sie!

Direkt vor ihm! Damit er endlich checkte, dass er mir nicht in die Quere kommen sollte, weil sie mir gehörte! Ohne mir zu gehören, aber das war ja jetzt egal. Ich antwortete nicht, sondern umrundete den Tresen, trat ebenfalls in die Küche und direkt zwischen die beiden.

»Hi!«, knurrte ich. Und ehe ich mich versah, hatte sich meine total verräterische Hand in ihrem vollen weichen Haar vergraben, ich hatte ihren Kopf nach hinten gezogen und meine Lippen auf ihre gepresst.

Nimm das, Arschloch!

Sie wurde augenblicklich zu Butter in meinen Armen. Genau wie von mir beabsichtigt. Mit einem Seufzen schmolz sie an meiner Brust dahin, öffnete die Lippen für mich, berührte mit ihrer Zunge zaghaft meine und schmiegte sich so eng es ging an mich.

Obwohl ich soeben noch total befriedigt und ausgeglichen gewesen war, wurde es verdammt eng in meiner Hose, als sie ihre vollen Brüste an mich presste, als sie in meinen Mund stöhnte, als ihre Finger sich zaghaft in mein Hemd krallten und Anstalten machten, mich noch näher zu ziehen – als ob das möglich gewesen wäre. Außerdem vollführte ihr Becken kleine verlockende Bewegungen, die zu den kleinen verlockenden Lauten passten, als ich meine Lippen über ihren Hals wandern ließ – und ihm dabei in die Augen starrte.

Verpiss dich, Bastard!, sagte mein Blick, während er uns nur amüsiert mit zur Seite geneigtem Kopf betrachtete und schließlich geschlagen seine Hände hob. *Ist ja gut, ist ja gut!,* antwortete er mir wortlos und trat einen demonstrativen Schritt zurück, bevor er sich räusperte.

»Okay, ich gehe dann mal!« Sie riss sich von mir los, wurde natürlich sofort wieder knallrot und wirbelte zu ihm herum. Ganz offensichtlich hatte sie ihn durch meinen Kuss völlig vergessen. Gut so! Demonstrativ legte ich ihr einen Arm um die Schulter und strich mit meinem Daumen über die zarte Haut ihres Halses, sodass sie garantiert nicht klar denken konnte. Wenn sie in meiner Nähe war, hatte sie nur an *mich* zu denken und an keinen anderen Mann sonst.

»Äh ... ja ... sorry«, stammelte sie vor sich hin und warf mir einen Blick unter verwirrt zusammengezogenen Augenbrauen zu. Zufrieden grinste ich in mich hinein.

Soeben war ich noch zum Platzen wütend gewesen, kaum lag sie in meinen Armen, war ich fast schon … happy …

Dieser Zustand hielt sich auch … bis er sagte: »Bleibt es bei morgen?«

»Ja gern!« Sie strahlte ihn an, und mein Grinsen fiel in sich zusammen. »Ich freue mich schon darauf!«

Der Schleimscheißer gab ihr vor meinen mordlustigen Augen einen Handkuss und funkelte sie provozierend an, während in mir alles zu Eis erstarrte. Dann sagte er locker: »Bye Brüderlein«, schnappte sich einen Apfel neben mir aus der Schale, biss krachend hinein und schlenderte pfeifend davon.

Hatte er gerade wirklich mit ihr sowas wie ein Date ausgemacht?

Als ich mich langsam zu ihr umdrehte und sie ansah, zuckte sie nur mit den Schultern und grinste. »Hast du Hunger?«

Und ich Idiot, der ich war, ließ mich ein weiteres Mal von ihr einlullen, ließ mich von ihrem Strahlen einfangen, von ihrem Lächeln betören, von ihrem Duft von allem, was wesentlich war, ablenken.

Anstatt sie zur Rede zu stellen, ihr den Kontakt zu meinem Bruder ein für alle Mal zu verbieten, lächelte auch ich und beschränkte mich auf ein: »Ja.«

28. Kurswechsel ...

Regan

Wenn es einen Tag- und einen Nachtbruder geben würde, dann wäre Harley der Tagbruder und Ryan der Nachtbruder. Harley war so witzig und sympathisch, mit ihm war es so einfach, sich zu unterhalten und Spaß zu haben. Während der andere − nun ja − alles andere als witzig und entspannt war.

Und doch war Ryan Banks der eine, für den mein Herz schlug. Manchmal fragte ich mich, ob es nicht viel einfacher gewesen wäre, hätte ich Harley zuerst kennengelernt, hätte mich vielleicht in ihn verliebt, nur um dann zu erkennen, dass es so nun mal nicht funktionierte. Es ging nicht darum, wer zuerst seinen Auftritt hatte, sondern darum, wer einen wirklich, wirklich berührte, und das war bei mir nun mal Ryan.

Was sagte das über meinen Charakter aus?

Was über meine Träume?

Was über meine Ziele?

Was über das, was tief in mir vor sich ging?

Wollte ich es kompliziert? Konnte ich mit einem »einfach« nicht leben? Wäre es mir … schlicht zu einfach? Harley war nicht mehr als ein Freund. Jemand, der sogar zu einem »guten« Freund werden konnte – sofern Ryan das zuließ. Während Ryan meine Gedanken Tag und Nacht in Beschlag nahm. Ob er nun anwesend war oder nicht.

Ich wollte endlich diese eine – die letzte – Grenze überschreiten. Und ich wollte mehr von den Dingen tun, die nur er mit mir tun konnte.

Aber obwohl ich wusste, dass Ryan es nicht wollte, war ich zu meiner Verabredung mit Harley gegangen. Er hatte mir New York gezeigt, wie ich es bisher noch nie gesehen hatte. Bunt, lebensfroh und frei.

Buddy, sein Labrador, hatte mich sofort in sein felliges Herz geschlossen, und während wir im kalten Wind am Strand von Long Island entlanggelaufen waren, hatte ich ihm immer wieder Stöckchen geworfen, die er mir gebracht hatte. Ich wollte auch einen Hund!

Natürlich hatte ich Harley über Ryan ausgefragt, und er hatte mir einiges erzählt, aber nichts über seine Vergangenheit, er meinte, das müsse ich selbst herausfinden. Es wäre nicht an ihm, mir davon zu erzählen. Als er das sagte, hatte Harley einen ungewohnt gespannten Zug um den Mund, der mich dazu gebracht hatte, mein Verhör sein zu lassen.

Es hatte keine weiteren Annäherungen gegeben, wie am Abend der Party, als ich zu betrunken gewesen war, um noch richtig und falsch zu unterscheiden. Als einzig meine Sehnsucht mich noch beherrscht hatte und mir scheinbar egal gewesen war, mit wem ich sie stillte. Ich wollte Harley nicht; ich wollte seinen Bruder. Ich wollte nicht den Tag, ich wollte die Nacht. Dunkel, verrucht, betörend ... und voller Geheimnisse.

Als ich am Abend leicht beschwipst in die Wohnung gestolpert kam, musste ich immer noch lachen, wegen eines Witzes, den Harley gemacht hatte, als er mich vor der Tür abgesetzt hatte. Eine kleine Krise hatte es auch noch gegeben, die ich aber perfekt gemeistert hatte: Als er mich küssen wollte, hatte ich ihn abgewiesen, indem ich mein Gesicht weggedreht hatte – denn meine Entscheidung war gefallen.

Schon vor so vielen Stunden.

Vielleicht sogar in dem Moment, als ich hier das erste Mal reingestolpert war, aber auf jeden Fall heute Morgen im Bett. Nachdem Ryan mich geweckt hatte, indem seine sinnlichen Lippen über meinen Hals gestrichen waren, hatte ich den ganzen Tag an nichts anderes denken können, als an den leidenschaftlichen Kuss, den wir daraufhin geteilt hatten. Und an die Hand, die sich kurz darauf an meinem nur von Unterwäsche bedeckten Körper runterschob.

»Du gehörst mir, Regan«, hauchte er heiser und seine Hand fuhr an meinem Bauch entlang, geradewegs in mein

Höschen. »Ich will nicht, dass das hier ein anderer Bastard bekommt.« Ich verspannte mich, war noch nicht mal richtig wach und schon in Ryan Banks unwiderstehlichen Fängen. Seine Fingerspitzen glitten weiter herab, genau dahin, wo es schon seit Wochen so verlangend pochte, und ich biss mir auf die Unterlippe. Seine schönen grünen Augen waren dunkel und vor Lust verschleiert, während er zwei Finger langsam in mich schob und Orte mit ihnen ausfüllte, an denen sonst noch niemand gewesen war.

Oh mein Gott!

»Hast du verstanden?«

Ich nickte.

»Du wirst dich nicht von ihm anfassen lassen!« Er fing an, die Finger langsam und vorsichtig in mir zu bewegen. Ich konnte nicht atmen, weil mich so viele unterschiedliche Gefühle durchrauschten. Leidenschaft. Verlangen. Angst und Unsicherheit. Alles miteinander vermengt – zu einem explosiven Cocktail, der mir die Luft abschnürte.

»Sag es!«, Ryan beugte sich vor und biss mir sanft in den Hals. »Sag, dass er dich nicht anfassen darf!«, raunte er dann.

»Er darf mich nicht anfassen!«, keuchte ich, weil sich das, was er zwischen meinen Beinen machte, so unsagbar gut anfühlte.

»Er wird dich nicht küssen und auch sonst nichts mit dir tun, was ich nicht gutheißen würde.« Seine Finger bewegten sich schneller, und Schweiß brach aus jeder meiner Poren. Ryan küsste meinen Hals, dann meinen Kiefer, und Gänsehaut rieselte über meinen Körper.

»Er wird mich nicht küssen und auch sonst nichts mit mir tun!«, stöhnte ich und beugte meinen Rücken durch.

Seine andere Hand griff in mein Haar. »Sieh mich an, Regan!« Er zog meinen Kopf zurück, und meine Lider, die ich soeben fest zusammengepresst hatte, glitten flatternd auf.

Ich sah ihn an – sah ihn, wie er wirklich war. Sah ihn, wie ihn niemand anders jemals sah. So kontrolliert und beherrscht und auf den ersten Blick kalt, aber unter der harten Oberfläche brodelten nur so die Emotionen. Ich brachte es fertig, dass sie fast an die Oberfläche kamen und alles überschwemmten. Ich – die kleine Regan McKenzie. Ich – die vor ihm noch nicht mal einen richtigen Mann geküsst hatte. Ich – die keine Ahnung hatte, was sie hier überhaupt machte. *Ich* brachte es fertig, all diese Dinge an die Oberfläche zu locken, ohne dass der große, immer so kontrollierte Ryan Banks sich dagegen wehren konnte.

»Gut.« Er wirkte zufrieden, hielt mich immer noch fest, und seine Finger wurden langsamer, sanfter ... genau wie sein Blick. »Das ist sehr gut, Regan, weil du mein bist.« Wieder strich er mit seinen Lippen über meine und dann küsste er mich tief. Sein Daumen strich über einen Punkt, bei dessen Berührung sich alles in mir zusammenzog, ich stöhnte tief und Ryan presste die Zähne aufeinander. Fest strich er nochmal über diese eine verborgene, elektrisierende Stelle, und bog die Fingerspitzen in mir nach oben – ein Orkan explodierte in meinem Inneren und fegte alles in mir mit sich fort.

Wow!

WOW!

Das war also ein Orgasmus!

Wahnsinn!

Jetzt verstand ich, wieso alle so einen Aufstand um Sex machten – besonders Ana. Ich konnte es nicht glauben, während ich einfach nur dalag, ihn anstarrte und versuchte, zu Atem zu kommen. Und Ryan lächelte mich an, selbstzufrieden, ziemlich dreckig und so verdammt wissend. Er nahm meine Hand und küsste die Innenfläche.

»Bitteschön«, hauchte er, stand auf und ging.

Wow …

29. Heißer Tsunami

Regan

Ja, ich hatte Harley die ganze Zeit auf Abstand gehalten, schon als Bestrafung, weil sie sich über meine zwar unausgesprochenen, aber deshalb trotzdem klaren Bedenken hinweggesetzt hatte. Dennoch war es so witzig gewesen und einfach nur schön. Ich grinste immer noch, als ich abends das Apartment aufsperrte, meine Tasche hinschmiss und mir die Ballerinas von den Füßen streifte. Sie pochten – wir waren heute so viel umhergewandert, hatten uns die Stadt angesehen und waren am Meer Eis essen gewesen. Wieso konnte Ryan nicht mal so einen Tag mit mir verbringen? Außer das eine Mal, als wir zusammen shoppen gewesen waren, was mir bereits schon wieder vorkam, als wäre es Jahre her.

Seufzend zog ich den Haargummi aus meinen Haaren und massierte mir die prickelnde Kopfhaut, während ich in den Wohnraum und die angrenzende Küche gehen wollte. Ich hatte Durst, weil ich die ganze Zeit vergessen hatte zu trinken, und ich wollte gerade um die Ecke in die Küche biegen, als mir die Gestalt auffiel, die in einem Sessel in der Dunkelheit saß.

Ryan!

Erleuchtet von der Stadt hinter ihm.

Mit einem Glas Whiskey in der Hand.

»Heilige Scheiße!«, rief ich und schaltete die kleine Stehlampe direkt neben mir an.

Er sah ... *anders* aus.

Sein Haar war total zerzaust, sein Hemd ein paar Knöpfe geöffnet, die Ärmel hochgerollt, seine Augen waren leicht gerötet und seine Lippen fest zusammengepresst. Er hatte die Ellbogen auf die Knie gestemmt und sein Blick war nach unten gerichtet.

Er sah mich nicht an, sondern stur auf den Boden. Und die Luft zwischen uns prickelte so stark, dass ich kaum atmen konnte.

»Ryan?«, fragte ich vorsichtig, und er schaute immer noch nicht hoch, als er hart fragte: »Hast du mit ihm gefickt?« So hart, dass ich fast zusammenzuckte.

»Nein!«, rief ich sofort und wurde knallrot.

Nun schoss sein Kopf hoch und seine Augen verengten sich, er stand auf und kam auf mich zu, weshalb mir nichts anderes übrigblieb, als zurückzuweichen, bis ich an die Wand knallte. Meine nackten Füße hinterließen kleine Abdrücke auf dem dunklen Boden, über die er einfach so hinwegstampfte. Das Glas fiel klirrend zu Boden, als er mein Gesicht packte und mich einfach küsste.

Woah!

Und er trat über die Scherben, als er mich hochhob und ich die Beine um seine Hüften schlang.

Oh mein Gott!

Ich stöhnte auf, als ich fühlte, wie hart er war, während er mich so leidenschaftlich küsste, wie er das noch nie getan hatte. Ryan Banks war außer sich und das war er meinetwegen.

Meinetwegen!

Er trug mich die paar Schritte zur Couch, während meine Finger in seinem Haar wühlten und ich mein Becken an ihm rieb. Gott, das war so gut, so unglaublich gut. Ryan legte mich auf die weichen Polster und seine Lippen wanderten über meinen Hals, meine Schlüsselbeine, meine Schultern, er zog an dem leichten Stoff meines Kleides, und es riss, als er meine Brust in dem weißen BH freilegte. Keuchend vergrub ich meine Finger in seinem dichten Haar, als er meinen Nippel küsste, nicht sanft und nicht vorsichtig, sondern fast grob und rasend, während er meine andere Brust fest massierte.

Er sagte kein einziges Wort, aber sein Körper sprach für sich, als er sich an mir nach unten küsste, bis zu meinem Höschen und dort mit der Nasenspitze sanft entlangfuhr. Wie Ryan Banks hier vor mir kniete und mich mit seinen grünen dunklen Augen bannte, während er an mir roch wie ein wildes Tier, würde ich niemals vergessen können. Ich hob das Becken wie von selbst, und er zog das Höschen herab, küsste meine Innenschenkel nach oben und ich vergrub stöhnend die Hand in seinem Haar.

Oh mein Gott!

Gleich würde es passieren!

Endlich!

Er schob sich an mir nach oben, und ich fühlte, wie seine Fingerknöchel über meinen feuchten Intimbereich strichen, während er die Hose öffnete. Den Blick nur auf mein Gesicht gerichtet. So intensiv, so verzehrend, so berauschend, war diese Situation, dass mein Puls immer schneller schlug.

»Shhh«, machte er und beugte sich vor, küsste mich sanft und strich mit seiner Spitze an mir entlang. Ich zuckte zusammen, er war so groß, doch als er wieder fast zärtlich diesen einen Punkt massierte, wie schon heute Morgen mit seinem Daumen, entspannte ich mich etwas. Dann wurde es immer schneller, immer heftiger, immer mehr und mehr, bis der Schweiß über meinen Körper lief und ich nicht mehr klar denken konnte. Bis ich keine Angst mehr hatte, sondern nur noch Verlangen fühlte, bis ich nur noch wollte, dass er mich endlich ausfüllte und wir eins wurden. Er massierte mich so lange, dass ich fast explodierte.

Und als er sich dann in mich schob, mit einem tiefen verzehrenden Stöhnen, das er direkt in meinen Mund entließ, hatte ich meinen zweiten Orgasmus und spürte den stechenden Schmerz der Vereinigung nur noch am Rande.

Wow …

Wir waren eins, und ich kam immer noch, und Ryan Banks stöhnte meinen Namen, stützte sich auf seine Arme, ließ den Kopf nach hinten fallen und ließ sich gehen.

Es war das Schönste, was ich je gesehen hatte, und das Intensivste, was ich je erlebt hatte.

Ich konnte ihn nur anstarren, wie er über mir aufragte, dieser wunderschöne, sexy Mann, der so tief in mir war, wie es sonst niemand jemals gewesen war, und ich konnte es nicht mehr für mich behalten. Beim besten Willen nicht, in diesem Moment überschwemmten auch mich die Emotionen.

»Ich liebe dich, Ryan Banks«, hauchte ich zittrig, mit Tränen in den Augen und Kloß im Hals. *Schon wieder* – ich lernte aber auch nicht dazu.

Und er stoppte sofort.

Auch wieder!

Seine Augen glitten ruckartig auf, sein Körper erstarrte. Es war, als wäre er aus einer anderen Welt gerissen worden und würde er jetzt hart in der Realität aufschlagen, als er mich unter sich liegen sah. Sicherlich mit geröteten Wangen, schweißnassem blondem Haar und der puren Unschuld in den Augen.

Verdammt!

Ein Muskel an seiner Wange zuckte, bevor er mich erschreckte, indem er ein dumpfes »FUCK!« ausstieß. Dann löste er sich aus mir! Dabei war er noch nicht mal fertig gewesen, stand auf und ... marschierte einfach mit geballten Fäusten und angespanntem Rücken davon. Ich hörte ihn im Flur brüllen, irgendetwas ging zu Bruch, und dann hörte ich nichts mehr, weil er mich einfach verlassen hatte.

Wieder mal.

Womit er diesen so kostbaren einzigartigen Moment mit aller Macht zerschmettert hatte, wie das Whiskeyglas, das ihm vorher aus den Fingern geglitten war.

30. Die Hoffnung
stirbt zuletzt …

Regan

Als ich nach einer unruhigen Nacht erwachte, blieb ich noch für ein paar selige Minuten in meinem Traum gefangen. Einem Traum, in dem ich mit Ryan in seinem Bett war und er …

»Ahhhhh …« Leise stöhnte ich.

Ja, das wollte ich wieder. Immer und immer wieder.

Ob Ana sich auch so nach ihrer ersten Nacht mit Christian gefühlt hatte? Ob sie das gleiche leichte, süße Ziehen in ihrem Bauch gespürt hatte, das ihre Lust zur Gier steigerte und sie leicht irrsinnig überlegen ließ, ob sie ihm einen unverbindlichen Besuch in seinem Büro abstatten sollte?

Natürlich in einem sündhaft engen, kurzen Kleid, das gerade mal so die Arschbacken bedeckte. Dann würde sie ihm auf den heißesten Heels, die die Welt jemals gesehen hatte, langsam entgegenschreiten und *nicht* stolpern. Stattdessen mit der Zunge sacht und langsam – LANGSAM – über ihre Lippen fahren, während sein Blick auf sie getackert zu sein schien. Und dann, wenn sie ihn erreicht hätte, würde sie seinen verdammten Schlips packen, ihn damit zu sich heranziehen und so wild und leidenschaftlichen küssen, dass sein Mund danach von ihrem Lippenstift total verschmiert wäre.

Und dann würde sie mit einem resoluten Handstreich den Schreibtisch leerfegen ...

Ich runzelte die Stirn.

... sie würde den Apple-Laptop vorsichtig herunternehmen und *dann* mit einem resoluten Handstreich den Schreibtisch leerfegen, sich schwungvoll daraufsetzen, die Beine leicht gespreizt, sodass er direkt dazwischen schauen könnte und endlich bemerkte, dass sie das Höschen in all der Aufregung vergessen hatte.

Ups ...

Mit derlei Fantasien lenkte ich mich noch für ein paar Minuten ab, doch dann packte mich die Realität mit ihren Eisenkrallen, mir fiel ein, dass Ryan am letzten Abend mit lautem Knall gegangen und nicht heimgekommen war. Und warum? Weil ich so blöd gewesen war, ihm meine Gefühle zu gestehen. Wieder! Weil ich mich wie der dämlichste

Teenager aufgeführt hatte. *Schon wieder!* Weil ich mich einfach nicht zusammenreißen konnte!

Mir hätte doch klar sein müssen, dass ein Mann wie Ryan Banks unter Bindungsängsten litt, die sich nicht einfach in Wohlgefallen aufgelöst haben würden, nur weil er einmal – inmitten eines nervlichen Fast-Zusammenbruchs, so hatte er jedenfalls gestern ausgesehen – von seinen Grundsätzen abgefallen und mich doch … mich doch …

Stöhnend fuhr ich mir mit der Zunge über die Lippen, als ich an den Blick dachte, mit dem er mich gestern empfangen hatte. Diesen unergründlichen Blick aus diesen einzigartigen, grünen Augen … wie er mich hochgehoben hatte, wie er mich genommen hatte …

GOTT!

Okay, Gott würde das ganz sicher nicht gutheißen, aber ich! Ich hieß es gut! Sehr gut! Es war das Beste, was mir in meinem Leben passiert war. Aber dieser Satz, der mir einfach so von den Lippen gerollt war – ehrlich, ich wusste noch immer nicht, wie das überhaupt hatte passieren können – hatte ihn in Panik versetzt! Wie schon bei unserem ersten Kuss!

Irgendwie musste ich das wieder hinbiegen, und nach kurzer Überlegung fiel mir auch wieder ein, wie!

Ryan liebte mein Essen, auch wenn er das nie zugegeben hätte.

Er liebte es, wenn ich für ihn kochte.

Er liebte es, wenn ich ihn mit Essen erwartete.

Er liebte es, Familie zu spielen, und ich spielte nur allzugern mit.

Außerdem ...

Hieß es nicht: Liebe geht durch den Magen?

Wenn ich ihm heute ein geniales Essen vorsetzen würde, dann würde er garantiert meinen kurzen geistigen Totalausfall vergessen und wieder diese ... diese unglaublich heißen Dinge mit mir anstellen.

Ganz bestimmt!

***

Drei Stunden später war ich in meinem Element. Ich war sogar im Supermarkt gewesen und hatte eingekauft, denn für Ryan wollte ich nur das frischeste, beste Gemüse und Fleisch auf den Tisch bringen. Bei der Menüfolge hielt ich es überschaubar, denn ich bildete mir ein, dass er es genau so mochte. Rinderfilet, grünen Spargel im Speckmantel, Kaiserkartoffeln, dazu Soße und zum Nachtisch Flammpudding.

Er würde es lieben ... Und ich musste mich ranhalten, denn mir blieben nur noch drei Stunden, um alles und vor allen Dingen, mich fertigzumachen.

Zwischenzeitlich kam die Haushälterin, der ich außer einem »Hallo« nichts zu sagen hatte. Sie mir auch nicht. Ich glaubte, die Tante konnte mich nicht leiden, was aber nicht mein Problem war. »Eingewiesen«, wie Ryan es mir gesagt hatte, war ich von ihr jedenfalls nie worden. Sie war auch nicht Teil der Putzkolonne gewesen, ganz offensichtlich war sie nur für die Feinarbeiten zuständig und es gewohnt, hier ganz allein zu sein.

Tja, nicht mein Pech.

Als alles soweit vorbereitet war, und auch diese Putzfrau, die übrigens Margret hieß und mich definitiv nicht leiden konnte, abgedampft war, ging ich ins Bad, wo ich unter die Dusche stieg. Nach einem sehnsüchtigen Blick zum Whirlpool, in dem ich mich jetzt zu gern gerekelt hätte …

Aber man konnte wohl nicht alles haben.

Wenig später trat ich in mein Zimmer, wo ich die Klamotten lagerte, die Ryan mir an jenem denkwürdigen Tag gekauft hatte. Jetzt war ich dankbar für all die sexy Spitze, vor allem jedoch für die Kleider. Ich wählte einen cremefarbenen BH, ein gleichfarbiges Höschen und Strümpfe, mit einer Spitze an den Schenkeln in der gleichen Tönung. Als ich mich so im Spiegel betrachtete, musste ich lächeln. Was ich sah, gefiel mir. Es war vielleicht ein bisschen verrucht, meine Mutter hätte mich sofort wieder ins St. Helena einweisen lassen, aber … ich war wirklich heiß!

Wer hätte das gedacht?

Okay.

Tief atmete ich durch und schlüpfte in ein schlichtes, kurzes, enges weißes Kleid. Nachdem ich den Reißverschluss an der Seite geschlossen hatte und die weißen Heels angezogen hatte, wagte ich einen erneuten Blick in den Spiegel und hielt die Luft an.

Ich war sogar *verdammt* heiß! Der Stoff umschmiegte meine Kurven, ließ mich größer aussehen, und die Heels – in denen ich nicht mehr als zehn Schritte tun konnte, ohne zu stolpern – ließen meine Beine noch länger erscheinen. Und … war mein Hals schon immer so lang gewesen? Hatte meine Haut schon immer so einen bronzefarbenen Touch besessen? War ich schon immer so sexy gewesen?

Wenn ja, warum war mir das nicht früher aufgefallen?

Nun ging es vor den Frisierspiegel, der ebenfalls in meinem Zimmer stand. Ein bisschen Schminkzeug hatte mir Felicitas bei unserer letzten Session geschenkt.

»Frau kann nie genug haben, aber sie hat definitiv zu viel«, hatte sie dabei gesagt. Weshalb ich Mascara besaß, Lidschatten, Concealer, der perfekt zu meinem Hautton passte, ein paar Pinsel, Make-up, das ebenfalls perfekt auf meinen Teint abgestimmt war – »Totaler Fehlkauf für 49,95!« –, gleich drei Paletten Lidschatten, zwei Fläschchen Flüssig-Eyeliner – Feli hatte mir gezeigt, wie ich in verwenden sollte –, Lippenkonturen- und Lippenstift.

Während ich mit den Restaurationsarbeiten – auch ein Begriff, den Feli geprägt hatte – begann, musste ich lächeln. Mir war gerade aufgefallen, dass ich bis vor wenigen Tagen keinen Schimmer gehabt hatte, wie man mit all dem Zeug umging, und jetzt … jetzt wusste ich es fast perfekt anzuwenden. Nur beim Eyeliner auf dem linken Auge patzte ich beim ersten Mal – aber mit links diesen

Strich zu ziehen war echt eine Herausforderung! Zuletzt machte ich meine Haare zurecht, wie Felicitas es mir gezeigt hatte, Zopf direkt auf dem Kopf gebunden, das Glätteisen heizte inzwischen auf, und dann drehte ich mir viele, viele Locken, die garantiert perfekt zur Geltung kommen würden, wenn ich erst den blöden Zopf wieder gelöst hätte.

Aber das würde später kommen.

Zunächst band ich mir ein riesiges Küchenhandtuch um, damit ja mein Outfit nicht noch in letzter Sekunde versaut wurde. Dem Essen ging es perfekt, das Fleisch schmorte, das Gemüse garte, die Kaiserkartoffeln rekelten sich behaglich im Ofen, weshalb ich mich nun dem Tischdecken widmen konnte.

Verdammt, ich kam mir vor wie bei »Das perfekte Dinner!«

Servietten, die Gläser exakt ausgerichtet, das Besteck ebenfalls – im Altenheim lernte man eine ganze Menge. Und dann …

Aufatmend richtete ich mich auf und strich eine Strähne aus meiner Stirn.

Dann war ich fertig.

Ich ging zurück in mein Zimmer, das im Grunde spätestens seit vorletzter Nacht jede Daseinsberechtigung verloren hatte, und löste den Zopf, schüttelte ein paarmal den Kopf, fuhr mit den Händen in die Lockenpracht und stellte mich schließlich vor meinen Spiegel.

Ehrlich, der Anblick warf mich fast um.

Noch nie hatten meine Haare so schön gelegen, noch nie waren die Locken so sanft um mein Gesicht gefallen, noch nie – wirklich noch niemals zuvor – war ich so schön gewesen, und ich hatte es ganz allein hinbekommen.

Erwartungsvoll sah ich zur Tür, bereit, aufzuspringen und das Essen aufzutun, sobald er eintrat. Ja, er sollte sehen, dass ich mir Mühe gegeben hatte, er sollte sehen, dass es mir leidtat, Ryan sollte sehen, dass ich in der Lage war, einen Fehler wiedergutzumachen.

***

Nach einer halben Stunde bekam ich Angst um mein Fleisch auf dem Herd.

Nach einer Stunde war sie begründet.

Nach ein eineinhalb Stunden warf ich es weg, weil es ungenießbar geworden war. Genau wie der zerkochte Spargel, genau wie die vertrockneten Kartoffeln oder die Soße, aus der auch die letzte Flüssigkeit reduziert worden war ...

Nein, Tränen liefen keine, ich war zu ... verblüfft, um ihnen eine Chance zu geben. Noch war keine Wut vorhanden, noch hoffte ich, suchte nach Erklärungen, nach Entschuldigungen ....

Er würde länger arbeiten müssen.

Er würde vergessen haben, mir Bescheid zu sagen. Nicht schmeichelhaft, aber so lange war ich auch noch nicht Teil seines Lebens, um das einfach so einfordern zu können.

Außerdem war er ja sauer auf mich.

Er würde … verdammt, vielleicht hatte er einen Unfall gehabt, während ich hier fröhlich vor mich hingekocht und mir die Haare gemacht hatte. Dieser Gedanke weckte mich noch einmal aus der Lethargie. Ohne lange zu überlegen schritt ich hinüber zum Festnetztelefon, googelte mit dem Handy derweil die Kliniken in der Stadt und begann mit bebenden Fingern, die Krankenhäuser durchzutelefonieren. Nebenbei schaltete ich CNN ein, die berichteten häufiger mal über Unfälle, besonders, wenn sie schwer gewesen waren …

Bitte nicht!, betete ich dabei zum Herrgott. *Bitte, tu mir das nicht an!*

***

Ich war bei Klinik sieben angekommen – in New York gab es wirklich wahnsinnig viele Krankenhäuser –, zwischenzeitlich hatte vor den Fenstern die Dämmerung eingesetzt, als die Wohnungstür aufgeschlossen wurde.

Fünf Meter von mir entfernt trat Ryan ein.

Ryan und eine Frau, die ich noch nie in meinem Leben gesehen hatte. Ihr platinblondes Haar war eindeutig gefärbt und das Make-up viel zu grell. Sie kicherte dämlich, als sie mich erblickte, und küsste ihn so leidenschaftlich, dass ich ihre Zungen spielen sah, was bei mir einen heftigen Würgreiz hervorrief. Vor meinen fassungslosen Augen betraten sie den Raum, und Ryan grinste mich breit und eindeutig betrunken an.

»Oh, äh … Regan …«

»Regan«, kicherte das Flittchen, dem er einen Arm um die Schulter gelegt hatte. Ihr Kleid war so kurz, dass ich ihr tiefrotes Höschen sehen konnte, ob ich wollte oder nicht.

»Lass dich nicht stören«, meinte Ryan, ich hörte deutlich das Lallen in seiner Stimme.

Dann stolperten die beiden eng umschlungen an mir vorbei, in Richtung Schlafzimmer. Dem Schlafzimmer, in dem an jenem Morgen all diese fantastischen Dinge geschehen waren. Dinge, die jetzt wieder geschehen würden, nur war ich diesmal nicht Teil dieser besonderen Party. Meine Augen brannten, aber noch immer löste sich keine einzige Träne, während ich langsam das Telefon sinken ließ. Am anderen Ende hörte ich ein zickiges: »Hallo? HALLOOOO! Unverschämtheit!«, und ein Klicken. Aber ich brauchte die Schwester nicht mehr zu belästigen, denn Ryan Banks hatte keinen Unfall gehabt.

Ryan Banks erfreute sich bester Gesundheit.

Ryan Banks ging es sogar prächtig.

Als ich Lachen aus dem Schlafzimmer hörte, gefolgt von einem lauten, sinnlichen Stöhnen, hielt ich mir die Ohren zu.

NEIN!

Das war unmöglich!

NEIN!

Wir hatten doch einen Deal!

31. Flucht

Regan

Doch, es war möglich.

Nur langsam sickerten all die Verbrechen, derer er sich heute schuldig gemacht hatte, in mein Bewusstsein.

Dass er mich versetzt hatte.

Dass er mich gerade mit einer *Prostituierten* betrog.

Dass es ihm scheißegal war, wie ich darüber dachte.

Dass er sich nicht mal die Mühe gemacht hatte, seine Untat zu verschleiern.

Dass *ich* ihm völlig egal war.

Als ich Letzteres endlich begriffen hatte, war es draußen vollständig dunkel geworden. Zwischenzeitlich war die Schlampe erschienen, war, ohne mich zu beachten, in die Küche gegangen und mit einer Weinflasche sowie einem Glas Oliven zurück ins Schlafzimmer marschiert.

Ich schien gar nicht zu existieren.

Ich war gar nicht da.

Ich war nicht von Relevanz.

Ich war Luft.

Ich war nicht …

Ich *war* nicht!

Wie in Trance nahm ich mein Handy wieder auf, das meinen tauben Fingern eine Stunde zuvor einfach entglitten sein musste. Ich hatte die Nummer zwar nicht eingespeichert, musste aber nur auf Wahlwiederholung drücken.

Es klingelte zweimal, dann meldete er sich.

Ich schloss die Augen. »Harley?«

32. The Show must go on

Ryan

Es war eine Nutte, irgendeine Hure, die ich auf meiner Bartour aufgerissen hatte. Grell und widerlich genug, damit sie den Zweck erfüllte. Ich mochte ihr Kichern nicht, es führte dazu, dass sich mir sämtliche Nackenhaare aufstellten. Ihr billiges, süßliches Parfüm drohte, meine Nasenschleimhäute zu verätzen, und ihre Titten waren viel zu groß, von ihren verdammten, viel zu grellen, billigen Klamotten ganz zu schweigen. Aber als Mittel zum Zweck war sie perfekt.

Wirklich … perfekt.

Ein Blick in Regans Gesicht und ich wusste, dass mein Ziel erreicht war.

Die Show musste weitergehen, damit sie die Message auch verinnerlichte, aber noch nie – wirklich noch nie – war es mir so schwergefallen, zu ficken, ohne mich im

Grunde darum zu scheren, mit wem. Vorbei war das heilige Vergessen, der Grund, neben dem Abspritzen, weshalb ich überhaupt so oft Sex hatte. In jeder verdammten Sekunde, während sie mir einen blies und dabei durch ihre von Mascara verklebten Wimpern zu mir aufsah, lauschte ich auf die Geräusche in der unteren Etage meines Apartments.

Da waren keine, was die Dinge nicht einfacher machte.

Dafür machte die kleine Schlampe, die nur Mittel zum Zweck war und deren Namen ich längst wieder vergessen hatte, umso mehr Theater. Sie stöhnte und keuchte und schrie – obwohl ich garantiert nicht eine meiner Sternstunden hatte – ich war einfach nicht mit dem Kopf dabei. Selbst während ich in sie stieß – unter ihrem lauten Gebrüll, das meine Ohren klingeln ließ – versuchte ich, etwas von den Vorgängen außerhalb dieses Raumes mitzukriegen.

Regan hatte auf mich mit dem Essen gewartet, beim Eintreten hatte ich den gedeckten Tisch gesehen. Und ich hatte gesehen, wie heiß sie aussah, wie ... unvergleichlich, bezaubernd, atemberaubend ... In ihrer Klasse und Einzigartigkeit nicht vergleichbar mit der Nutte, der ich anscheinend gerade das bisschen Hirn aus dem Schädel vögelte.

Es ist richtig!, ermahnte ich mich. *Es ist verdammt noch mal richtig, denn nur so kommst du aus dieser Nummer wieder raus!*

War es – das stellte ich nicht in Zweifel. Aber ich hätte nie gedacht, welche Schwierigkeiten ich damit haben würde, das Unausweichliche auch durchzusetzen.

Ganz offensichtlich hatte ich ihr nicht das Hirn rausgevögelt, denn nach nur zehn Minuten Verschnaufen begann sie, sich an meinem Körper entlang zu küssen und zu lecken und zu saugen …

Mit einem Glas Wein in der einen Hand, einer Zigarette in der anderen, beobachtete ich sie und überlegte, ob ich sie einfach vor die Tür setzen sollte. Dann hatte sie meinen Schwanz erreicht, begann auch ihn zu saugen und zu lecken und ich schloss kurz die Augen.

Warum rausschmeißen, wenn sie ihren Job machte?

Und sie machte ihren Job verdammt gut.

So verdammt gut …

* * *

Die Sonne schien mir ins Gesicht, als ich am nächsten Morgen aufwachte. Mein Handywecker spielte diese verdammte Melodie, die kuschliges Wohlgefallen beim Aufwachen auslösen sollte, mich aber nur dermaßen ankotzte, dass ich davon wach wurde. Und ich fühlte mich, als hätte ich gerade mal fünf Minuten geschlafen.

Einfach nur grässlich, so wie an jedem verdammten Morgen vor … *ihr.*

Wie auch immer.

Als ich mich umdrehte, blickte ich in das hässliche, mit verschmierter Schminke bedeckte Gesicht irgendeiner Schlampe, mit der ich offensichtlich gefickt hatte.

Bis hierhin kein Problem, aber was machte sie in meinem Bett?

Keine Schlampe übernachtete in meinem Bett.

Das war Gesetz!

Als Nächstes purzelten ungebeten all die Ereignisse an meinem Kater vorbei in mein vorderstes Bewusstsein und mir wurde übel.

Ich schüttelte sie unsanft an der Schulter. »Steh auf!«, befahl ich rau, bevor ich mich selbst erhob und nackt wie ich war aus dem Schlafzimmer tappte.

Bereits als ich in das Wohnzimmer trat, wusste ich es. Instinkt, vielleicht war auch nur mein verficktes schlechtes Gewissen dafür verantwortlich.

Sie war weg.

Die Stille brüllte mich geradezu an, sodass meine Ohren schon wieder klingelten. Und wie!

Trotzdem stürzte ich in ihr Zimmer, mein Blick huschte in jede Ecke, auf das perfekt gemachte Bett, hatte sie in der letzten Nacht darin geschlafen? Ich riss die Schränke auf und sah, dass nahezu alle Sachen, die ich ihr gekauft hatte, noch vorhanden waren. Natürlich, hatte ich etwas anderes vermutet? Regan McKenzie würde nichts von dem, was ich für sie gekauft hatte, mitgenommen haben – das entsprach einfach nicht ihrem Charakter.

Ich suchte überall, war kurz davor, sogar unter das Bett zu schauen, fahndete mit wachsender Ungeduld und vor mich hin fluchend nach dem verdammten Abschiedsbrief.

In solchen Szenen gab es *immer* einen abgefuckten Abschiedsbrief!

Auch das war Gesetz!

Nun, diesmal wohl nicht.

Wie geschlagen ließ ich mich auf die Matratze sinken und starrte leer vor mich hin. Das hatte ich nicht kommen sehen. Bitter lachte ich auf. Natürlich hatte ich das nicht kommen sehen, ansonsten hätte ich ...

Es anders gemacht? Scheiß auf den Selbstbetrug. Nein, hätte ich nicht! Denn meine Message hatte dringend an die schöne Frau gebracht werden müssen! Mir entging nicht, dass ich sie zum ersten Mal gedanklich Frau und nicht mehr Kind genannt hatte. Was allerdings nichts an den Tatsachen änderte: Dass wir uns immer weiter von der Realität entfernt hatten. Dass wir gedroht hatten, alles, uns zu vergessen.

Besonders ich.

Ganz ehrlich, was zur Hölle sollte ich mit diesem Kind? Dem Kind, das in Wahrheit kein Kind mehr war, aber noch so nah dran. Viel zu nah. Was sollte ich mit diesem heißen, umwerfenden Kind, das mit seinen verdammten rosaroten Träumen in mein Leben gewankt war, gestolpert, *gefallen*, um es auf den Kopf zu stellen? Hatte sie mich gefragt, ob ich das wollte? War ich auch nur ein einziges Mal nach meiner Meinung gefragt worden? Interessierte sie überhaupt irgendwen?

NEIN!

Es war der einzige Weg gewesen, die Dinge in geordnete Bahnen zu lenken, bevor es zu spät war.

»Kommst du wieder ins Bett?«

Ich sah auf und erblickte die Schlampe im Türrahmen. Nackt. Das schmutzig-blonde Haar hing ihr in das teigige Gesicht, die Augen waren immer noch mit schwarzen Schlieren versehen, jetzt, nicht mehr restauriert, wirkte sie zehn Jahre älter als gestern Abend. Ihre Titten waren groß und eindeutig operiert, denn sie standen so starr von ihrem Körper ab, dass es fast schmerzhaft aussah. Als ich sie aufgegabelt hatte, hatte ich schon vier Whisky intus gehabt – zu viel, um noch auf solche Feinheiten zu achten.

»Verschwinde«, knurrte ich dunkel.

Sie schnaubte und drehte sich tatsächlich um. Während sie zurück ins Schlafzimmer lief, hörte ich sie »Wichser« murmeln, aber es erreichte mich nicht wirklich.

Regan war weg.

Damit musste ich klar kommen.

Doch es war auf jeden Fall eine Lösung aus dem Dilemma.

Wenn auch nicht die von mir favorisierte.

33. Brainfuck

Ryan

Regan war weg, ja!

Aber wo zur Hölle *war* sie jetzt?

Während ich im Meeting saß, fickte mich dieser einzige Gedanke. Und er fickte immer härter. Ehrlich, so hart war ich noch nie gefickt worden, wie von diesem verdammten Gedanken, der bald Echos entwickelte, die pausenlos von allen verfügbaren Seiten in meinem Schädel zustießen.

Hart.

Nichts bekam ich von der Besprechung mit, was nicht unbedingt ratsam war, weil Tory, die kleine Bitch, nur auf einen Totalausfall meinerseits gewartet hatte, um ihre überteuerte, absolut dilettantische Kampagne an den Chef zu bringen. Als Nummer eins musste man sich immer gegen jede Menge Emporkömmlinge zur Wehr setzen.

Nicht heute.

Auf den Lunch verzichtete ich, der Whisky lag mir immer noch im Magen, genau wie der Fick mit dieser ... wie hieß sie eigentlich? Fuck, ich konnte mich einfach nicht an ihren Namen erinnern. Aber war der jemals wichtig gewesen? Ihren Job hatte sie erledigt. In jeglicher Hinsicht. Stöhnend legte ich den Kopf in den Nacken und schloss die Augen. War das immer noch der Kater oder schon wieder ein neuer? Wegen der mich fickenden Gedanken – aber halt, es war ja nur einer.

Nachdem ich eingesehen hatte, dass ich heute keinen anderen mehr fassen würde, ging ich ... Außentermine lautete meine knappe Begründung. War immer eine perfekte Ausrede, weil kein Schwein das jemals nachprüfen konnte.

Außen hatte ich auch einen Termin, allerdings beim Dealer meines Vertrauens.

Er stand wie immer an der Ecke und verkaufte seine Zeitungen, mit denen er das weitaus lukrativere Geschäft tarnte. Von mir bekam er zwanzig Dollar, ich eine Tüte Dope, und wir beide waren glücklich. Margret, die Haushälterin, war schon verschwunden, als ich das Apartment betrat und sofort wieder das Grauen spürte: die verdammte Stille.

War sie vor Regan auch schon so überwältigend gewesen? Ich konnte mich nicht mehr erinnern, was der größte Witz war. Echt, der größte, verfickte Witz, sie war doch nicht länger als ein paar Wochen hier gewesen, verdammte Scheiße!

Mit leicht zitternden Fingern drehte ich mir einen Joint, nahm kurz darauf einen tiefen Zug und schloss erneut die Augen.

Ja! Das hatte ich gebraucht.

Wenn nichts mehr ging, wenn meine Welt aus den Angeln gehoben zu sein schien, wenn alles nur noch abgefuckte Scheiße war, dann konnte ein bisschen braunes Dope alles wieder ins rechte Licht rücken. Andere nahmen Ecstasy, die ganz Irren Meth, ich hatte mich immer nur auf das Zeug beschränkt. Schnell dicht, halbwegs schnell wieder nüchtern und so gut wie keine Nebenwirkungen. Abgesehen vom Hunger.

Während vor den großen Fenstern meines Apartments der Mittag allmählich in den Nachmittag überging und schließlich zum Abend wurde, dachte ich … nichts. Und fühlte mich wohl dabei.

Als der Fressflash einsetzte, wankte ich zum Kühlschrank, riss ihn auf und … bekam die volle Breitseite.

Da standen sie, die verdammten Tupperdosen, für die Margret getötet hätte, und von denen sie meinte, dass ein Mensch ohne ein ganzes Arsenal von der Scheiße nicht überleben konnte. Weshalb sie meine Schränke damit vollgestopft hatte. Ich hatte sie nie aufgehalten, weil ich keinen Stress wollte, hatte gleichwohl aber immer gewusst, dass ich keines von diesen Dingern jemals benutzen würde.

Hatte ich auch nicht.

Aber sie – Regan – hatte.

Vor meinem getrübten Auge standen sie. Ordentlich eingepasst, wie beim verdammten Tetris. Regan hatte all das, was vom Essen übrig geblieben war, in diese verfluchten durchsichtigen Plastikdosen gefüllt und im Kühlschrank deponiert.

Fuck!

Wütend schleuderte ich das Teil wieder zu und bestellte mir beim Chinesen um die Ecke gleich drei Menüs, die ich alle in mich reinschlang.

Bevor ich mir einen neuen Joint drehte.

Ehe ich ins Bett ging, schrieb ich Margret eine Nachricht.

Die Dosen aus dem Kühlschrank LEEREN!

Nicht nett, aber wer hatte jemals gesagt, dass ich nett sein musste? Das wurde sowieso überbewertet.

* * *

Mein Schrei hatte mich geweckt, und ich brauchte einen langen Moment, bevor ich mich auch nur an meinen Namen erinnern konnte.

Was zur Hölle …?

Ich strich mir über die Stirn, fühlte den kalten Schweiß und versuchte irgendwie, meine Scheißatmung unter Kontrolle zu bekommen.

Fuck.

FUCK!

Endlich begriff ich alle Konsequenzen.

Endlich kapierte ich, was ich getan hatte.

Endlich rastete auch das letzte Puzzleteil an die entsprechende Stelle und vollendete das Bild der Katastrophe.

Endlich hatte das Arschloch es auch begriffen.

Ich hatte sie rausgeekelt. Aus meinem Apartment und meinem Leben, womit ich mich wieder zu den beschissenen Albträumen verurteilt hatte. Diese verdammten Träume, die mich schon seit so vielen Jahren verfolgten, die mir das Leben zur Hölle machten, die dafür sorgten, dass ich ständig müde und ausgelaugt war. Kein Sex der Welt hatte vollbracht, was diesem kleinen heißen Engel mit seiner bloßen Anwesenheit gelungen war. Und ich hatte es weiß Gott versucht. Verdammt, ich hatte mich durch halb New York gefickt, in der Hoffnung die Scheiße damit kompensieren zu können. Nichts war geschehen. Erst Regan hatte das Wunder vollbracht. Mit ihrer sanften, liebevollen Art, mit ihren Rehaugen, mit ihrer echten, ungespielten Naivität, mit ihrer Herzenswärme …

Hastig legte ich einen Arm über meine Augen, versuchte, nicht mehr an sie zu denken, versuchte, sie irgendwie loszuwerden, weil jetzt nämlich ihr Gesicht mein Gehirn fickte.

Und wie!

Stattdessen versuchte ich, mich an den Albtraum zu erinnern. Es war eine Form der Therapie, sich mit dem Geträumten auseinanderzusetzen. Damals, als ich noch zu jung war, um mich gegen den Therapeuten zu wehren, den mein Betreuer bei der Caritas mir aufs Auge gedrückt hatte, war mir das beigebracht worden. Mich damit auseinandersetzen, mir vor Augen führen, was das war, wovon ich träumte. Wie viel davon wirklich geschehen war, und was meine Fantasie hinzugesponnen hatte. Ich hatte es gehasst, weil ich so gezwungen wurde, den Horror auch noch außerhalb meiner Träume zu erleben.

Doch diesmal war es anders gewesen. Denn es war … ich stöhnte leise, als sich allmählich die Erinnerung einstellte. Andere mochten das Geträumte kurz nach dem Aufwachen vergessen, ich konnte es stets zurückholen. Jahrelanges Training machte es möglich. Da war nicht … dieses finstere Wohnzimmer gewesen, von dem ich sonst immer träumte. Diese verschlissene Couch, der nackte, ausgemergelte, kleine Kinderkörper darauf … der meiner war.

Stattdessen war es eine dunkle Straße gewesen, der Asphalt schadhaft, auf dem sich die Neonreklamen von ein paar billigen Bars spiegelten, die es in den ärmeren Gegenden New Yorks zuhauf gab. Und *sie* … mit blonden, wehenden Haaren, mit großen, verängstigten Augen, nur gekleidet in einem Nachthemd hetzte sie barfuß die Straßen entlang. Dicht gefolgt von etlichen Verfolgern.

Alles Männer.

Männer ohne Gesichter, und dennoch mit eindeutig brutalem Äußeren. So etwas funktionierte nur im Traum. Sie verfolgten sie mit ihrer überwältigenden Präsenz und ihren eindeutigen Gedanken, die allein mich in die

Mordlust trieben, während Regan die Straße entlang stolperte und nie eine Chance hatte. Es war nur eine Frage der Zeit, bis die Wichser sie eingeholt hätten und dann ...

Und dann ...

»Fuck!«, sagte ich in die Dunkelheit des Schlafzimmers.

Eine Stunde lang versuchte ich, wieder einzuschlafen, mit Hoffnung auf den üblichen Albtraum. Nichts geschah, und so sah ich ein, dass ich etwas unternehmen musste. Ganz offensichtlich besaß ich ein Gewissen – das war neu. Besser noch, es setzte mir zu – womit ich schon mal gar nicht gerechnet hätte.

Entnervt nahm ich mein Handy und begann zu tippen. Mit jedem Wort, das ich eingab und wieder löschte, begriff ich, dass die gesamte Angelegenheit schwieriger war, als zuvor angenommen, dass ich sie absichtlich hinausgeschoben hatte, dass ich nicht wusste, was ich wie ausdrücken sollte, ohne mich zu verraten, und dass mir bis zu diesem Moment nicht mal klar gewesen war, dass es etwas zu verraten gab.

Verdammt!

Am Ende schickte ich die Nachricht ab, ohne sie noch mal gelesen zu haben, unsicher, ob ich die Geschichte sonst durchgezogen hätte. Ebenfalls nichts, was ich von mir kannte. Aber mal ehrlich, ich schrieb auch ganz, ganz selten Nachrichten, die über drei Worte hinausgingen.

Es war vier Uhr in der Früh, aber nun war an Schlafen überhaupt nicht mehr zu denken, weil die Erwartung mich gepackt hatte. Es war ja möglich, dass sie antwortete und das wollte ich nicht verpassen.

Wie ferngesteuert tappte ich in die Küche, brühte mir einen Kaffee und ließ mich auf dem Barhocker nieder, das verdammte Smartphone vor mir.

Nichts geschah. Nur das Ticken der Uhr war zu hören.

Als es sieben wurde, machte ich mich fertig fürs Büro und fuhr los. An diesem Tag war ich zum ersten und einzigen Mal der Erste auf der Etage.

Sie antwortete nicht.

Im obligatorischen Meeting lag das Fuck-Smartphone direkt vor mir.

Keine Meldung.

Wieder lief die Besprechung ohne meine Mitarbeit oder auch nur meine verdammte Aufmerksamkeit ab, weil ich mich ja um das plötzlich verstummte Handy kümmern musste.

Als es dann endlich summte – ich war zurück in meinem Büro – stammte die Nachricht von meinem Chef, der mich dringend sehen wollte.

»Fick dich!«, sagte ich laut, ging am Ende aber doch, weil wir alle nun mal vom Geld abhängig waren, so auch ich.

Er erzählte mir irgendwas von einem neuen Projekt, bla, bla, bla, das ich übernehmen sollte, bla, bla, bla, und womit ich den neuen Kunden auf lange Zeit ködern sollte, bla bla bla.

Nach einer Viertelstunde versicherte er mir, dass ich sein bester Mann sei, und ich konnte endlich wieder in mein Büro, um mich auf das verdammte Smartphone zu konzentrieren.

Nichts geschah, keine Antwort kam, was mich mehr und mehr in die Raserei trieb.

Es war Freitagabend, mein Barabend, mein Aufreißerabend, oder eben mein Abend, an dem ich mir eine Nutte kommen ließ, wenn ich zu faul war, um mich selbst auf die Piste zu begeben.

Allein der Gedanke, meinen üblichen Gepflogenheiten zu folgen, war lächerlich.

Ich fuhr heim, griff nach kurzer Überlegung nach einer Flasche Bourbon und setzte mich auf die Terrasse. Es war kühl, was mir ganz recht kam. Der Wind fuhr mir durchs Haar und ich starrte hinaus auf die Straße, auf der sich die Menschen tummelten. Hunderte, vielleicht Tausende in dieser niemals schlafenden Stadt.

Jeder Einzelne von ihnen besaß ein Handy, weil nun mal jeder heutzutage eines hatte. Und jeder Einzelne von ihnen beantwortete abgefuckte Nachrichten, wenn er eine bekam. Ich hatte auf den einzigen Menschen treffen müssen, der das ganz offensichtlich nicht tat.

Nach einem großen Schluck Bourbon kam mir ein beängstigender Gedanke.

Was, wenn ihr was passiert war? Was, wenn sie einfach nicht antworten *konnte?* Soweit ich wusste, gab es niemanden, zu dem sie gehen konnte; bei meiner Nachbarin hatte ich es als Erstes versucht.

Was, wenn sie krank war?

Was, wenn sie *tot* war?

Was, wenn sie an irgendeinen Wichser geraten war?

Einen Wichser wie mich?

Ein erstickter Laut ertönte und ich brauchte einen langen Moment, um zu begreifen, dass er meiner Kehle entsprungen war.

Kalter Schweiß stand mir auf der Stirn, und egal, was ich auch versuchte, es gelang mir nicht, die grausamen Bilder, die sich vor meinem geistigen Auge auftaten, zu verbannen.

Was, wenn ich sie auf dem Gewissen hatte?

Was dann?

Mitten in der Nacht schreckte ich auf.

Diesmal brauchte ich keine Sekunde, bevor ich wusste, was mich aufgeweckt hatte. Blindlings tastete meine rechte Hand nach dem Smartphone, meine Fingern zitterten, als ich die Nachricht öffnete.

Es waren nur vier Worte.

Es geht mir gut.

34. Wut

Ryan

Vier verdammte Worte!

Vier!

Mehr hatte sie nicht für mich übrig.

Und das, wo ich sie aufgenommen hatte, als sie nirgendwohin konnte, als sie sprichwörtlich nur das besaß, was sie auf dem Leib trug. Und das, wo ich sie aufgenommen hatte, ohne irgendwas zu verlangen, nicht mal einen Fick, verdammte Scheiße! Das, wo ich sie nicht an dem Abend gefickt hatte, als sie als die schlechteste Nutte der Welt verkleidet bei mir reingeschneit war. Und es war knapp gewesen, verdammt knapp! Selbst jetzt wurde ich noch augenblicklich hart und wütend, wenn ich an ihren Auftritt dachte. Eine explosive Kombination, wie ich mal wieder feststellen konnte.

Das war also der Dank, ja?

Der Dank für alles, was ich für sie getan hatte?

Der Dank dafür, dass ich mich bei ihr zusammengerissen hatte, wie nie zuvor in meinem Leben? Dass ich zum ersten Mal nicht dem nachgegangen war, was ich gewollt hatte?

Es war um zwei mitten in der Nacht und an Schlaf war nicht zu denken. Wieder musste meine Whiskyflasche dran glauben, ein wenig befand sich noch darin. Immer wieder wollte ich das fuck Handy nehmen und antworten, konnte mich aber in der letzten Sekunde davon abhalten.

Ich wollte ihr ja nicht auf die Nerven gehen.

Wenn sie beim ersten Mal rund vierundzwanzig Stunden zum Antworten gebraucht hatte, war sie womöglich schwer beschäftigt.

Falscher Gedanke!

Schon sah ich sie mit irgendeinem Wichser zusammen, fuck, ich sah sie vor ihm knien, sah ihren Blick – ja, diesen verfickten Blick, den sie nur für mich zu haben hatte, und der absolute Hingabe versprach, für ihn – diesen namenlosen Bastard mit dem winzigen Schwanz, der gerade in ihrem Mund ...

Hastig nahm ich den nächsten Schluck.

Als ich meinte, es gäbe keine Rettung mehr von meinem Ausraster, in wenigen Minuten würde ich damit anfangen, das gesamte Mobiliar meines Apartments kurz und klein zu schlagen, kam mir die beschissene Erleuchtung.

Ehrlich!

Auf einmal schien es in meinem Hirn taghell zu sein.

Als hätte sich eine Wolke weggeschoben, die das Ganze bis zu diesem Zeitpunkt umnebelt hatte.

Endlich wusste ich, wo sie war, wo sie nur sein *konnte!*

Weshalb ich auch endlich wusste, was zu tun war.

35. Zurück in der Gruft

Ryan

Am liebsten wäre ich sofort gefahren, sah aber ein, dass dies meine Chancen auf was auch immer ich erreichen wollte, stark reduziert hätte und zwang mich zum Warten, bis wenigstens der Morgen angebrochen wäre.

Die verbliebene Zeit nutzte ich für die Vorbereitungen. Ehrlich, es gab kein Date, auf das ich mich jemals sorgfältiger vorbereitet hatte. Einschließlich Rasur, einem Bad, selbst meine verdammte Brust rasierte ich, auch wenn ich wenigstens so sinnig war, heute nicht auf Sex zu hoffen.

Ja, es war irrsinnig, denn meine Einstellung hatte sich kein bisschen geändert. Mich gab es nicht exklusiv, egal, was sie fordern würde, in dieser Hinsicht würde ich niemals kleinbeigeben. Aber verdammt, das wusste sie nicht.

Wenn ich sie nur irgendwie zurück in diese Wohnung bekommen könnte, wenn es mir möglich wäre, mit ihr einen Anti-Liebes-nur-Sex-Pakt zu schließen, dann würde ... fuck, dann würde es vielleicht irgendwie doch funktionieren.

Hatte ich sie nicht aufs College schicken wollen? Weit weg nach Berkeley – ans andere Ende der Staaten? Ja, das war der Plan gewesen. Nie war mir im Nachhinein etwas irrsinniger erschienen.

Berkeley!

Was für ein Witz!

Hier wollte ich ihren kleinen Arsch.

Genau hier!

Ja, das war verdammt egoistisch, besonders in Hinblick auf ihre Jugend, aber ich konnte nicht aus meiner Haut. In den letzten zwei Tagen hatte ich gelernt, dass es mir ohne sie nicht gut ging. Ergo musste ich alles tun, um sie zurückzuholen, ihr zur Not eben auch die eine oder andere Lüge erzählen.

Vorerst!

Mit der Wahrheit würde ich dann Stück für Stück rauskommen, und wer wusste es schon? Vielleicht würde sie sich nach reiflicher Überlegung ja doch damit arrangieren können. Wie auch immer, ich musste sie zurückholen, denn ohne sie ... Ich lachte leise auf, als ich endlich in der Lage war, mir diese total dämliche Wahrheit einzugestehen. Ohne sie war ich im Arsch!

Bevor ich losging, rauchte ich genüsslich einen Joint, um runterzukommen. Es half, so wie es immer half. Dann fuhr ich hinunter in die Tiefgarage und wenig später auf die morgendliche, noch verschlafene Straße New Yorks.

Es war Punkt neun, als ich an der Tür klopfte.

Mit leerem Kopf, nichts hatte ich vorbereitet, keine sowieso nicht ernst gemeinte Rede. Dies würde ich ganz spontan über die Bühne bringen.

So wäre es am besten.

Und am glaubwürdigsten.

* * *

Die Tür wurde geöffnet und ich starrte in die blassblauen Augen des Muttermonsters.

»Was wollen Sie?«

Es war nur ein Instinkt, aber ich wusste, dass ich mich getäuscht hatte, denn sie schlug mir die Tür nicht gleich wieder vor der Nase zu, stattdessen sah ich Interesse in ihren fast toten Augen, das ich dort garantiert niemals vermutet hätte. Schon gar nicht hätte sie so reagiert, wenn sie ihre Tochter zurückgehabt, wenn sie bereits gewonnen hätte.

»Mit Ihnen reden«, brachte ich hervor, nachdem der erste Schock überwunden war.

»Worüber?«

Anstatt einer Antwort hob ich eine Braue. Es gab nur ein Thema, das uns verband.

Sie zwang die wächserne, so käsige, straffe Haut auf ihrer Stirn in einige Falten, kämpfte zu meiner Verblüffung aber die nächste Kriegserklärung zurück.

»Kommen Sie rein.«

* * *

Es war noch genau die gleiche Kathedrale namens Haus wie beim letzten Mal, ein Schrein wechselte den anderen ab. Überall Kerzen, Jesus-Ikonen, Maria-und-Jesus-Ikonen, Jesus-und-Magdalena-Ikonen und ... die anderen konnte ich nicht identifizieren.

»Tee?«, erkundigte sie sich schroff, nachdem sie mich in den Jesussalon geführt hatte.

»Gern«, erwiderte ich diplomatisch, aber auch, weil ich ein paar Minuten allein brauchte, um mich zu sammeln.

Sie nickte noch etwas schroffer und verschwand, während ich starr vor mich hinblickte und versuchte, mit den Realitäten klarzukommen.

Regan war nicht hier.

Mrs. McKenzie hatte keine Ahnung, dass ihre Tochter verschollen war.

Wo zur Hölle war sie?

Kalter Schweiß brach mir aus, ich hatte einen Tagalbtraum, in der sie wieder die dunkle Gasse entlanghetzte, immer mal wieder über ihre schmalen Schultern blickend, während die gesichtslosen Wichser ihr folgten.

Als ich zu mir kam, hatte ich die Fäuste geballt; in diesem Moment trat Gruft-Mom wieder ein und ich riss mich zusammen. Sie stellte sichtlich teures Porzellan auf den Tisch und schenkte durchsichtigen Tee ein. Wahrscheinlich wurde hier auch an Teebeuteln gespart.

Dann setzte sie sich mir gegenüber, schloss züchtig ihre schwarz bestrumpften Beine, obwohl das Kleid sowieso weit über die Knie reichte, und sah mich an.

»Warum haben Sie Regan nicht mitgebracht?«

In spontan Ausredenerfinden war ich schon immer gut gewesen. »Sie hat einen Mädelstag mit ihrer Freundin …« Als ich ihren fragenden Blick sah, fügte ich hinzu: »Meine Nachbarin, die beiden haben sich von Anfang an gut verstanden.«

Das überdachte sie und nickte knapp, obwohl ich sah, dass die nächsten einhunderttausend Fragen auf die arme Frau einprügelten. Ich eilte ihr nicht zu Hilfe, sollte sie ihre Fantasie doch ein bisschen beleben. Zeit wurde es!

»Der Grund meines Besuches«, begann ich langsam, weil ich noch immer nach irgendeinem Strohhalm suchte, »ist, dass ich Regan eine Freude machen will, aber Ihre Einwilligung brauche, weil sie noch nicht einundzwanzig ist.«

Da! Schon hatte ich sie, Gott schütze mein Improvisationstalent.

»Und der wäre?« Sie nippte an ihrem Tee, wobei sie ihren Blick nicht von mir nahm, was echt gruselig war. Außerdem waren meine Eier wieder nach innen geschrumpelt. Die Frau war ein echter Potenzkiller, kein Wunder, dass ihr Alter so früh gestorben war. War der nicht schwul gewesen? Dunkel erinnerte ich mich, sowas gehört zu haben. Vielleicht war er es erst nach dem ersten Mal, das er seine Frau nackt gesehen hatte, geworden.

»Ich will, dass sie studiert, und zwar in Yale«, sagte ich, und da dies nicht mal gelogen war, musste ich ab hier einfach nur alles rauslassen. Yale war gut, Yale war nah, wenn sie in Yale studierte, würde sie täglich heimkommen können. »Sie will es nicht, fühlt sich sogar abgeschoben, aber ich finde, eine gute, die beste Ausbildung ist nun mal das Wichtigste, der Grundstein für ein erfolgreiches Leben.«

Damit hatte Gruft-Mom nicht gerechnet, denn ein zweites Mal, seitdem ich sie kannte, war so was wie Leben in ihren wässrigen Augen zu sehen. Sie antwortete nicht gleich, führte die Tasse ein weiteres Mal an ihre welken Lippen, trank einen kleinen Schluck – das Zeug war noch immer so heiß, dass es dampfte – und ließ einen weiteren folgen. Erst nach dem dritten stellte sie die Tasse ab, legte ihre Hände ineinander und hob das Kinn.

»Sie hat keinen Highschoolabschluss.«

»Den könnte sie vorab nachholen.«

Ihre Lippen wurden noch etwas schmaler. »Es gibt einen Ausbildungsfond, den Regans Vater noch zu seinen Lebzeiten für sie eingerichtet hat. Er war für das College gedacht, allerdings ein reines Mädchencollege ... aber ...« Sie presste die Lippen abermals zusammen. »Auch ihre Eltern wollen, dass Regan die bestmögliche Ausbildung erhält.«

»An ein Mädchencollege wird sie nicht gehen wollen«, sagte ich brüsk, weil ich mit keiner Silbe diese irre Frau und ihre noch irreren Ansichten unterstützen würde. Nie im Leben. »Deshalb wollte ich das finanzieren, und ...«

»Regan ist keine Waise«, unterbrach sie mich schneidend. »Sie hat noch ihre Mutter. Außerdem ist sie nicht mittellos, die Familie verfügt über ein beachtliches Vermögen. Wir können für die Ausbildung unserer Nachkommen selbst aufkommen!«

Warum tun Sie es dann nicht?, wollte ich sagen, hielt aber den Mund, denn sie war noch nicht fertig. »Ich weiß nicht, was sie Ihnen erzählt hat, aber ich hatte sie nach langer Überlegung und Rücksprache mit ihrem Therapeuten und unserem Pfarrer in diese Anstalt einweisen lassen. Sie war ein aufsässiger Teenager, unbelehrbar, renitent, selbstzerstörerisch in ihren Ansichten und in ihren Taten. Ich musste sie vor sich selbst schützen, davon überzeugt, dass sie mir eines Tages danken würde.«

Ich biss die Zähne aufeinander, um sie nicht anzufahren. »Worin bestanden denn die selbstzerstörerischen Taten?«

Gruft-Mom lehnte sich zurück, um ihre Lippen war ein listiger, überlegener Zug erschienen. »Es waren in erster Linie Jungs – für die sie weit zu jung war. Und glauben Sie mir, ich habe mir das lange angesehen, bevor ich einschritt. Wir sind uns doch einig, dass jedes Mädchen mit zwölf Jahren zu jung für derartige Erfahrungen ist.«

»Sie hat sich mit zwölf Jahren mit Jungs abgegeben?«

»Nun …« Sie zögerte. »Was genau abgelaufen ist, weiß ich nicht zu sagen, aber sie hat sich mit ihnen umgeben, was zwangsläufig zu allem Weiteren geführt hätte und es auch tat. Mit sechzehn wurde sie erwischt, wie sie sich hinter der Turnhalle …« Ihre Wangen färbten sich binnen Sekunden tiefrot und sie senkte den Kopf, hob ihn jedoch in der gleichen Bewegung wieder, um mich trotzig zu mustern. »Ich bin ihre Mutter, ich bin für sie verantwortlich, als ich sie dann auch noch bei sündhaften Handlungen an ihrem eigenen Körper überraschte, *musste* ich eingreifen. Und ich stehe nach wie vor dazu.«

Ich nickte knapp, noch immer bemüht, nicht auszurasten. Was zur Hölle machte ich noch hier? Regan war nicht da, verdammt!

»Jedoch will ich, dass meine Tochter eine Zukunft hat. Und deshalb werde ich auch das Studium bezahlen, oder vielmehr die erforderliche Summe ihrem Fond entnehmen.«

Ich horchte auf, das waren ja ganz unerwartete Töne.

»Aber sie wird nicht auf ein Mädchencollege gehen«, informierte ich sie erneut dumpf.

»Das habe ich schon beim ersten Mal verstanden, Mr. Banks«, entgegnete sie auf die übliche schroffe Art. »Darf ich Sie nach Ihren Absichten befragen, die Sie mit meiner Tochter haben?«

Uff!

Damit hatte sie mich kalt erwischt, und wieder rettete mich mein unerschütterliches Improvisationstalent.

»Mrs. McKenzie, ich habe Ihre Tochter aufgenommen, als sie mittellos vor meiner Tür stand. In Wahrheit hatte sie nicht einmal Kleidung, war in ihrer Nachtwäsche aus der Einrichtung geflohen, in die SIE das Mädchen hatten einweisen lassen, weil es ein wenig an sich herumgespielt hat.« Sie wurde rot, und es war mir egal. »Ich habe vor, dafür zu sorgen, dass es ihr gut geht und es ihr an nichts fehlt. Wenn Sie mir deshalb böse Absichten unterstellen, dann werde ich das hinnehmen, auch wenn es jeder Grundlage entbehrt, oder hätten Sie allen Ernstes von mir verlangt, dass ich ihr nicht helfe?«

Wieder hob sich ihr Kinn. »Nein, ich hätte von Ihnen verlangt, dass Sie meine Tochter ins St. Helena zurückbringen.«

»Erstens wusste ich nichts davon, dass sie dort unter Verschluss gewesen war, und zweitens wollte sie dorthin nicht zurück. Und mit Verlaub, ich habe bisher nichts Krankhaftes an ihrem Verhalten bemerkt.«

»Sind sie ausgebildeter Psychotherapeut, Mr. Banks?«, erkundigte sie sich spitz.

»Nein, ich besitze nur Menschenkenntnis.«

Was mir einen ihrer höhnischen Blicke einbrachte, und allmählich stellte sich wieder die Wut in mir ein. »Wie auch immer«, knurrte ich. »Sie ist keine Gefahr für andere und auch nicht für sich selbst.« Letzteres hätte ich so nicht unterschrieben, aber das musste Gruft-Mom nicht unbedingt erfahren.

»Dann hätten Sie sie nach Hause gebracht.«

Trocken lachte ich auf. »Damit Sie das Mädchen wieder hinter Schloss und Riegel verfrachten können, bis sie Ihre, und zwar genau Ihre seltsame Lebensauffassung übernommen hätte? Nein!«

Antwort war erneut ein höhnischer Blick, und ich wusste, dass hier sowieso Hopfen und Malz verloren war. Ernsthaft, je länger ich mit dieser gescheiterten Existenz sprach, desto mehr fragte ich mich, wie Regan es überhaupt zustande gebracht hatte, so normal zu bleiben.

Ich stand auf. »Damit wäre wohl alles geklärt, das Studium werde ich wie geplant bezahlen«, entschied ich dumpf und wandte mich zum Gehen.

»Einen Moment, Mr. Banks«, schnarrte sie, und ehrlich, ich wollte gehen, ich gab einen Fuck auf ihre Meinung, dennoch blieb ich stehen.

Warum?

Nun, vielleicht, weil sie Regans Mutter war – wie auch immer –, und weil man sich seine Verwandtschaft nun mal nicht aussuchen kann – seine Mom schon gar nicht. Regan hatte noch eine, wenn auch eine total durchgeknallte, aber existierte nicht die geringe Chance, dass sich die beiden eines Tages trotz allem annäherten? Ja, die gab es, die gab es immer, und ich wollte nicht der Klotz sein, der dieser Wiedervereinigung, so bizarr und gruselig sie auch sein würde, im Wege stand.

Und so wandte ich mich mit abweisender Miene um, fand sie direkt vor mir und schrak instinktiv zurück. Gruft-Mom war wirklich gruselig.

»Ich«, sagte sie leise, »werde für die Ausbildung meiner Tochter aufkommen. Und Sie werden das hinnehmen. Folgen Sie mir!«

Damit schritt sie voran, diese dürre, in stoffliche Asche gehüllte Frau in ihren dunklen Gesundheitsschuhen, mit dem Rücken, der so gerade war, dass man zwangsläufig einen Stock in ihrem kaum vorhandenen Arsch vermutete, und dem straffen Dutt aus silbern durchwirktem, blondem Haar. Blondem Haar, das ich sehr genau kannte.

Ich ging ihr hinterher, fragte mich insgeheim, ob sie mich jetzt in den Folterkeller führte, was sie nicht tat. Wenig später strandeten wir in einem Altherren-Arbeitszimmer, mit dunklen Regalen, einem Teppich, der zur Zeit seiner Entstehung, vor ungefähr tausend Jahren mit Sicherheit flauschig gewesen war, und einem Unikum von Schreibtisch aus dunklem Holz, der den halben Raum einnahm.

Auch hier gab es einen Schrein, nur war dieser nicht um ein Jesus oder Maria-Bild gebildet worden, sondern um das Ölgemälde eines Mannes mittleren Alters mit Schnurrbart, dessen Ähnlichkeit mit Regan mich darauf schließen ließ, dass er Regans Vater war, und dessen Attraktivität mich darauf schließen ließ, dass es sich um eine arrangierte Hochzeit gehandelt haben musste. Schwul hin oder her.

»Das Arbeitszimmer meines verstorbenen Mannes«, sagte sie in ihrem ewig spröden Ton, trat zum Schreibtisch und riss eine Schublade auf, in der sie herumkramte, ein Scheckheft hervorholte und sich setzte.

Dann griff sie zu einem Füllfederhalter – ja, einem FÜLL-FEDER-HALTER – und begann, einen Scheck auszufüllen, den sie schließlich von den anderen Blankos löste und mir reichte.

Mit regloser Miene sah ich auf die Summe. Fünfzigtausend Dollar.

»Wenn sie tatsächlich an Yale unterkommt, wird das nicht für das gesamte Studium genügen, das ist mir klar. Ich nehme an, Sie melden sich, wenn Sie mehr benötigen.«

Damit lehnte sie sich zurück und musterte mich kühl. In ihren Augen sah ich den Geist der Frau, die sie früher gewesen sein musste, und mir ging auf, dass sie vermutlich nicht immer so gruftmäßig ausgesehen haben würde. Woher hätte Regan sonst auch ihre Schönheit haben sollen?

»Damit sind Sie Vermögensverwalter. Wie ich bereits sagte, wird die Summe aus dem eigens für Regan ins Leben gerufenen Ausbildungsfond entnommen, auch alle weiteren. Ich erwarte von Ihnen eine ordentliche Rechnungslegung und nachprüfbare Buchhaltung, der Fond ist steuerfrei, und zwar genau unter diesen Bedingungen. Wir verstehen uns doch?«

Mein Nicken mochte etwas hölzern sein, aber war da, während ich überlegte, ob ich den abgefuckten Scheck einfach zerreißen sollte.

Was für eine ...

Sie legte ihre ineinander verschlungenen Hände auf die Tischplatte. »Regan ist mein einziges Kind, das einzige enge Familienmitglied, das ich nach dem Tod meines

Mannes noch habe, und ob Sie mir das nun abnehmen oder nicht, ich liebe meine Tochter, ihr Wohl lag mir immer sehr am Herzen. Ich …« Ich glaubte, meinen Augen nicht zu trauen, denn nun zitterten ihre Lippen, und mit einem Mal wirkte sie mindestens fünfzehn Jahre jünger … und fünftausend Prozent verletzlicher. »Ich will sie nicht verlieren, nicht vollständig. Es fällt schwer, sie loszulassen, was Sie nicht verstehen können, ich weiß …«

»Ich verstehe das durchaus«, widersprach ich steif und steckte wie in Trance den verdammten Scheck, den ich am liebsten vernichtet hätte, in meine Brieftasche.

Ihr Lächeln war so bitter wie zweifelnd. »Tun Sie das?« Dann ging ein Straffen durch ihren schmalen, so zerbrechlich wirkenden Körper, auch wenn die Person an sich härter als Titan zu sein schien. »Sie haben sich um die Verantwortung gerissen und stehen somit in der Pflicht, Mr. Banks. Kümmern Sie sich um mein Mädchen, und zwar so, dass ich nicht eines Tages bereue, Ihnen gegen meine Überzeugung mein Vertrauen geschenkt zu haben.«

Ihre Miene drückte aus, dass ich jetzt entlassen war, ganz besonders die fest zusammengepressten Lippen, die einem Strich ähnelten. Vielleicht wollte sie aber auch, dass ich endlich verschwand, weil das Glitzern in ihren Augen immer gravierender wurde.

Frauen wie Sophia Banks zeigten keine Schwäche.

Schon gar nicht vor dem Mann, der ihnen die einzige Tochter geraubt hatte.

36. Resignation

Ryan

Den Rest des Tages verbrachte ich mit Telefonieren. Zunächst rief ich sämtliche Kliniken in der Gegend an, ging dann über zu Obdachlosenheimen, machte bald auch vor den Cops nicht halt, doch niemand hatte etwas von Regan McKenzie gehört oder gesehen. Sie schien wie vom Erdboden verschluckt, was mich allmählich wahnsinnig zu machen drohte.

Achten sie auf meine Tochter, Sie tragen die Verantwortung.

Mal davon abgesehen, dass ich nie darum gebeten hatte, wie zur Hölle sollte ich das tun, wenn ich nicht mal wusste, wo sie war, verdammt?

Die Whiskyflasche war mein bester Freund, während ich mir das Hirn zermarterte, was ich noch tun konnte. Die Antwort kam mir nach etlichen Stunden, da war es schon wieder dunkel geworden. Sie war so grausam wie simpel: Nichts.

Sie hatte sich aus meiner Nähe zurückgezogen, hatte dafür gesorgt, dass ich nichts von ihrem derzeitigen Aufenthaltsort erfuhr, ergo wollte sie mich auch nicht länger als Teil ihres Lebens.

Und genau das musste ich akzeptieren.

Irgendwann drohte mich die Stille in dieser abgefuckt teuren Wohnung zu killen und ich flüchtete mich zu Felicitas, die nur gering überrascht die Tür öffnete.

»Sie ist nicht hier, Ryan«, sagte sie, ehe ich überhaupt was von mir geben konnte.

»Das weiß ich!«, knurrte ich und schob mich an ihr vorbei in ihre Wohnung. Auf dem Weg zu ihrem Sofa zündete ich mir einen Joint an und ließ mich dann in die Polster fallen. Feli war mir gefolgt und blieb im Rahmen stehen, um mich von dort aus zu mustern, was mich schon wieder irre machte.

»Was?«, fauchte ich sie nach einer Weile an, als mir das Starren echt zu bunt wurde.

»Willst du ein Bier?«

Ich schüttelte den Kopf und stieß den Rauch aus. »Nein.«

Langsam kam sie näher und ließ sich neben mir nieder. »Was ist dann los?«

Bevor ich antwortete, zog ich noch mal an meinem Joint und starrte zur Decke. »Ich habe überall gesucht, ich war selbst bei dieser Gruft-Mom und hab mir die tägliche Dosis Horror gegeben, aber sie war nicht da. Sie ist nirgendwo!« Die Wut, schon so lange mühsam beherrscht, brach endlich an die Oberfläche. »Was bildet sich diese Bitch eigentlich ein? Einfach zu verschwinden, ohne das geringste Lebenszeichen? Wo zur Hölle soll ich noch suchen und vor allem, warum? Wer nicht will, der hat schon. Ende!«

Heftig zog ich an meinem Joint, verbrannte mir die Finger, weil das Scheißteil schon wieder aufgeraucht war, trat an das geöffnete Fenster und warf den Rest hinaus. Dann wandte ich mich zu ihr um und sah sie lächeln. »WAS?«

»Nichts weiter. Ich hätte nur nie gedacht, dich mal so zu sehen. So am Boden.«

Finster musterte ich sie durch meine halb geöffneten Lider. »Ich bin nicht am Boden! Es kotzt mich nur an, dass ich mich ständig um solche unwichtigen Dinge kümmern muss, um die ich nun wirklich nicht gebeten habe!«

Sie antwortete nicht, lächelte nur auf diese provozierende Weise in sich hinein, die mich noch wütender machte. Dem Himmel sei Dank für die Erfindung des Dopes, denn das allein hielt mich noch irgendwie ruhig.

»Spuck's aus!«, forderte ich und ließ mich wieder schwungvoll neben ihr auf die Couch fallen.

»Sie hat dich berührt, ob du das jetzt zugeben willst oder nicht«, verkündete Feli in einem Ton, als wäre sie der Heiland höchstpersönlich, der seine Weisheiten an die dumme Menschheit weiterreichte. »Sie hat dich an den Eiern.«

»Sie hat gar nichts«, knurrte ich zurück und fuhr mir mit einer Hand entnervt durch die Haare. Warum war ich überhaupt hergekommen? »Und darum geht es auch gar nicht, sondern um meine Verantwortung. Ihre Mutter meint, sie wäre bei mir, sicher und wohlbehütet, stattdessen treibt sie sich sonst wo herum.«

Feli zuckte mit den Schultern. »Sie ist erwachsen, kann tun und lassen, was sie will, und ganz offensichtlich wollte sie das nicht länger bei dir. Woran das wohl liegen mag?«

Ich schnaubte. »Erwachsen! Dass ich nicht lache!«

»Nach Jahren schon, und wenn du dir mal die Mühe gemacht hättest, sie kennenzulernen, ich meine wirklich kennenzulernen, wüsstest du, dass sie nicht halb so kindisch ist, wie du vielleicht glaubst. Naiv, unerfahren, das ja – ist ja zwangsläufig. Aber dumm? Nein.«

»Ich HABE mir die Mühe gemacht, sie kennenzulernen!« Entnervt stahl ich eine Zigarette aus einem Softpack auf dem Tisch und zündete sie mir an.

Feli nahm mir die Kippe ab, sobald ich sie mir zwischen die Lippen gesteckt hatte, weshalb ich noch eine anzünden musste. Sie inhalierte schweigend, und musterte mich durch den Rauch. »Wenn du meinst. Ich schätze, sie sieht das anders.«

»Hat sie das gesagt?«

Wieder lächelte sie. »Nicht direkt, aber ich kann zwischen den Zeilen lesen.«

Ich winkte ab. Bullshit!

»Und wenn du mit einer Nutte ankommst, mit ihr auch noch nebenan vögelst, musst du dich nicht wundern, wenn Regan meint, sich so was lange genug reingezogen zu haben und geht. Ganz ehrlich, ich dachte, du *wolltest* sie loswerden!«

Darauf erwiderte ich erst gar nichts, weil es Bullshit hoch zehn war. Hätte ich Regan loswerden wollen, hätte ich sie vor die Tür gesetzt. Das hätte nicht länger als zehn Sekunden gedauert: Tür auf, Regan raus, Tür zu, aus die Maus! Bullshit eben.

»Ich dachte, ihr hattet einen Deal«, fuhr Feli fort, der es wohl nichts ausmachte, dass ich mich längst aus dieser bescheuerten Unterhaltung ausgeklinkt hatte und eher gelangweilt aus dem Fenster starrte. »Und mit der Nutte hast du den Deal gebrochen. Ist es wirklich so verwunderlich, dass sie gegangen ist? Ich meine … ganz ehrlich, ich würde auch nirgendwo sein wollen, wo ich nicht viel mehr als geduldet bin.«

Mein Kopf ruckte zu ihr herum. »Raus mit der Sprache! Wo zur Hölle ist sie?«

Ihre Augen wurden groß. »Ich weiß es nicht, das sagte ich aber schon.«

»Bullshit!«, knurrte ich und zog heftig an der Zigarette. »Verkaufe mich nicht für blöd. Irgendwann muss sie dir das alles verklickert haben. All den Bullshit, den du hier so absonderst. Wann war das?«

Sie musterte mich noch eine Weile auf diese bescheuert unschuldige Art, die ich ihr längst nicht mehr abkaufte. Das Herz hämmerte in meiner Brust, am liebsten hätte ich sie geschüttelt, damit sie endlich mit der Sprache herausrückte. Verdammt, ich hatte es gewusst. ICH HATTE ES GEWUSST!

»Wir telefonieren gelegentlich«, gestand Feli leise.

»Wo ist sie?«

Zu meiner immensen Wut zuckte sie schon wieder mit den Schultern! »Ehrlich, das weiß ich nicht.«

»Willst du mich verarschen?«, höhnte ich und kam ihr gefährlich nahe. »Spuck es endlich aus!«

Sie schüttelte den Kopf. »Sie hat mir nicht gesagt, wo sie ist, weil sie wusste, dass du … fragen würdest.«

Und warum betonte sie das so komisch?

»Ich glaube, du hast es versaut.«

»Bullshit«, stieß ich hervor.

»Und wenn du meinst, das ist Bullshit …«

Wütend sah ich sie an. »Bullshit ist, dass ich angeblich irgendwas versauen konnte, verdammt! In Wahrheit geht mich die Braut nichts an, sie war ein Hemmnis, eine Verantwortung, die ich nie gewollt hatte, kapiert?«

»So in etwa hat sie es auch ausgedrückt«, verkündete die weise und deutlich selbstgefällige Feli. »Tja, dann sind wohl alle wieder glücklich, oder?«

Ich antwortete nicht.

Sie schnitt das Thema nicht mehr an, verschwand kurz darauf in der Küche und kehrte mit einer Flasche Martini und zwei Gläsern zurück. »Kein Bier«, sagte sie, während sie eingoss. »Und auch kein Whisky, von dem hattest du heute schon genug.«

Dann setzte sie sich neben mich und drückte mir ein Glas in die Hand, bevor sie ihr eigenes hob. »Auf die Freiheit«, sagte sie, und ich nickte müde, bevor ich das Glas leerte.

Gott schütze die abgefuckte Freiheit.

Irgendwann hatte sie ihre Lippen auf mir, ihre Brüste an mir, ihre Beine um meine Hüfte gewickelt, den Raum dazwischen auf meinem Halbsteifen. Ich schloss die Augen, vergrub meine Hände in ihrem Haar, meine Zunge in ihrem Mund, plünderte ihn, versuchte irgendwie, das übliche Vergessen einzuläuten, und scheiterte.

ICH SCHEITERTE!

Es schien der falsche Rhythmus zu sein, als würden wir nicht länger miteinander funktionieren, und mein Schwanz kam nie über den halbsteifen Zustand hinaus. Von hart konnte keine Rede sein.

Nach einer Weile schob ich sie entnervt von mir und richtete mich auf. Noch immer saßen wir auf dem Sofa. Ich legte den Kopf in meine Hände, starrte meine Hose an und das Arschloch, das sich einfach geweigert hatte, steif zu werden.

Als ich aufsah, begegnete ich Felis Blick, die nicht im Mindesten sauer wirkte. »Was?«, knurrte ich.

Sie sagte überhaupt nichts, strich mir nur über die Haare – was ich nun überhaupt nicht verstehen konnte – und verließ den Raum. Als sie zurückkehrte, hatte sie ein Kopfkissen und eine Decke dabei. Sie zog meine Schuhe aus, und schob mich zurück, bevor sie mich zudeckte.

»Schlaf«, sagte sie, drückte mir einen Kuss auf die Schläfe und ging.

Wenig später klappte die Tür zu ihrem Schlafzimmer und ich war allein.

Allein mit meinen Gedanken, worauf ich auch gern verzichtet hätte.

Was zur Hölle war das?

Und warum ging ich ihr nicht einfach nach? Auf ein Neues! Diesmal würde es garantiert funktionieren. Sex mit Feli hatte jede Menge Vorteile: Man musste nicht das Haus verlassen, man wusste genau, was man bekommen würde, der Orgasmus war garantiert, die Hygiene auch, und vor allen Dingen konnte man für ein paar Minuten entspannen.

Entspannen pur.

Ich ging nicht zu ihr, sondern verbrachte die halbe Nacht grübelnd auf Felicitas' verdammt unbequemer Couch, bevor ich mich zurück in mein Apartment schleppte.

Fuck Weiber!

37. Influenca homine

Ryan

Grippe.

Männergrippe.

Daran litt ich.

Offiziell.

Zum ersten Mal, seitdem ich am College nicht krankgefeiert, sondern eine ernsthafte Alkoholvergiftung gehabt hatte, hatte ich mich krankgemeldet.

… und damit der Bitch Tory den Weg frei gemacht.

Es war mir egal. Alles!, war mir inzwischen egal.

In der Wohnung stapelten sich die Flaschen, Margret hatte ich schon vor Tagen abbestellt, weil sie einfach nur nervte, die Dusche interessierte mich nicht, weil ich die Flüssigkeit nur oral anwendete und nur Hochprozentiges dafür nutzte.

Dope wäre interessant gewesen, hätte man das Zeug bestellen können, was leider – noch – nicht möglich war, deshalb blieb es beim Whisky und ... Zigaretten in rauen Mengen.

Anfänglich hatte ich mir über Felicitas Nachschub schicken lassen, aber nachdem sie an Tag drei lautstark versucht hatte, mich vom Pfad der seligen Alkohol- und Nikotinsucht abzubringen, hatte ich einen perfekten Lieferservice ausgemacht, der einmal täglich Flaschen und Kippen vorbeibrachte.

Der Couchtisch war ein Meer aus überfüllten Aschenbechern, halbgeleerten Wassergläsern und Dreck. Unter dem größten Kristallaschenbecher hatte ich den Gruft-Mom-Scheck deponiert.

Als Mahnmal.

Dafür, wie dämlich sich ein erwachsener Mann von dreißig Jahren verhalten konnte. Besser noch: ohne zu wissen, warum eigentlich. Was das betraf, tappte ich immer noch im Dunkeln.

Ich hatte ... überall angerufen, jede Klinik, jedes verfickte Krankenhaus, Obdachlosenheim, hatte bald die Staatsgrenzen links liegen lassen, in Connecticut gesucht, in Massachusetts, war immer weiter gegangen – nichts.

Regan McKenzie war und blieb vom Erdboden verschluckt.

An Tag drei meiner Suche – tägliches Pensum zwei Schachteln Zigaretten und eine Flasche Scotch – hatte ich angefangen, die Irrenhäuser anzurufen. Ich hatte bisher gar nicht gewusst, dass es so viele von denen gab, und demnach auch so viele Irre.

Aber auch im Irrenknast war sie nicht.

An Tag vier war ich endlich so weit, einfach aufzugeben, ich war bereit, diese Frau hinter mir zu lassen und noch mal neu zu beginnen.

Nur ich *konnte* nicht! Wann immer ich die Augen schloss, sah ich sie vor mir, immer auf dieser beschissenen dunklen Straße mit ihren Verfolgern im Schlepptau. Das Gesicht immer noch ein bisschen entsetzter, sie allein – mutterseelenallein –, ohne Hilfe, ohne Zuflucht und nur in diesem verdammten Nachthemd.

Bald war ich so dauerbetrunken und übermüdet, dass ich sie sogar vor mir sah, wenn ich die Augen offen hatte – unfähig sie noch aus meinen Gedanken zu verbannen, unfähig mich zu retten.

Und ich konnte einfach nichts tun.

Der Gedanke mit der Privatdetektei kam mir nach einer Woche – meine Männergrippe hatte ich in der Firma als nach wie vor nicht überwunden gemeldet.

Ich ließ den Kerl zu mir kommen. Ein stämmiger Typ, ehemals bei den Army-Cops, es hieß, er hätte nur noch ein Bein, wäre aber der Beste. Zwei Stunden lang hatte der Idiot *mich* verhört, anstatt endlich mal mit der Suche anzufangen. Glücklicherweise konnte ich mich an das Meiste nicht mehr erinnern, der Filmriss funktionierte nach wie vor zuverlässig.

Und nun lag ich auf meiner Couch, das Handy genau neben mir und wartete darauf, dass der Kerl, der einen Wucherstundensatz nahm, endlich mit der Antwort auf die Frage aufwartete, die zum Mittelpunkt meines Daseins geworden war: Wo ist Regan?

Mit der linken Hand angelte ich nach der Scotchflasche, nahm einen Schluck und zündete mir eine Zigarette an. Sie fiel, verursachte das nächste Brandloch im ehemals sündhaft teuren Sofa, bevor ich sie aufheben konnte.

Es interessierte mich nicht mal mehr am Rande.

Anfänglich hatte ich mir neben Scotch und Kippen auch Nutten kommen lassen. Okay, okay, insgesamt waren es zwei gewesen. Eine brünett, die nächste rothaarig. Beide hatte ich nach einer Stunde wieder weggeschickt.

Die grausame Wahrheit war: Wenn es nicht diese verdammte Blondine war, die seit fast zwei Wochen unaufhörlich meinen Kopf fickte, dann wollte ich nicht ficken.

Egal wie sie aussah.

Ich hätte gekonnt, das Ding stand wie eine eins – ich wollte nur nicht. Der Anblick der operierten Titten hatte mich abgeturnt, meine Sicht auf die falsche Pussy war ebenfalls ein Stimmungskiller gewesen, die Haare hatten die falsche Farbe, die falsche Länge, die falsche Beschaffenheit, die Haut war zu hell oder zu dunkel, die Augen passten auch nicht, und die Lippen …

Von den Lippen wollte ich erst gar nicht reden.

Womit die einzige Möglichkeit neben meinem Freund, dem Scotch, mir ein bisschen Vergessen und Entspannung zu bereiten, auch passé war.

Und ich war am Arsch.

38. Im Exil

Regan

Egal, weshalb du gegangen bist, wir müssen darüber reden.

Klink dich nicht so einfach aus, gib uns beiden die Möglichkeit, das zu klären.

Ich mache mir Sorgen und ich will nicht, dass es so endet.

Melde dich.

Bitte.

Ryan.

Ich fingerte nach einem neuen Taschentuch aus der Box – Harley kaufte die Dinger gleich im Sixpack – und ging mal wieder leer aus.

»Scheiße!«, schluchzte ich, nahm meine linke Hand aus Buddys Fell, der die ganze Zeit neben mir ausharrte, stand auf und lief blind vor Tränen ins Bad, um Nachschub zu holen.

Nein, ich heulte nicht ununterbrochen.

Nicht mehr.

Aber immer dann, wenn ich mir vor Augen führte, wie widerlich dieser Typ mich verraten hatte, dass alles, was er gesagt hatte, nur Lügen gewesen waren, dass er mich nicht schnell genug hatte loswerden können, dass er mich einfach nicht liebte, kamen die Tränen erneut.

Und wenn nicht das, dann war ich so blöd, die wenigen Zeilen zu lesen, die er mir per SMS geschickt hatte und die sein gesamtes, widerliches Verhalten noch viel unerklärlicher machten.

Niemals hätte ich geglaubt, dass ein Mensch so viel weinen konnte, irgendwann musste die Tränenflüssigkeit doch mal aufgebraucht sein!

Ich wartete seit knapp zwei Wochen darauf und nichts geschah.

Seitdem ich an jenem Abend zu Harley gekommen war, hatte ich seine Wohnung nicht mehr verlassen. Sie war nicht ganz so luxuriös wie von dem Kerl, an den ich nicht denken wollte, aber garantiert nicht hässlicher. Auch hier hatte ich ein Zimmer, auch hier gab es eine genial eingerichtete Küche.

Harley hatte mich einmal angebaggert, am Abend nach meiner Ankunft. Ein Blick hatte genügt und er hatte entwaffnend die Hände gehoben. »War nur ein Versuch, Baby, hab's begriffen.«

Seitdem war er mir nicht mehr zu nahe gekommen.

Auch Harley brachte Frauen mit, was mir aber egal sein konnte, weil wir weder einen Deal hatten noch ich in ihn verliebt war. Er arbeitete bei einer Filmproduktionsfirma, blieb öfter mal mehrere Nächte lang weg, weil sie irgendwo auswärts drehten. Viel hatte er mir nicht erzählt, nur dass er irgendeine Show produzierte …

Und deshalb war ich oft allein mit mir, meinen Gedanken, meinen Taschentüchern, ganz besonders aber meinem Handy.

Unzählige Male war ich kurz davor gewesen, *ihn* anzurufen, um seine Stimme hören, nur ganz kurz, ich hätte auch gleich wieder aufgelegt … es hätte mir so geholfen. Nur leider bloß für den Moment.

Nie hätte ich gedacht, dass man einen Menschen gleichzeitig so vermissen und lieben und trotzdem so abgrundtief hassen konnte. Diese gegensätzlichen Emotionen verursachten Dauermigräne, weshalb ich ständig meinen Kopf irgendwo anlehnen musste. Mit einem Mal schien er zu schwer, um ihn noch zu tragen, viel zu viele, viel zu gewichtige Gedanken, die sich darin tummelten. Ich wusste, ich musste was unternehmen, musste aus dem Loch raus, in das ich mich katapultiert hatte. Musste mir einen Job suchen, denn ich konnte ja nicht ewig hierbleiben und aus Harleys Tasche leben … Aber ich konnte mich nicht bewegen.

Wie erstarrt war ich. Als hätte mich ein Bannzauber getroffen.

Dabei hatte ich sogar ein paar neue Sachen, weil Harley mir welche aus der Requisite mitgebracht hatte. Einige Jeans, T-Shirts – bisschen grell das Ganze, aber wenigstens Kleidung.

Warum konnte ich nicht endlich diese ganze Banks-Episode hinter mir lassen?

Vielleicht, weil ich schon wieder bei einem Banks gestrandet war?

* * *

Als ich aufwachte, war es Nachmittag, aber ich schien ganze Wochen geschlafen zu haben. Zum ersten Mal, seit ich hier war, spürte ich neuen Lebenswillen, neuen Mut – den Mut noch mal von vorn anzufangen.

Ich sprang fast aus dem Bett, rannte unter die Dusche, quälte mein Gesicht danach mit literweise kaltem Wasser, damit die rötliche Schwellung verschwand, und schminkte mich danach oberflächlich.

Es war noch Zeit genug, um mir wenigstens endlich einen Job zu suchen.

In einem Café, einer Bar, irgendwo würden sie schon eine Aushilfe gebrauchen können.

Die Jeans, die Harley mir mitgebracht hatte, saß wie angegossen, ich wählte aus den T-Shirts das unauffälligste: ein Stinkefinger und darunter: *Fck you Bastard*! – ja, es war das unauffälligste – und zog mir gerade die Sneaker über, da klingelte es.

Als ich die Tür öffnete, stand ein riesiger Typ davor, dessen Gesicht zerknittert und der insgesamt sehr atemlos wirkte.

»Ja?«

»Gordon Strike, sind Sie Regan McKenzie?«

39. Die Erlösung

Ryan

Als ich erwachte, stellte ich fest, dass ich mein verdammtes Smartphone vollgesabbert hatte.

»Scheiße!«, stieß ich angewidert hervor und richtet mich auf, bevor ich mit dem Unterarm über meinen Mund und dann das Display wischte.

Natürlich. Kein Anruf war eingegangen. Warum auch?

»Arschloch!«, ließ ich das Smartphone wissen und fingerte nach einer Zigarette. Der pelzige Geschmack in meinem Mund hätte einem Bären gut gestanden, und mein Kopf fühlte sich an, als hätte ein Profiboxer ihn als Sparringspartner benutzt.

Gerade versuchte ich, die Spitze der Kippe in die Flamme meines Feuerzeugs einzufädeln, als es Sturm klingelte.

»Scheiße!«, fluchte ich erneut und versuchte aufzustehen.

Wieso hatte der verkackte Pförtner mir nicht Bescheid gesagt? Wieso saß dieses Arschgesicht überhaupt da unten?

Ich stand auf, verlor das Gleichgewicht, wäre fast auf den verdammten Tisch geknallt, konnte mich gerade noch so fangen und taumelte zur Tür, um – wer auch immer störte – zu töten und dann einen Whisky zu trinken.

Verdammt!

Mein Durst würde mich irgendwann noch mal umbringen.

Wenig später riss ich die Tür auf. »Was zur Hölle …«

* * *

»Das war alles.« Strike zuckte mit den Schultern. »Ich ging vom Naheliegendsten aus. Und das sind erst mal die Menschen, die die vermisste Person kennt. Bei Ihrer Nachbarin war sie nicht, daher war die nächste Adresse Ihr Bruder …«

»Und das hat …« Ich versuchte dahinter zu kommen, wann ich mit Goliath zuletzt geredet hatte, und ging leer aus. »… so lange gedauert?«

»Ich hatte einige Schwierigkeiten, mich am Pförtner vorbeizuarbeiten«, erwiderte er ungerührt.

»Ahhh … Aber bei dem unten nicht?«

Strike grinste, was ihn zehn Jahre jünger aussehen ließ. »Der Mann war einfacher zu händeln.«

Und genau in diesem Moment war die Information endlich in mein Bewusstsein gesickert.

Endlich hatte ich es auch begriffen.

Endlich …

Gerade erlebte ich, dass man schlagartig mindestens ein Promille Alkohol weniger im Blut haben konnte. »Wie viel bekommen Sie?«

Er erhob sich, hatte den Wink richtig verstanden. »Das machen wir alles per Rechnung«, sagte er in seinem dröhnenden Bass, blieb aber an der Tür stehen und wandte sich noch mal zu mir um. »Was haben Sie jetzt vor?«, erkundigte er sich misstrauisch.

»Garantiert keinen Amoklauf«, sagte ich so beruhigend, wie ich es in meinem Zustand fertigbrachte.

»Sicher?« Der Typ besaß anscheinend Röntgenfähigkeiten, jedenfalls musterte er mich derart, aber ich hielt stand.

»Ganz sicher.«

Er entspannte sich ein wenig. »Am besten, Sie schlafen erst mal drüber und überlegen morgen, wie Sie vorgehen wollen.« Sein Blick fiel auf eine leere Whiskyflasche, die wohl aus dem Wohnzimmer hierher gerollt war. »Dann sind Sie bestimmt … ausgeschlafener.«

»Klar«, erwiderte ich, und endlich ging er.

Sobald die Tür zu war, schoss ich mit Schlagseite ins Bad, riss mir im Laufen die Klamotten vom Leib und stürzte unter die Dusche, wählte das ganz kalte Wasser, um irgendwie den restlichen Alkohol loszuwerden, während sich in mir die Wut allmählich zu einem Orkan steigerte.

Dieser WICHSER!

Dieser verdammte BASTARD!

Ich hatte ihn noch nie leiden können, schon als Kind nicht, er war derjenige, den sie weggeholt und in eine Pflegefamilie gesteckt hatten, der mit allem erdenklichen Luxus aufgewachsen war, während ich noch mit sechzehn in der Scheiße gesessen hatte. Damals war ich endlich abgehauen, hatte mich auf der Straße durchgeschlagen, hatte zu den obdachlosen Kids gehört, die jeden Tag ums Überleben kämpfen.

Auch damals hatte er außer ein paar Dollar nichts für mich übrig, schon gar keine Hilfe, die bekam ich dann von der verdammten Caritas, weil ich einmal – ein einziges beschissenes Mal – zur rechten Zeit am rechten Ort gewesen war.

Harley, dieser verwöhnte kleine Wichser, hatte garantiert keinen Anteil daran, dass ich noch lebte. Und jetzt hielt er sie versteckt, obwohl er wusste, dass ich nach ihr suchte, bei ihm anzurufen, war nach meinem Besuch bei Feli meine zweite Amtshandlung gewesen.

Immer noch mit Schlagseite stürzte ich nackt ins Schlafzimmer, zerrte irgendeine Jeans hervor und streifte sie mir über, ohne erst die Shorts drunterzuziehen, schlüpfte in ein schwarzes Shirt und schwarze Chucks. Als ich in den Aufzug trat, begriff ich, dass ich in diesem Zustand unmöglich selbst fahren konnte und rief mir vor der Tür ein

Taxi. Ich hatte Glück, es war schon nach zehn, denn ich bekam auf Anhieb eines.

Nachdem ich dem Fahrer die Adresse genannt hatte, starrte ich blicklos aus dem Fenster, während meine Fantasie wieder mal Achterbahn fuhr.

Harley – der Wichser – war dafür bekannt, alles flachzulegen, was nicht schnell genug entkommen konnte. Er hatte ja schon auf der verdammten Party demonstriert, wie heiß er auf sie war, und bei ihrem scheiß Date, das mich an den Rand des Wahnsinns gebracht hatte, das Eisen weiter geschmiedet.

Wahrscheinlich hatte er sie schon etliche Male flachgelegt.

Hatte schon etliche Male seinen Schwanz in ihr gehabt.

Hatte sie stöhnend unter sich und stöhnend auf sich gehabt, seinen versifften Schwanz in ihrem Mund, verdammt!

Meine Fingernägel schnitten sich so tief in das Fleisch meiner Handballen, dass es tatsächlich wehtat … nur leider nicht ablenkte.

40. Mr. Tobsucht

Regan

Als es an der Tür Sturm klingelte, riss Harley gespielt erschrocken die Augen auf, bevor er eine Braue hob und aufstand. »Was ist er doch schnell«, murmelte er dabei, während er zur Wohnungstür ging. Buddy hatte er vorher schon wohlweislich in sein Schlafzimmer gesperrt.

Halb versteckt hinter meinen Händen beobachtete ich, wie das Grauen seinen Lauf nahm, war fast auf der Flucht zu Buddy ins Schlafzimmer und konnte es andernfalls nicht erwarten, ihn zu sehen.

Verdammt!

VERDAMMT!

Kaum hatte Harley die Tür einen Spalt geöffnet, wurde sie mit einem gigantischen Stoß weit aufgeworfen. Wie ein verdammter Racheengel polterte – okay, wankte – ein unrasierter, mit dunklen Augenringen versehener und sichtlich saurer Ryan in den Raum.

»DU WICHSER!«, knurrte er, und bevor Harley reagieren konnte, hatte er den ersten Schlag auf die Nase gefangen.

»HEY!«, brüllte er, und schlug die Hände vor das Gesicht, während sich eine Blutfontäne aus der Nase ergoss – vermutlich war sie gebrochen.

Ryan schien wie von Sinnen; obwohl er ganz eindeutig betrunken war und sich kaum auf den Beinen halten konnte, hatte er Harley am Kragen seines Hemdes schon wieder hochgezerrt, um ihm den nächsten Schlag zu verpassen. »Du dreckiges Stück Scheiße!«, knurrte er dabei. »Du hast DEINEN LEPRASCHWANZ in ihr gehabt!«

Schlag um Schlag landete er, während ich das Ganze entsetzt beobachtete. Endlich hatte Harley genug, gebrochene Nase hin oder her, den nächsten Schlag parierte er mit einem erhobenen Arm, duckte sich und umklammerte den Oberkörper seines Bruders. Gemeinsam stolperten sie ins Wohnzimmer, wo Harley Ryan auf den Glastisch krachen ließ, der vor dem Sofa stand.

Das Teil zerbarst in tausend Teilen und ich fand meine Stimme zurück. »HARLEY!«

Ryan, der nun an der Stirn blutete, rappelte sich wieder auf und stürmte wie ein Rammbock auf seinen Bruder zu, stieß ihn gegen das Sideboard und hinein in den riesigen Flachbildfernseher, der mittels schwarzer Rauchsäule sein SOS und den kurz darauf folgenden Exitus signalisierte.

»RYAN!«, brüllte ich, die Finger inzwischen unter meinen entsetzten Augen verkrallt.

Als Nächstes musste das Terrassenfenster dran glauben, und ich hechtete ihnen hinterher, weil sie sich dort draußen weiter prügelten.

Harley, blutverschmiert und jetzt auch tobsüchtig, und Ryan total durchgeknallt – er war stärker als sein Bruder, denn endlich hatte er ihn gegen die Brüstung geworfen und begann wild, auf ihn einzuprügeln, sodass Harley nur noch sein Gesicht irgendwie mit den Armen schützen konnte.

Als er stöhnend zusammenbrach, stürzte ich zu Ryan und packte seinen Arm.

»RYAN!«, dass ich schrie, wurde mir erst bewusst, als ich das Echo hörte, das von den Nachbarhäusern zurückgeworfen wurde. »HÖR AUF! HÖR SOFORT AUF, DU BRINGST IHN DOCH UM!«

Ich zog und zerrte, fühlte, dass die nächsten ungebetenen Tränen über meine Wangen strömten, und heulte nur noch mehr – aber jetzt aus Erleichterung –, als er endlich von ihm abließ und zu mir herumfuhr. Schweratmend, das Gesicht hochrot, das Blut tropfte über seine Braue in die Wimpern, weshalb er blinzelte, ohne den Blick von mir zu nehmen …

Buddy bellte ununterbrochen und kratzte an der Schlafzimmertür, was allerdings niemand außer mir zu registrieren schien.

Wie hypnotisiert starrte ich ihn an, all die Gründe, weshalb ich gegangen war, erschienen mir mit einem Mal so kindisch, so gegenstandslos.

Was hatte ich nur angestellt?

Wie sah er nur aus?

Was ...

Unwillkürlich trat ich einen Schritt auf ihn zu, streckte eine Hand nach ihm aus, berührte ganz sacht sein Shirt ...

Harleys nasale Stimme ertönte: »Was ist diesmal deine beschissene Entschuldigung?« Im Augenwinkel sah ich, wie er sich mühsam erhob und das Blut aus dem Gesicht wischte. Dann trat er humpelnd zu uns, den Blick auf seinem Bruder, der sich nun seinerseits auf ihn konzentrierte.

»Kommst du wieder mit der alten Scheiße, wie immer? Wie seit Jahren? Uhhhh, Mommy und Daddy waren so böse zu mir? Uhhh, deshalb muss ich mich wie ein Arschloch benehmen?«

»Halts Maul!«, stieß Ryan hervor. Ich hielt ihn noch immer am Ärmel und spürte, wie er vor unterdrückter Wut zitterte.

Harley lachte. »Was, wenn nicht? Prügelst du weiter? Meinst du, ich stelle mich noch mal als dein Punchingball zur Verfügung, damit dein Mädchen nicht sehen muss, wie du endlich bekommst, was du schon lange verdienst?«

Beide Männer sahen für einen winzigen Moment zu mir, bevor sie sich wieder wie Todfeinde fixierten.

»Du sollst deine Schnauze halten«, wiederholte Ryan.

»Wir beide wissen, dass du gegen mich keine Chance hast, Baby«, sagte Harley geringschätzig. »Du warst immer das Weichei unter uns ... nicht ich, wie du mir immer vorgeworfen hast.«

Ryans Kiefermuskel spielte, er sagte kein Wort, während Harley über die Scherben der zerstörten Terrassentür ins Wohnzimmer trat, zur Bar schritt und sich einen Drink einschenkte. Ryan und ich folgten.

»Wir sind in verschiedenen Welten aufgewachsen«, erzählte er dabei. »Mich hat man mit ein paar Monaten von unseren Alten weggeholt, er musste bleiben, und das wirft das kleine Arschloch mir bis heute vor. Jedes verdammte Mal. Als hätte ich daran irgendwas ändern können!«

Er nahm einen großen Schluck, verzog das Gesicht, weil das wohl wehtat, und fixierte dabei unentwegt seinen Bruder, der keine Regung von sich gab. »Sie kam zu mir, weil sie nicht wusste, wohin, weil sie vor dir geflohen ist, weil sie es bei dir nicht mehr ausgehalten hat, kapiert? Wie alle anderen davor auch! Fällt langsam auf. Und sie bat mich, dir nicht zu sagen, dass sie hier ist. Warum? Keine Ahnung, frag sie!«

Harley deutete auf mich, wobei er nicht unfreundlich wirkte, und richtete den Blick zurück auf seinen Bruder.

Wartend.

Für eine lange Minute sahen sie einander in die Augen, dann nickte Ryan knapp und schaute mich an. Ein Blick von der seltsamsten Mischung, die ich jemals gesehen hatte. Mühsam unterdrückter Zorn, eine Verzweiflung, derer ich ihn nicht für fähig gehalten hätte, und die Müdigkeit eines uralten Mannes. »Ich will mit dir reden«, sagte er heiser. »Allein. Komm mit zu mir, ich schwöre, ich lass dich gehen, wenn du es dann noch willst, egal, wohin du willst.« Letzteres sagte er mit einem Hauch von Hass, der in Richtung Harley gemünzt war, welcher ihn absolut nicht verdient hatte.

Was hätte ich anders sagen können, als »Ja«?

Er nickte knapp, wandte sich zum Gehen und war wenig später an der Tür. Ohne sich einmal zu mir umzusehen. Auch ich setzte mich wie in Trance in Bewegung.

Harley eilte mir nach und hielt mich am Arm fest. »Du musst nicht mitgehen«, sagte er eindringlich, ich fand echte Sorge in seinen rapide zuschwellenden Augen.

»Doch, muss ich«, erwiderte ich fest.

Er nickte, ohne weitere Widerworte. »Lass mich wissen, was mit deinen Sachen passieren soll.«

Das brachte mich zum Lächeln. »Es sind doch gar nicht meine.«

»Jetzt schon.« Auch er verzog die Lippen zu etwas, das wohl ein Lächeln sein sollte, dem aber wegen des ganzen Gesichtsdesasters nicht mal ähnelte. »Geh, der Typ bringt es fertig, ohne dich zu fahren.«

Das ließ ich mir nicht zweimal sagen.

Harleys Sorge war unbegründet, Ryan wartete an der Treppen auf mich, musterte mich kurz und ging dann voran.   Auf   der

Straße rief er ein Taxi, und wenig später saßen wir nebeneinander, während zwischen uns Stille herrschte.

Von meiner Seite atemlose Stille.

War es richtig gewesen, diesem Strike grünes Licht zu geben? Er hatte die Wahl nämlich mir überlassen. Als hätte ich eine gehabt, als wäre sein Erscheinen nicht wie ein Wink des verdammten Schicksals gewesen, als hätte ich nicht zum ersten Mal seit Tagen aufatmen können ... weil ich wusste, dass ich ihn wiedersehen würde.

Nichts anderes war von Bedeutung gewesen.

Und jetzt saß ich neben ihm in diesem unpersönlichen Auto, in dem es nach mindestens fünf verschiedenen Parfüms roch und nach drei verschiedenen Aftershaves. Unsere Beine berührten sich, aber von ihm ging nicht die geringste Regung aus, kein Wort, keine Vorwürfe, mit denen ich gerechnet hatte, keine Freude, mich wiederzusehen, da war nichts ... Nur die Wut, die in Wellen von ihm auszugehen schien und von der ich nicht wusste, auf wen sie sich bezog: Harley oder mich.

Die erste Wiedersehensfreude hatte ich verarbeitet, den ersten Schock über sein Aussehen, über seinen gesamten Zustand ebenfalls, auch die heimliche und so verachtenswerte Freude darüber – weil ich insgeheim hoffte, dafür verantwortlich zu sein. Wie armselig, dachte ich, wenn man sich freut, dass es einem anderen schlecht geht, nur weil man auf ein Zeichen hofft, dass man ihm nicht egal ist. Wie wenig selbstlos, wie infam im Grunde, und doch konnte ich es nicht abschütteln.

Gleichzeitig bekam ich durch sein Schweigen die Gelegenheit, zu überlegen, jetzt, mit ihm neben mir, ohne diese verdammte Sehnsucht, die einem das logische Denken so extrem erschwerte. Erstens wollte ich unbedingt erfahren, was es mit diesen Albträumen auf sich hatte, wegen denen ich jede Nacht bei Harley wachgelegen und mich gefragt hatte, ob er wieder von ihnen gequält wurde, ohne dass ich ihm zu Hilfe eilen konnte. Harley hatte einiges anklingen lassen, war aber nie konkret geworden. Lag die Ursache dafür in seiner Kindheit begraben, oder was war es, was ihn so quälte in jeder verdammten Nacht? Ich musste es wissen, ich hatte ein Recht, es zu erfahren, denn ich liebte ihn! Immer noch und so würde es auch bleiben.

Gleichzeitig wusste ich aber auch, dass ich nicht bei ihm bleiben konnte, egal, was er mir erzählen würde, egal, worauf das Ganze hier hinauslief. Blieb ich heute, würde es immer so weiterlaufen, ich wäre immer die Abhängige, die Rechtlose, die geistlose Frau, eingepfercht in seinem Apartment. Nur für ihn lebend, ohne eigene Identität, ohne eigenen Willen. Ich musste endlich erwachsen werden, musste meinen Weg finden, ganz allein – vielleicht mit ihm an meiner Seite, aber nicht hinter ihm herdackelnd wie ein desorientierter Welpe.

Ich musste endlich erwachsen werden!

Der Wagen hielt vor dem vertrauten Gebäude, und Ryan regte sich, zum ersten Mal, seitdem er eingestiegen war. Er reichte dem Fahrer einen Schein, ich war davon überzeugt, dass er nicht mal hingesehen hatte, und stieg dann aus.

Ich tat es ihm nach, auch wenn meine Knie inzwischen aus Gummi zu bestehen schienen, krabbelte irgendwie aus dem Auto und hätte fast vergessen, die Tür zu schließen.

Der wütende Ruf des Fahrers erinnerte mich.

Nach einer hastigen Entschuldigung und dem Zuschlagen der Tür folgte ich Ryan ins Haus und hatte den Eindruck, mich in die Höhle des Löwen zu begeben. Ungefähr so hatte ich mich auch gefühlt, als ich zum ersten Mal die vier Stufen zum eichenen, gepflegten Portal hochgestiegen war, das in das Haus führte.

Damals in dem billigen Fummel von der verkoksten Sirene, mit diesen übergroßen Schuhen, dem grellen Lippenstift und dem Kajal, mit dem ich mir fast die gesamten Augen zugekleistert hatte.

Joseph, der Pförtner, begrüßte mich mit einem Nicken, das ich hektisch erwiderte. Mein Mund war so trocken, dass meine Zunge am Gaumen festklebte, und das Gummi in meinen Knien schien immer nachgiebiger zu werden.

Wenig später standen wir nebeneinander in der Kabine – starr blickte Ryan auf die schlichten silbernen Stahltüren. Ich sah heimlich zu ihm hoch. Da war nichts – außer die Blutergüsse von seiner Prügelei und der inzwischen oberflächlich verschorfte Riss auf seiner Stirn.

Da!

Ein Muskel spielte an seinem Kiefer.

Hektisch pochte er, schien einziges Aushängeschild dafür zu sein, dass der Mann neben mir nicht nur nicht tot, sondern auch noch ziemlich wütend war.

Oh Gott, oh Gott, oh Gott!

Wo war das verdammte Mauseloch, wenn man es mal brauchte?

Ob es in diesen Schickimicki-Gebäude überhaupt Mäuse gab?

Nein, wenn dann Ratten, New York hatte, wie jede andere Großstadt, ein echtes Rattenproblem, aber Mäuse?

Nein, Mäuse gab es hier kaum.

Wohl wegen der Ratten.

Gruben Ratten auch Löcher?

Okay, wenn ja, wollte ich mich wirklich darin verkriechen?

Ich hasste Ratten!

Der Aufzug kam ruckelnd zum Stehen, ich wurde aus meinen Gedanken gerissen, während Ryan schon die Kabine verließ.

Scheiße, scheiße, scheiße!

Wenig später betrat ich jenes Apartment, das zu meinem Schicksal geworden war. Der schale Geruch von abgestandenem Whisky und kaltem Zigarettenrauch schlug mir entgegen, während ich mir mühsam einen Weg durch die Zerstörung bahnte. Leere Flaschen lagen auf dem Boden, neben schmutzigen Klamotten, irgendwer hatte die Gegensprechanlage, die mit der Pförtnerloge verbunden war, aus ihrer Halterung gerissen, sie lag jetzt wie eine stumme Anklage mit zerschnittenen Kabeln neben der Tür. Fassungslos und mit Tränen in den Augen betrachtete ich die Brandlöcher, mit denen Ryans ganzer Stolz, das heilige Nappaledersofa, versehen war.

Das gesamte Zimmer glich einem Schlachtfeld.

»Was …?« Die Frage erstarb mir in der Kehle, als sein Blick auf mich traf. Die Augen verengt, betrachtete er mich kurz, bevor er sich abwandte und zur Bar ging.

»Setz dich!«, kommandierte er und hantierte mit Gläsern. Erleichtert registrierte ich, dass er mir einen Orangensaft brachte, während er selbst sich ein Soda eingeschenkt hatte.

Dann ließ er sich in den Sessel fallen, fingerte umständlich eine Zigarette aus einem Softpack vom Tisch, zündete sie sich fahrig an, lehnte sich zurück, und inhalierte mit geschlossenen Augen. Noch zwei weitere Züge absolvierte er auf diese Art, dann schoss er urplötzlich wieder in normale Sitzhaltung und starrte mich an.

»Das mit der Nutte war eine beschissene Einlage.« Er knurrte es fast und zog heftig an seiner Zigarette. »Das weiß ich jetzt auch, aber du hättest nicht einfach abhauen sollen, verdammt! Ich dachte, du wärst … ich dachte, dir wäre was passiert! Hast du eine Ahnung, was für Gestalten da draußen unterwegs sind?« Er wies zum Fenster, betrachtete dann seine Hand und zog noch mal an der Zigarette, womit er den Filter erreicht hatte. »Ich habe mir Sorgen um dich gemacht, habe mit jedem verdammten

Krankenhaus in einem Fünfhundert-Meilen Radius telefoniert, mit jedem Bestatter, jedem Irrenhaus, ich …«
Fahrig fuhr er sich mit der freien Hand durch das Haar, bevor er die Zigarette im überfüllten Ascher löschte, wobei jede Menge Kippen und Asche auf dem sowieso schon verdreckten Tisch verteilt wurden. »Ich habe mir Sorgen gemacht!«, wiederholte er ein drittes Mal anklagend, als würde dieser Satz all die Qualen, die er hatte ausstehen müssen, perfekt umreißen.

»Ich auch«, sagte ich leise, nahm mit flatternder Hand einen Schluck von meinem O-Saft und musterte ihn fest. »Als du an diesem Abend nicht heimkamst und auch nicht angerufen hast, habe ich mir auch Sorgen gemacht.« Sein linkes Lid zuckte, er presste die Lippen aufeinander, fingerte nach einer neuen Zigarette, zündete sie sich an, ohne den Blick von mir zu nehmen, aber er unterbrach mich nicht. »Ich habe die Kliniken durchtelefoniert, die Cops, ich dachte, dir wäre was passiert. Und dann kamst du mit dieser … dieser … dieser …«

»Dreckigen Nutte, sprich es aus, so was entspannt unheimlich.« Sein Lächeln war schief und so … Ryan, es warf mich ein wenig aus der Balance.

Heftig holte ich Luft. »Mit dieser Prostituierten und …« Die Erinnerung an die größte Entwürdigung meines Lebens, die weit, weit vor meinem Sirene-Auftritt rangierte, drohte erneut, die Tränenflut in Bewegung zu setzen, aber ich biss mir auf die Innenseiten meiner Wangen und bekam wenigstens diese Krise unter Kontrolle. »Ich musste gehen«, sagte ich leise. »Es gab keine Alternative. Kein Mensch sollte irgendwo sein müssen, wo man ihn nicht haben will.«

»Wer sagt, dass ich dich nicht haben will?«, erkundigte er sich in der üblichen, arroganten Masche, aber diesmal ließ ich mich davon nicht mundtot machen – schon, weil der Schorf auf seiner Stirn ziemlich weltlich aussah und seine Augen blutunterlaufen waren.

»Du hast es mir demonstriert«, fauchte ich. »Mehr brauchte nicht mal ich. Und wenn du mir jetzt erzählen willst, das war alles gar nicht so gemeint, dann … dann … dann bist du ein widerlicher, kotzekliger Scheißbastard, der sich die Dinge immer so dreht, wie er sie braucht!«

Ich war aufgesprungen und reckte mich zu ihm vor, meine Fäuste waren geballt, meine Stimme zitterte, aber das war mir scheißegal. Endlich brach sich meine Wut ihre Bahnen. »Wir hatten einen gottverdammten Deal! Kein Sex mit anderen in diesem Apartment! Hattest du das vergessen, oder was sollte die Scheiße? Hast du mir dieses verdammte Angebot bloß gemacht, um mich ruhigzustellen – warum auch immer –, nur um dann trotzdem genauso weiterzumachen wie vorher? Dabei hatte ich dir gesagt, wie weh es mir tut, ich hatte dir angeboten zu gehen, ich wollte kein Hemmklotz sein, aber ich wollte dabei auch nicht einfach zusehen müssen! Du hast mit mir geschlafen, du warst *in mir!* Und ich tue sowas nicht einfach so! Ich liebe dich – und dann haust du einfach ab und kommst einen Tag später mit dieser dreckigen Schlampe zurück? Was sollte ich denn da denken? Wie sollte ich das denn verstehen? Ich *konnte* nur gehen! Manchmal muss man sich schützen, muss sich zurückziehen, muss das alles aussperren, aus seinem Blickfeld verdammen, weil die Realität so wehtut, dass man es nicht ertragen kann, weil es einem sprichwörtlich das Herz bricht!« Heulend – obwohl ich gerade das hatte vermeiden wollen – brach ich auf dem Brandflecksofa zusammen. »Warum hast du mich denn nicht in Ruhe gelassen, ich war gerade dabei ... dabei ...« Heftig wischte ich mir über die Augen und schluckte, bevor ich ihn ansah. »Ich war gerade dabei, darüber hinwegzukommen, über DICH hinwegzukommen.« Flüsternd fügte ich hinzu: »Warum hast du es nicht dabei belassen, wenn ich dir in Wahrheit scheißegal bin?«

»Du bist mir nicht scheißegal«, sagte er, und ich bemerkte mit Verwunderung, dass seine Lippen weiß geworden waren.

»Aber beides kannst du nicht haben«, flüsterte ich. »Du kannst nicht solche Schlampen und mich haben, für eines musst du dich entscheiden. Und du hast dich für die Schlampen entschieden. Kannst du nicht verstehen, dass ich lieber gegangen bin, anstatt mir ständig ansehen zu müssen, wie du heißen, gigantischen Sex mit ihnen hast ... aber mit mir nicht? Und das, wo ich dich so sehr gebraucht habe? Wo ich dich immer noch so sehr ...?« Diesen Teil der Wahrheit konnte ich nicht aussprechen. Nicht nochmal.

Er antwortete nicht, sein Blick hatte sich umwölkt, seine Lippen waren noch schmaler geworden, während er mich betrachtete. Diesmal hielt ich ihm stand, senkte nicht zuerst den Blick, wich ihm nicht aus, forderte ihn heraus und hielt durch.

Als er sich erhob, wäre ich beinahe zurückgewichen, aber noch immer hielt ich seinen Blick, dann war er bei mir, stemmte sich mit einer Hand auf die Couchlehne, mit der anderen auf die Sitzfläche und betrachtete eingehend mein Gesicht. Zum ersten Mal bemerkte ich von Nahem, wie schlecht er aussah, wie verhärmt, in den letzten Tagen hatte er etliche Kilos eingebüßt, sein Haar war zwar nicht fettig, aber strähnig, ganz anders als der Designer-Kurzhaarschnitt, den er sonst trug, und seine Klamotten erzählten nichts von dem erfolgreichen Geschäftsmann und Flachleger vom Dienst ... nur von Ryan Banks, der anscheinend ein echtes Problem hatte.

Das Herz klopfte heftig in meiner Brust, und ich war von seinem Blick gebannt, unfähig, den Kopf abzuwenden, fast unfähig, zu atmen, starrte ich ihn an.

»Es tut mir leid!«, stieß er auf einmal heiser hervor. »Es tut mir so verdammt leid. Ich ... ich habe es versaut.«

»Hast du nicht!«, wisperte ich und sah, dass seine Augen sich kurz weiteten.

»Hab ich nicht?«, wiederholte er rau, den Blick auf meinen Lippen.

»Nein ...«

Ich schloss die Augen, obwohl er noch keine Anstalten gemacht hatte, hoffte, betete noch ein bisschen, und als ich ihn dann wirklich spürte, so nah an mir, dass die Wärme seines zerschlagenen Gesichts auf meines übergreifen konnte, als ich kurz darauf seine Lippen spürte, die sich erst sanft, dann fordernder, fester, leidenschaftlicher, auf meine legten und meinen Mund in Besitz nahm, schluchzte ich leise auf, bevor ich meine Finger in seinem Haar verkrallte.

Diesmal ließ er sich Zeit, diesmal nahm er mich nicht hart und ungeduldig und rasend, diesmal *liebte* er mich! Weil er es mir niemals würde sagen können, aber es mich spüren lassen konnte.

Seine Hände und Lippen strichen zärtlich – fast ehrfürchtig – über meinen Körper. Entkleideten mich langsam und voller Geduld, voller Genuss, als wäre dieser Moment etwas Heiliges.

So hatte ich mir mein erstes Mal immer vorgestellt.

Und als er diesmal auf dem Brandfleckensofa, in all dem Chaos, nicht nur in mich eindrang, sondern auch in meine Seele und sie für sich beanspruchte, so wie seine Seele mir gehörte, da wusste ich, es war für immer.

Und darüber hinaus.

41. Quintessenz

Regan

»Was ist das alles hier?«

Angewidert sah ich mich im Raum um. Ich lag immer noch völlig verschwitzt an seiner Brust, die auch von einem leichten Film bedeckt war. Wir atmeten noch schneller, und mein Körper schien nur aus einer wabbelnden pulsierenden Masse zu bestehen. Ich hatte einen Orgasmus gehabt – mit ihm. In mir. Bei Runde eins.

Und bei Runde zwei hatte er mich sich reiten lassen.

Langsam und mit seinen Händen an meinen Hüften.

Da hatte ich noch mal einen Orgasmus gehabt, während er sich unter sichtlichen Anstrengungen zurückgehalten hatte. Ich hatte es ihm genau angesehen – und ich glaube, ich fing erst jetzt so langsam an zu verstehen, was für eine enorme Macht ich – und mein Körper – über Ryan Banks hatten.

»Ich bin ein bisschen ... eskaliert«, sagte er heiser und musterte mich mit einem halben Lächeln, ich strich mit der Fingerspitze über seinen unrasierten Kiefer. »Zugegeben, ich hätte nie gedacht, irgendwann mal wegen einer Frau so auszuticken, aber ... ich lag falsch.« Er nahm meine Hand, drückte einen sanften Kuss auf eine Fingerspitze und ich fühlte wie das Blut mir wieder in die Wangen stieg. Niemals hätte ich gedacht, dass Ryan Banks auch zärtlich sein könnte, und so rücksichtsvoll, wie er das soeben gewesen war ...

Ich nickte. »Wovon hat Harley ...«

Er unterbrach mich. »Von dem fängst du lieber nicht an.«

»Warum? Weil er mich aufgenommen hat? Ich wusste nicht, wohin ich sollte, hätte er mich rausgeworfen, wäre ich aufgeschmissen gewesen.«

»Und du meinst, das hatte er nicht durchschaut? Mein Bruder war schon immer ein berechnendes Arschloch, er wusste, dass du auf ihn angewiesen bist.«

»Aber er hat nie was verlangt.«

Das leichte Funkeln seiner Augen erlosch, sobald es aufgetaucht war. »Noch nicht. Ich schätze, der Zahltag wäre bald gekommen.«

»Du irrst dich«, erwiderte ich fest und verengte die Augen. »Und außerdem lenkst du ab. Was hat Harley da erzählt, von euren Eltern? War es ... sind sie für deine Albträume verantwortlich?«

Zum ersten Mal hatte ich es ausgesprochen, dieses namenlose ES, das jede Nacht in seinem Schlafzimmer stattfand, das ihm so zusetzte, auch wenn er alles tat, um genau das vor allen anderen zu verbergen. Dieses Rätsel, das ihn umgab.

Lange sah er mir in die Augen, Zweifel gaben sich in seinen ein Stelldichein. Wenn etwas über viele Jahre ein Tabu gewesen war, dann war es schwer, das Schweigegelübde mit einem Mal zu brechen.

Umso erstaunter war ich, als er wirklich sprach.

»Es war ... nicht einfach«, sagte er, stand auf, nur in Boxershorts bekleidet, und füllte unsere Gläser nach. Orangensaft für mich, Soda für ihn, aber ich glaubte, es war nur dem Wunsch geschuldet, mich nicht unbedingt anzusehen.

Trocken lachte er auf. »Harley kann davon nichts erzählen, weil er nie etwas mitbekommen hat. Er ist ein paar Wochen nach seiner Geburt in die Pflegefamilie gekommen. Ich blieb da, war schon älter, offenbar meinten sie, ich wäre dem besser gewachsen als ein Neugeborenes.«

Er trat zurück an den Tisch, stellte meinen Orangensaft vor mich hin, wandte sich ab, ohne mir einmal in die Augen gesehen zu haben, und trat ans Fenster. Ich währenddessen zog die flauschige Decke an meine Brust, weil ich mit einem Mal fröstelte. »Es war ... nicht leicht«, begann er erneut, und ich ahnte plötzlich, was für eine Überwindung es ihn kostete, darüber zu reden. Vermutlich hatte er es noch nie zuvor getan. »Sie waren ... Abschaum. Drogen,

Alk, irgendwelche illegalen Geschäfte, kein Tag verging, an dem sich nicht die dreckigsten Gangster die Klinke in die Hand gaben, das war ... ich schätze, das war kein Umfeld für ein Kind.«

Ich nickte, beobachtete, wie er einen Schluck Soda nahm, sah seine Hand zittern und wurde von einer Welle Mitleid überschwemmt.

»Was ist passiert?«

Er antwortete nicht gleich, starrte in die Nacht vor dem Fenster hinaus, die Lippen fest zusammengepresst. Als er sich zu mir umwandte, hatte es etwas Endgültiges. »Jede Menge Scheiße ist passiert, und ich brauchte eine Weile, um zu begreifen, dass es auch niemals besser werden würde, dass nur einer mich aus dem Dreck ziehen könnte, und das war ich selbst. Ich ging und sah sie nie wieder.«

»Aber ...«

Er hatte mich erreicht, nahm mein Gesicht in seine Hände – sie zitterten ein bisschen – und beugte sich zu mir herab. »Es war Scheiße, Regan, hausgemachte, totale Scheiße, aber sie ist vorbei, das Ganze liegt lange zurück. Anscheinend wurdest du mir vom Schicksal geschickt, um auch die Träume endlich zu überwinden. Keine Ahnung, ich weiß nur, wie mies es mir ohne dich ging, dass ich nie wieder so was erleben will, dass ich dich liebe.« Er runzelte die Stirn, während meine Augen riesig wie Untertassen wurden und mein Mund aufklappte. Hatte ich gerade richtig gehört? Dann breitete sich ein Lächeln auf seinen wunderschönen Lippen aus und er nickte. »Ich liebe dich,

Regan McKenzie. Und jetzt, wo du wieder da bist, wird alles gut.«

Wieder küsste er mich stürmisch, fast verzweifelt, und für einen langen Moment konnte ich nur seinen Kuss erwidern – wie hätte ich auch nicht, denn ich liebte diesen Mann. Ich liebte ihn fast mehr als mein Leben.

Aber eben nur fast.

Dann erlangte meine neu gewonnene Vernunft die Oberhand und ich drückte ihn an seiner nackten Brust sanft, aber bestimmt zurück. So weit, dass ich ihm in die Augen sehen konnte.

»Ich kann nicht bei dir bleiben, Ryan«, sagte ich langsam, während mein Mund trocken und meine Handflächen feucht wurden. »Nicht so, nicht einfach weitermachen, als wäre nichts passiert.«

»Das ist kompletter Bullshit!«, knurrte er, der Blick sofort zornig.

»Ist es nicht«, verteidigte ich mich tapfer. »Dass ich überhaupt hier ankam, war schon ein Fehler, dass ich geblieben bin, auch.«

Er richtete sich auf, sein Gesicht nur noch eine harte Maske. »Dass du geblieben bist, war ein Fehler? Ist das einer deiner wenig geistreichen Jokes oder hat Dr. Harley Wichser dir diese Scheiße eingeimpft?«

Ich deutete mit einer Hand auf ihn. »Genau das beweist doch, dass ich recht habe! Du hältst mich für dämlich, für leicht beeinflussbar, einen Willen habe ich deiner Meinung garantiert auch nicht, eine Aufgabe schon lange nicht, ich sitze hier nur jeden Tag rum und koche dein Essen.«

In seinem Gesicht arbeitete es. »Ich mag es, wenn du das Essen kochst.«

Für einen Moment abgelenkt von dem weichen Zug, der sich um seinen Mund gelegt hatte, gab ich zu: »Und ich mag, es für dich zu kochen.« Dann straffte ich mich. »Aber das kann ja wohl kaum mein Lebensziel sein, oder? Für dich kochen und auf dich warten.«

Er zuckte mit den Schultern. »Ich betrachte das als durchaus angemessen und erstrebenswert.«

»Ja, bis du mal wieder nicht kommst.«

Der irre Muskel spielte unter seiner Haut, doch er antwortete mir nicht. Seufzend stand ich auf, trat zu ihm und nahm seine Hand. Die Knöchel waren blutig von der Schlägerei mit seinem Bruder. »Augenhöhe ist das Zauberwort«, wisperte ich und reckte mich hoch, um einen Kuss auf seinen Mundwinkel zu hauchen. Gott, der Mann duftete wie der pure Himmel. »Ich will arbeiten, Geld verdienen, mir vielleicht ein Studium finanzieren. Ja, klingt naiv, aber wenn das nicht klappt, dann will ich einen guten Job, deiner ebenbürtig sein ...«

Seine eben noch finstere Miene hellte sich binnen Sekunden auf. Er wand sich aus meinem Griff. »Moment«, sagte er hastig und zerrte den überfüllten Aschenbecher hoch, unter dem sich ein rechteckiges Blatt Papier befand.« Seine Augen funkelten. »Du willst kein Geld von mir annehmen, richtig?«

»Richtig«, bestätigte ich argwöhnisch.

Triumphierend hielt er mir den Zettel entgegen. »Hier, genügend Kohle für ein paar Semester und einhundertprozentig aus Regan McKenzies Ausbildungsfond. Ich schwöre, kein Cent stammt von mir!«

»Was?«, hauchte ich, nachdem ich meine Stimme wiederhatte.

* * *

»Genau so ist es abgelaufen«, endete Ryan nach ein paar Minuten. »Sie ... ich schätze, sie will, dass du weißt, wie sehr du ihr am Herzen liegst.«

Ich nickte langsam, der Scheck lag inzwischen sicher verwahrt in meiner Handtasche, hier war es ein bisschen zu schmutzig, ein Wunder, dass er das hier stattgefundene Gelage so unbeschadet überstanden hatte. »Ich werde mich bei ihr melden«, sagte ich leise. »Wenn ich so weit bin.«

»Wenn du willst, begleite ich dich.«

»Danke«, sagte ich lächelnd, obwohl mir das Herz immer schwerer wurde.

»Also«, begann er nach einer kurzen Weile wieder, offensichtlich bemüht, kein Schweigen zwischen uns aufkommen zu lassen. »Dann wäre alles geklärt, du kannst hierbleiben und an der Augenhöhe-Geschichte arbeiten. Bei der ich dich natürlich unterstützen werde, wo es mir nur möglich ist«, fügte er hastig hinzu.

Innerlich stöhnte ich. Es wäre so leicht gewesen, einfach einzuwilligen, dieses wunderbare Geschenk anzunehmen und … dann für immer und ewig das Gefühl haben zu müssen, es nicht allein geschafft zu haben.

»Nein«, sagte ich leise. »Nein, das reicht nicht.«

Ich duckte mich ein wenig in Erwartung des Zorns, der jetzt auf mich niedergehen würde.

Ryan runzelte die Stirn, während er mich nicht aus den Augen ließ. »Was tust du da? Hast du … Angst?«

»Gesunde Vorsicht nennt man das«, murmelte ich, und verschränkte meine Hände nervös ineinander.

Er fuhr sich mit beiden Händen durch das Haar und über das Gesicht, beließ sie für ein paar Sekunden über seinen Augen und stand dann so schnell auf, dass ich abermals ein wenig zurückzuckte.

Zum zweiten Mal an diesem Abend stemmte er eine Hand auf die Couchlehne und die andere auf das Polster. Lange Zeit sah er mir in die Augen, schien einen inneren Kampf mit sich auszufechten.

»Drei Dates pro Woche?«

Mein Herz klopfte so schnell, dass ich schon wieder mit einem Infarkt rechnen musste. »Vier! Wenn du willst! Es sei denn, ich muss lernen.«

»Am Wochenende übernachtest du bei mir?«

»Okay!«

»Keine anderen Männer.«

Meine Augen verengten sich. »Wenn du auf andere Frauen verzichtest.«

»Kein Problem«, murmelte er, ohne den Blick von meinem zu nehmen.

»Wo wirst du wohnen? Auf dem Campus?«

»Ich suche mir eine WG, schätze ich.«

»Keine gute Idee!«, knurrte er.

Entnervt verdrehte ich die Augen und erhob mich, weshalb er widerwillig zurückwich. Dann stand ich vor ihm, musterte ihn unter meinen Wimpern hervor. »Alles wird sich finden«, sagte ich und stellte mich erneut auf die Zehenspitzen. Doch bevor ich seinen Mundwinkel küssen konnte, hatte er mein Gesicht umfasst und seine Lippen eroberten ein weiteres Mal meinen Mund.

Flucht ausgeschlossen ... und nicht gewollt!

Epilog

Ryan

»FUCK!«

Entnervt zerrte ich die Pfanne vom Herd und betrachtete den schwelenden, kohleschwarzen Inhalt. Das Ganze hatte ein Pilz-Risotto werden sollen und ich schwöre, ich hatte mich genau an Mrs. Stewards Anweisungen gehalten.

Die alte Kuh hatte es eben nicht drauf!

Ich sah zur Uhr und schaltete entschlossen den Herd ab, bevor ich zum Handy griff und meinen alten Kumpel Wan vom Chinesen um die Ecke anrief.

Eine Bestellung im Wert von rund hundert Dollar später, ging ich ins Wohnzimmer, wo ich bereits den Tisch gedeckt hatte, und entkorkte den Wein.

Es war Freitag.

Es war fast um acht.

Es war Regan-Zeit.

Nur der Showdown der gesamten Aufführung ließ noch auf sich warten, was mich gelinde gesagt, *etwas* anpisste.

In meiner Wut kippte ich ein Glas Wein auf ex, und als es dann klingelte, war es nicht etwa Regan McKenzie, die ihren heißen Arsch endlich hierherbewegt hatte, sondern Wan Jr., der ein Gelage brachte, das vermutlich für zehn ausgehungerte Bauarbeiter gereicht hätte.

Also genau richtig.

Ich leerte alles auf Teller und in Schalen, drapierte diese auf den bereits gedeckten Tisch und … sie war immer noch nicht da.

Nachdem ich mir eine Zigarette angezündet hatte, nahm ich mein Handy. Kurzwahl zwei.

»Wenn sie nicht in zehn Sekunden hier ist, komme ich runter und mache euch die Hölle heiß!«, knurrte ich in den Apparat und starrte finster die Tür an.

Fünfzehn Sekunden später flog sie auf und Regan McKenzie stand im Rahmen, in der Hand noch ihre Haarbürste und außer Atem. »Bin schon da!«, keuchte sie, taumelte leicht in den Raum und schloss die Tür hinter sich. »Was ist denn?«

Ich sah auf die Uhr. »Du bist zwanzig Minuten zu spät.«

Mit einem Augenverdrehen kam sie auf mich zu. »Ich bin eine Frau, das ist gar nichts.«

Als sie mich erreicht hatte, legte ich meine Arme auf ihre zierlichen Schultern. »Heute ist Freitag, MEIN Tag«, teilte ich ihr finster mit. »Ich will jede verdammte Sekunde auskosten.«

Sie neigte den Kopf, musterte mich mit diesen tiefgründigen Augen, ihre Kusslippen verzogen sich zu einem sexy bittenden Lächeln. »Gestern war ich auch hier«, murmelte sie, stellte sich auf die Zehenspitzen und hauchte einen Kuss auf meinen verkniffenen Mund. »Und vorgestern auch«, fügte sie hinzu, bevor sie mich erneut küsste. »Und am Dienstag nur deshalb nicht, weil ich Abendvorlesung hatte ...«

Als sie wieder so einen gehauchten Pseudokuss loswerden wollte, nahm ich blitzschnell ihr Gesicht in meine Hände und dehnte ihn aus, machte ihn tiefer, ließ sie meine Leidenschaft, meine Gier und ebenso die Tatsache spüren, dass ich kein Mann war, der gern wartete. Erst, als sie dunkel aufstöhnte, gab ich sie frei.

»Ich mag keine Unpünktlichkeit«, sagte ich und wies zum Tisch. »Das Essen ist fertig.«

Jetzt erst sah sie die Tafel, ihre Augen wurden groß und sie durchschritt den Raum. Anerkennend betrachtete ich ihr schwarzes Minikleid, das gerade mal so ihren heißen Arsch bedeckte, die langen, in schwarzen Strümpfen befindlichen Beine steckten in schwarzen Heels, und ihr Haar hatte sie – nur für mich – offen gelassen. Glänzend floss es über ihren schmalen Rücken, die Schultern und ihre heißen Brüste.

Sie war ... unvergleichlich heiß, sie war mein Date – mein einziges seit über einem Jahr, sie war mein verdammtes Schicksal.

Ich schenkte den Wein ein und nahm ihr gegenüber Platz.

»Was?«, wollte ich wissen, weil sie unergründlich in sich hinein grinste.

»Gekocht, ja?«

Ich zuckte nur mit den Schultern.

Ihr Grinsen wurde breiter. »Warst du bei Wan? Um zu kochen, meine ich.«

»Ja, er lässt mich öfter mal ein bisschen in seiner Küche experimentieren. Klar, er ist gut, aber vom Meister kann jeder noch was lernen.«

Sie nickte ernst. »Verstehe. Darf ich trotzdem morgen kochen?«

»Wenn du unbedingt möchtest.« Ich hob mein Glas und stieß es leicht gegen ihres, das sie ebenfalls in die Höhe hielt. »Wenn du Fragen hast, stehe ich dir gern zur Seite.«

»Das würdest du tun?« Ihre Augen waren groß und dankbar, doch dann brach die Fassade und sie stieß ein süßes, leises Kichern aus, für das allein ich sie liebte. »Was hast du diesmal versaut?«

»Pilzrisotto«, gab ich zu.

»Das ist auch wirklich schwierig«, versuchte sie mich aufzuheitern. »Versuche es beim nächsten Mal mit etwas Leichterem.«

Ich mochte ihren bemutternden Tonfall nicht. »Mit Wasser?«

Wieder ertönte dieses Kichern und sie neigte den Kopf zur Seite, um mich zu betrachten. »Ich liebe dich«, sagte sie.

»Ich weiß«, erwiderte ich und begann, mir Wan-Futter auf den Teller zu häufen, sie tat es mir nach.

Während wir aßen, überlegte ich, wie sehr sich mein Leben innerhalb der letzten zwölf Monate verändert hatte. Begonnen damit, dass Regan jetzt bei Felicitas wohnte, über die Tatsache, dass ich seit damals mit keiner anderen Frau zusammengewesen war – und es nicht bereute –, dass ich versuchte, das Kochen zu erlernen, auch wenn ich längst wusste, dass ich ein hoffnungsloser Fall war. Sie hatte mich sogar dazu überredet, mir einen Therapeuten zu suchen, mit dem ich jetzt meine Kindheit aufarbeitete – und ja, manchmal hasste ich Regan dafür, denn es war keine durchweg positive und außerdem eine verdammt kostspielige Angelegenheit.

Inzwischen hatte ich die Leitung der Niederlassung meiner Firma in New York übernommen, mein Boss war in den Ruhestand gegangen. Regan hatte die Highschool abgeschlossen, war mittlerweile im ersten Semester ihres Jurastudiums, und auch damit glücklich. Verstohlen beobachtete ich sie, bemerkte wie so häufig die Veränderungen, die sich in den vergangenen Monaten bei ihr eingestellt hatten, und räumte nicht zum ersten Mal ein, dass sie recht gehabt hatte. Welches Potenzial in ihr steckte, begann ich erst allmählich zu begreifen. Nichts erinnerte mehr an das schüchterne, blasse Ding, das eines Tages in greller Aufmachung als die Nutte »Sirene« verkleidet in mein Arbeitszimmer gestolpert war. Sie war eine selbstbewusste aufrechte, atemberaubend schöne Frau, die wusste, wohin sie wollte, was sie wollte, vor allem aber, WEN sie wollte.

Mich!

So war es gut, so sollte es sein.

Selbst ihrer Mom hatten wir inzwischen den einen oder anderen Besuch abgestattet. Auf ihre alten, einsamen Tage schien sie ganz vernünftig zu werden, jedenfalls prophezeite sie ihrer abtrünnigen Tochter nicht mehr den sofortigen Übergang in die Hölle, wenn sie eines fernen Tages sterben würde.

Nie hätte ich gedacht, dass mein Leben eine solche Wendung nehmen würde. Noch weniger allerdings, dass ich es mögen würde. Selbst die Tatsache, dass Regan sich nach wie vor weigerte, wieder bei mir einzuziehen, konnte ich inzwischen akzeptieren, denn sie hatte ein Ende der räumlichen Trennung benannt. An dem Tag, an dem sie ihren ersten Job als Anwältin antreten würde, würden wir mit der Wohnungssuche beginnen.

Ein Neuanfang und diesmal richtig.

Ich hätte es niemals zugegeben, so viel Weichei steckte nicht mal in mir, aber ich freute mich auf diesen Tag wie ein gottverdammtes Marshmallow. Bis dahin gab es die Dates, die gemeinsamen Essen, die gemeinsamen Urlaube, Bar-, Kino- und Theaterbesuche, ganz besonders aber die gemeinsamen Nächte.

Dann, wenn ich sie unter mir hatte oder auf mir, wenn sie ganz mir gehörte, mit lustvollen, fast geschlossenen Augen, die Lippen halb geöffnet, ihre Fingerspitzen fest in meine Haut gerammt, während ich in sie stieß, an ihrer Enge entlang, die nur ich jemals erforscht hatte ...

»Ich liebe dich«, sagte ich, ohne die geringste Ahnung, wo das wieder herkam.

Regan hatte gerade die Gabel zum Mund geführt, stoppte und ihre unvergleichlichen Lippen verzogen sich zu einem hinreißenden Lächeln:

»Ich weiß ...«

Über Don Both

Die 30-jährige Tschechin, die in Bayern lebt, fing im Alter von zwölf Jahren an Geschichten zu schreiben, weil sie die beste Kurzgeschichte in der Schule abliefern wollte. Der Plan gelang und sie entdeckte dadurch ihr Talent, Geschichten erzählen zu können.

Während ihrer Schulzeit und ihrer Berufsausbildung als Kinderpflegerin ließ sie ihrer Fantasie als Hobbyautorin freien Lauf. Der Schwerpunkt ihrer Erzählungen lag anfangs meist bei Liebesromanen, und humorvollen Komödien. Jedoch kam auch das Drama, die Fantasy und der Horror nicht zu kurz. Im späteren Verlauf floss auch immer mehr Erotik ein und diese Kategorie entwickelte sich schnell zu einer ihrer liebsten.

Im Jahr 2010 wagte sie den großen Schritt und stellte einige ihrer Erzählungen auf einer Fanfiktion- Seite einer breiteren Leserschaft zu Verfügung. Ihre Angst Spott und Häme dafür einzustreichen, war mehr als unbegründet. Sie hatte durch ihre provokanten aber ehrlichen Geschichten schnell eine große, begeisterte Leserschaft und gewann einige Wettbewerbe und Preise.

Durch diese Erfolge ermutigt veröffentlichte sie im Jahr 2013 ihren ersten erfolgreichen Roman »Immer wieder Samstags« und gehört seit dem zu einer der meistgelesenen Autoren auf dem ebook- Markt.

Privat engagiert sie sich für den Tierschutz und lebt mit ihren Katzen, ihrem Mann und ihrem Sohn im kleinsten Kuhkaff der Welt.

Lesetipp

Vorgängerteile – Unter deiner Haut – Reihe!

Unter deiner Haut: http://amzn.to/2kvnPBv

Immerwieder – Reihe (The unholy Book of Tristan Wrangler)

Lesetipp, wenn man mehr über Tristan, Mia und Robbies Vorgeschichte erfahren will.

»Die Geschichte wurde schon tausendmal erzählt - er, jung, sexy, knackig und reich. Sie klug, mollig, unsicher, aus armen Verhältnissen ... Eigentlich habe ich nicht wirklich damit gerechnet, dass es mich packt - aber wir reden hier von Tristan Wrangler ... und der ist wirklich heiß! Und man merkt schnell, dass hinter seiner perfekten äußeren Fassade ein wundervoller Mensch steckt. Ich mag den Schreibstil von Don Both sehr gerne. Sie kann so dreckig schreiben, wie Tristan grinst!«

(The unholy Book of Tristan Wrangler – Sammelband zum Sonderpreis): http://amzn.to/2c3VpKd

(Immer wieder Verführung – Sammelband zum Sonderpreis: https://www.amazon.de/Immer-wieder-Verf %C3%BChrung-Sammelband-ebook/dp/B01C63HCWC/ref=asap_bc?ie=UTF8

(Immer wieder Tristan und Mia: https://www.amazon.de/Immer-wieder-Tristan-Mia-ebook/dp/B012AQ6FPK/ref=asap_bc?ie=UTF8

(Immer wieder ist nicht genug): http://amzn.to/2cq2tT6

(Travel zum Glück): https://www.amazon.de/Tristans-Travel-Gl%C3%BCck-kuschelige-Weihnacht-ebook/dp/B01MYSERYR/ref=pd_sim_351_1? _encoding=UTF8&psc=1&refRID=VDKYHM3BY7S1TJGTR2 WW

Wer mehr über Lilian Price und Vladimir Romanov erfahren will:

Mad Love: http://amzn.to/2c3Xt4D

Bad Love: http://amzn.to/2cqdXpI

Und vor allem Ménage à trois: http://amzn.to/2c3XFkr(Hier gehts um Kristovs Eltern)

Die Towerreihe umfasst noch einen Teil von Kera Jung, allerdings nicht mit den euch bekannten Charakteren:

https://www.amazon.de/gp/product/B00LGUV7FK/ref=seri es_rw_dp_sw

Wer mehr über Luca Cavalli und seine Isabella erfahren will:

Isabella Parker ist zweiunddreißig Jahre alt und hat als erfolgreiche Staatsanwältin beruflich alles erreicht, was man erreichen kann. Privat sieht es ganz anders aus – sie braucht keine Liebe, keine Freunde und keine Familie. Sie ist gern Einzelgängerin, bis sich, im (Zwangs)Urlaub ihre und die Wege des charismatischen Luca kreuzen, der ihr zeigt, was es heißt zu leben.

Einerseits hat sie so einen aufmerksamen, charmanten und attraktiven Mann noch nie getroffen, doch andrerseits existiert da eine dunkle Seite – eine, die ihr zum tödlichen Verhängnis werden könnte.

Als sie davon erfährt, ist es bereits zu spät und sie den subtilen Verführungskünsten des mysteriösen Fremden verfallen.

Womit der erste Zug seines Spiels vollbracht wäre.

Der etwas andere Don Both Roman ...

Abgeschlossene Romanze/Erotik/Thriller

Corvo – Spiel der Liebe: http://amzn.to/2cqcmzY

Über Kera Jung

Kera Jung wurde im Jahre 1973 in Berlin geboren. Hier wuchs sie auf, besuchte die Schule und absolvierte ihre Berufsausbildung. Das Schreiben war schon immer ihr größter Traum, der leider erst sehr spät Erfüllung fand. Im Jahre 2009 nahm sie ihr Hobby wieder auf, schrieb etliche Romane und machte ihre Passion im Jahre 2013 mit Veröffentlichung des Romans: ›Keine wie Sie‹ zu ihrem Beruf. Seither wurden zahlreiche Romane und Romanreihen veröffentlicht. Neben Kera Jung ist sie auch unter den Pseudonymen Susana Dean und Olivia Carter erfolgreich. Sie liebt ihren Beruf – über allem steht selbstverständlich das Schreiben, aber auch der Kontakt zu ihren Lesern ist ihr sehr wichtig. Deshalb besucht sie jährlich etliche Messen und andere, ähnlich gelagerte Events. Daheim führt sie mit ihrem Mann und ihren zwei Töchtern in einem beschaulichen Ort auf der Schwäbischen Alb ein eher zurückgezogenes Dasein, während ihr bereits erwachsener Sohn in Berlin lebt. In der Ruhe der ländlichen Gegend hat sie den erforderlichen Background gefunden, um sich ganz auf ihre Leidenschaft konzentrieren zu können.

Bisher erschienen

Urteil Leben: Creatio ex nihilo, Feuer und Wasser, Hoffnung,
Plan und Zufall, Albträume, Countdown
Keine-wie-Reihe: Keine wie Sie, Keiner wie Er, Keiner wie Wir,
From Yesterday – Sammelband
California-College: Too Close, Blind, Beautiful Sky, Just another Dream, Never apart, He is Mine, The totally right thing
Erstens kommt es anders ..., ... und zweitens, als man denkt, ...
und zweitens, als man denkt – Special –, Sammelband
Starke Frau, was nun?
Back tot the roots – Lisa und Chris
Twisted Game
The Unforgivable Words (1. Teil),
The Unforgivable Words (2. Teil)
The Unforgivable Words Sammelband:
Chaos im ... Chaos im Kopf, Chaos im Herzen, Sammelband
Mrs. Kingsleys Liebhaber Band
Vom Sinn des Seins
Der Antityp
Mister Iron & Miss Steel
Life is a halfpipe

Sweet Dreams

Blind Wedding

Wedding Excuses

Sammelband Wedding

Hand me down:

1. geerbt

Falling Girl:

Loving Girl

Four Seasons:

Spring – Frühling in New York

Summer – Sommer in L.A.

Fall – Herbst in Seattle:

Winter – Winter in Boston

Impossible Love:

Fire and Water:

Hope:

Mit Don Both:

Brainfuck: First Sight

Brainfuck: It's getting harder

Brainfuck: The End

Mit Maria O'Hara

14 Carat

20 Carat

24 Carat

Ausschnitt aus How to save a Mafiaboss

Von Don Both

Ab 29. März 2019

Kurzbeschreibung

Wenn du dich zwischen Familie und Macht entscheiden musst.

Zwischen Pflichtgefühl und Verlangen.

Zwischen Liebe und Tod.

Was wirst du wählen?

Dies ist der letzte heißersehnte Teil der Mafiaboss- Reihe.

Mobi: 978-3-96115-448-7
E-Pub: 978-3-96115-450-0
Print: 978-3-96115-451-7

1. Prolog

Sanft glitten seine vollen Lippen über meinen Körper ... Er wisperte mir zu, wie schön ich sei, wie begehrenswert, die Erfüllung seiner heißesten Träume. Träume, von denen er nicht einmal zu träumen gewagt hatte, und dass ich sein sei, jetzt und für alle Zeit –dabei strahlten seine blaugrauen Augen verlangend und gleichermaßen fordernd. Nahmen ich gefangen, sogen mich ein.

Ich wand mich unter ihm, genoss seine federleichten Berührungen, die gerade wegen ihrer Leichtigkeit so intensiv waren. Genoss es, voll unter ihm aufzugehen, wie eine Blume in den ersten Sonnenstrahlen. Sein dunkelhaariger Kopf verschwand zwischen meinen Beinen, und als seine warme feuchte Zunge sanft über diesen einen pochenden Punkt glitt, bog ich den Rücken durch und rammte meinen Kopf gegen die Schulter hinter mir. Eine weitere männliche Hand strich über meinen Oberkörper – sie war von oben bis unten tätowiert.

Ein harter Gegensatz zu der makellosen Haut vor mir.

Ich lag halb auf einem muskulösen, tätowierten Körper. Der hinter mir umfing mit großen Händen meine Brüste, küsste meinen Nacken und wisperte mir Schweinereien ins

Ohr, die mich noch heißer machten als die Zunge zwischen meinen Beinen. Ich fühlte seinen gierigen, dunklen Blick da, wo ich verwöhnt wurde, hob mein Becken und gab mich ganz der unbändigen Lust hin, von so vielen rauen männlichen Händen gestreichelt und gehalten zu werden. Ihnen ausgeliefert zu sein. Hilflos, aber dennoch tonangebend.

Denn nur ein Wort hätte gereicht und sie hätten aufgehört.

Immer wieder zeigten sie mir den Himmel, immer wieder konnte ich es nicht glauben, was für ein Glück ich hatte. Denn ich liebte sie. Beide. Genauso wie mein Leben ...

Ich ließ mich ganz in das unendliche Vertrauen sinken, das erst durch unsere ungewohnte Konstellation entstehen konnte. Ich war ... so glücklich.

Ich war angekommen – in meinem Leben.

Gefangen, genau zwischen diesen beiden Männern.

Doch dieses Glück zersprang in tausend kleine Scherben, als ich kam und ruckartig die Augen öffnete.

2. Eheprobleme und Mafiaangelegenheiten

»Baby, ich kann gerade wirklich nicht sprechen!«, sagte ich in den Hörer und zielte mit verengten Lidern, machte eine kleine Bewegung aus dem Handgelenk heraus, die den Dartpfeil punktgenau auf seine Reise schickte – direkt ins Auge des vor mir angeketteten, geknebelten, heulenden, widerlichen Bastards.

»Aha, wieso nicht?«, fragte meine Frau – momentane Furie – so gar nicht amüsiert. Ich seufzte, nahm einen weiteren Pfeil und zielte.

»Weil ich gerade beschäftigt bin.« Wieder ließ ich den Pfeil loszischen. Er landete in dem anderen Auge und der Kerl wurde ohnmächtig.

Leider.

Ich nickte Sergej zu, der kurz darauf an ihn herantrat und dafür sorgte, dass der Bastard den Spaß nicht verpasste. Währenddessen trank ich einen Schluck von meinem Wasser – kein Whiskey, kein Wodka, ich brauchte meinen Kopf wie immer klar.

»Mit was bist du denn beschäftigt? Es wäre wirklich schön, wenn du mir mitteilen würdest, weswegen du uns versetzt – diese Woche schon das zweite Mal.«

»Glaub mir, Elina, das willst du nicht wissen.« Mein Schmunzeln war mehr als kalt.

»Ach ja?«

»Ja!«

»Teste mich!«

Wie sie wollte …

Lakonisch seufzte ich und lehnte mich mit dem Hintern auf die Armlehne des Sessels, der zu meiner Rechten stand. „Ich habe gerade erfahren, wer die verdammte Ratte ist, die schon seit Monaten gegen uns arbeitet, und ich kümmere mich um sie."

Einige Sekunden stockte sie, und ich grinste humorlos.

Yeah Baby, nur weil ich bei dir zahm bin, heißt es nicht, dass ich bei anderen den Schneid verloren habe. Das darf ich mir – nach wie vor – nicht leisten, und es ist an der Zeit, dass du das endlich einsiehst! Nach einem Jahr Ehe wäre es eigentlich wirklich mal angebracht, dass meine Frau so langsam einsah, dass sie zwar die Gewalt und das Verbrechen aus ihrem Leben raushalten, aber niemals aus mir vertreiben würde.

Sie schluckte, ihre Stimme war jetzt leiser, unsicherer. »Kristov.« Sie kannte mich nämlich, auch wenn ich sie noch niemals so wirklich sehen hatte lassen, zu was ich fähig war. Ansonsten wäre sie gelaufen – Ehering am

Finger oder nicht. »Du … du bringst doch keinen um, oder?«

Ich warf dem Typen einen Blick zu, den meine Männer mit extrem langen, extrem schmerzenden Nägeln an die Holzwand der kleinen Bar genagelt hatten, und wägte kurz ab. Er würde sein Augenlicht verlieren, vielleicht noch ein paar andere Teile seines Körpers und auf jeden Fall seinen klaren Verstand, aber sterben … Nein, den Tod würde ich ihm nicht gönnen. Das wäre zu gnädig für das, was er getan hatte – und von dem sie niemals erfahren würde, wie so ungefähr neunundneunzig Prozent von dem, mit dem ich es zu tun hatte, wenn ich meinen abendlichen Geschäften nachging.

»Nein.“

Sie war erleichtert und atmete hörbar aus. „Gut!“

Oh kleine süße Eli, wenn du wüsstest … Es gibt so viel Schlimmeres, als zu sterben, dachte ich und straffte mich, als Sergej an mich herantrat und mir zunickte.

»Ich bin in zwei Stunden bei dir, Süße, und ich verspreche dir, du wirst es nicht bereuen, auf mich gewartet zu haben.“ Meine Stimme klang leise, lockend und samtweich, während ich mir einen weiteren Dartpfeil nahm.

»Das will ich ja wohl hoffen«, keifte sie mich noch an, ich lachte leise und warf.

3. Game with the devil

Elina

Okay, Kristov würde erst später heimkommen. Das hieß, ich hätte noch Zeit, um meiner allabendlichen Lieblingsbeschäftigung nachzugehen.

Denn wenn ich schon diese Position als Mafiabraut innehatte, die in Watte gepackt und in einen goldenen Käfig gesperrt wurde, so würde ich ganz sicher nicht untätig daheim rumsitzen, wenn ich die Macht und die Mittel hatte, etwas zu ändern.

Ja, ich hasste diese Stadt.

Und ja, ganz sicher hasste ich auch die Mafia!

Ich hasste die Abgründe der Menschheit, und nein, ich konnte nicht mehr über sie berichten, das wollte ich auch nicht. Berichten war zu wenig. Ich musste etwas ändern. Das hieß, ich ließ mich auf ein nicht gerade ungefährliches Spiel ein – aber wenn man mit einem der mächtigsten Männer weltweit verheiratet ist, lebt frau sowieso nicht gerade sicher.

Wir verbrachten die Zeit damit, zwischen Deutschland und Russland hin und her zu pendeln. Manchmal waren wir auch in Dubai, wo gerade ein neuer Riesentower eingeweiht wurde; in England, um die royale Familie zu treffen, natürlich in Italien bei Onkel Luca, dem Paten der italischen Mafia; in China; beim Essen mit dem Präsidenten von Russland; dem Vatikan, beim Plausch mit dem Papst; in Monaco, beim Tee mit dem Fürsten oder in Chicago, beim Treffen mit den ältesten Paten der Welt. Lilis persönliche Lehrerin immer mit im Schlepptau. Denn ja, Kristov hatte mir zwar geschworen, sich aus seinem Geschäft und Familienerbe zurückzuziehen, aber das war leichter gesagt als getan. Sergej – sein von ihm erwählter Nachfolger, rechte Hand und einzige Person neben mir, der Kristov zu hundert Prozent traute – war mit manchem noch nicht vertraut, wie zum Beispiel den unzähligen Mafiaritualen und Gepflogenheiten auf der Dark Site, und wurde von den meisten Alten, die hier was zu sagen hatten, schlichtweg nicht anerkannt. Also musste Kristov sich immer wieder blicken lassen, musste seinen Partnern und Feinden immer wieder zeigen, dass er nach wie vor alles im Griff hatte. Oder alles würde in einem blutigen Chaos enden, sollten sie merken, dass der Boss der russischen Mafia auch nur im Geringsten schwächelte. Sergejs raffiniertes Köpfchen hin und her. All das, was Kristov ihm beigebracht hatte, all das, was ihn zu einem besonders gefährlichen und gleichzeitig verlässlichen Partner und Boss machte ... Der große stille Mann mit dem Glasauge war einfach kein Romanov, und hier zählte Blut mehr als das, was man konnte und was man sich erarbeitet hatte. Mehr als die Fähigkeit, weise zu entscheiden und sicher zu führen.

Also konnte Kristov nicht einfach aussteigen. Es war in seinem Blut, und es würde wohl immer so sein. Ähnlich wie bei meinem Onkel Luca Cavalli und meinem Vater, auch wenn der eher so reingerutscht und jetzt eine der mächtigsten Positionen der italienisch/deutschen Mafia innehatte. Aber mein Vater war sowieso eine absolute Ausnahme – in so vielen Hinsichten.

Jede andere Frau wäre wahrscheinlich an der Bürde zerbrochen, mit einem der mächtigsten, gefürchtetsten aber auch bedrohtesten Männern der Welt verheiratet zu sein, aber es war, als wäre ich mein Leben lang nur darauf vorbereitet worden.

Als hätte mich all das Grauen, was ich gesehen und erlebt hatte, nur darauf vorbereitet, an seiner Seite zu bestehen und mich in meine Rolle perfekt reinzufinden.

Ich hatte es nach ein paar Monaten hingenommen, hatte versucht, mich mit meinem neuen Leben zu arrangieren, aber es war so schrecklich langweilig! Bis auf die paar Ausflüge war es nicht so, wie man es sich vorstellte. Ich verbrachte meine Zeit nicht in schummrigen Hinterzimmern und auf luxuriösen Yachten. Weil Kristov mich vehement von so gut wie allem abschottete, was auch nur in die Nähe der *Dark Side* ging. Und ja, wir hatten unerbittliche Diskussionen geführt, ich hatte ihm versucht klar zu machen, dass ich schon öfter auf der dunklen Seite gewandelt und als Journalistin da auch überlebt hatte. Ganz allein. Sogar ohne ihn. Sein Argument war allerdings, dass da keiner gewusst hatte, wer ich war. Jetzt kannte jeder mein Gesicht. Denn Kristov war ja nicht nur Mafiaboss. Nein, er war in den Nächten das eiskalte Monster, aber am Tag der meistbegehrteste Prominente Russlands. Ein wahrer Romanov. Dem russischen – total irren – Hochadel angehörend und in seinem Land bejubelt wie die Queen in England. Dadurch, dass er mich geheiratet hatte – offiziell eine Balletttänzerin, die ihm das Herz geraubt hatte –, ich nichts auf diesen ganzen Schickimicki-Kram gab, anzog, was ich wollte, rebellisch wirkte und immer ein nettes Lächeln und eine Umarmung für die Leute übrig hatte, genau wie jede Menge Spenden; dadurch, dass ich offiziell aus ärmlichem Hause kam und den König der Nation bekommen hatte, dass Drucilla – unsere Imageberaterin – perfekt wusste, wie sie uns in der Öffentlichkeit dastehen lassen sollte, mochten mich die Medien und sein Volk gleichermaßen. Weswegen mittlerweile jeder mein Gesicht kannte. Aber Lili schotteten wir vehement ab, ihr Gesicht durfte nirgendwo gezeigt werden.

Eines kann ich sagen: Das Leben als Schickimicki-Mafia-Braut ist langweilig, egal wie viel wir unterwegs waren und was wir auch sahen, denn mir fehlte meine Arbeit.

Doch zum Glück hatte sich das vor ungefähr einem halben Jahr geändert.

Da waren Kristov und ich gerade auf einer Gala gewesen – *Brot für die Kinder*. Dafür setzte sich Kristov aktiv ein, für Moskaus Straßenkinder. Dort war sie an mich herangetreten. Sie hieß Tatjana, war noch nicht mal 18, wunderschön, und unter der starken Schminke mit blauen Flecken übersät, als sie auf der Toilette mit einem Mal in einem wunderschönen dunkelblauen Kleid, das ihre blasse Haut strahlen ließ, auf mich zutrat. Die Augen dunkel und gehetzt, das Gesicht und der Körper blass und abgemagert …

Sie habe gehört, ich hätte Romanov in der Hand. Ich hatte gelacht und ihr geantwortet, dass es mir eher so vorkam, als wäre es andersrum. Sie wusste was ich davor gemacht hatte, wofür ich den Pulitzerpreis bekommen hatte, und sie wollte mir mitteilen, dass Kristov in Gefahr war, dass es Männer gab, die seinen Sturz planten und dafür alles tun würden. Spätestens ab diesem Moment war ich ganz Ohr gewesen, ein ungutes Gefühl im Bauch. Mit bebenden Fingern hatte sie mir eine Adresse in die Hand gedrückt und war verschwunden. So schnell, wie sie gekommen war.

Ursprünglich hatte ich mich dazu entschieden, nicht hinzugehen, nicht mein Leben zu riskieren und mein Wort Kristov gegenüber zu halten, in der Stadt nicht allein rumzulaufen. Angeblich gab es zu viele Leute, die auf genau so was warteten. Doch als ich ihn am Abend im Bett darauf angesprochen hatte, hatte er sofort abgeblockt und den Namen des Mädchens wissen wollen. Am nächsten Morgen hatte ich mich auf die Suche gemacht.

Ich konnte einfach nicht anders!

Der Moloch, in dem sich der Mann, den ich mehr liebte als alles andere, bewegte, ließ jedes Mal etwas Dunkles zurück, und ich verspürte seit geraumer Zeit das Gefühl, dass ich dagegen etwas unternehmen musste. Ich musste etwas Gutes aus all dem entstehen lassen! Denn Kristov war nicht schlecht, auch wenn er sich selbst gern so sah. Er hatte in Bezug auf sich eine verzerrte Selbstwahrnehmung, fand, er war böse und gefährlich für mich. Aber alles, was ich in ihm sah, war seine gütige, intelligente, so bedachte und liebevolle Seite. Das konnte ich ihm tausendmal sagen, doch das Blut, das an seinen Händen klebte, all die schrecklichen Dinge, die er tun musste, hatten seine Selbstwahrnehmung geprägt, und er würde sich all das nie verzeihen. Würde sich niemals als würdig erachten.

Insgeheim wartete er immer noch darauf, dass ich vor ihm davonlief. Schreiend. Und für immer.

Ich hatte immer größere Mühe, die Leere, die in ihm zurückgeblieben war, zu füllen. Ich zeigte ihm mit meinem Körper und meinem Herzen, wie sehr ich ihn liebte, und hoffte, dass meine Liebe die Dunkelheit vertreiben könnte und er endlich wieder der Mann würde, den ich mit jeder Faser begehrte. Jede Nacht verwandelte er sich in meinen Armen zurück und ließ mein Herz vor Glück anschwellen, weil wir gemeinsam einen Weg gefunden hatten, glücklich zu sein.

Trotz all des Grauens.

Trotz der Schwärze, die an ihm haftete.

Ich musste einfach etwas finden, das ich verbessern könnte, das zeigte, dass unsere Verbindung Gutes entstehen ließ.

Ich war es ihm schuldig.

Mir.

Und all diesen Unschuldigen da draußen.

***

Lili war gerade im Privatunterricht bei Fräulein Rottenmaier, wie wir sie heimlich nannten, ich hatte nichts zu tun, also hatte ich Terrek, meinem persönlichen Bodyguard und Chauffeur gesagt, ich wolle ein wenig shoppen. Es war nicht schwer, ihn in dem riesigen Einkaufscenter abzuhängen, in den erstbesten Bus zu springen und zu der Adresse zu fahren, die mir die Kleine gegeben hatte.

Was ich da sah, gefiel mir nicht. Graue dreckige Häuser. Menschen, die eher vor sich hinvegetierten, als wirklich lebten, ein paar leere Fabrikhallen, uralte leere Gebäude mit eingeschmissenen Fenstern, und überall Graffiti, Müll und Armut. Die Häuser ragten dunkel und düster rechts und links neben mir in den grauen, wolkenverhangenen Himmel. Kein Sonnenstrahl schien sich jemals hierher zu verirren. Es raubte mir den Atem, mein Nacken prickelte und ein unwohles Gefühl machte sich in meinem Bauch breit. Es war, als würde ich in einer tödlichen Schlucht wandeln, aus der es kein Entkommen gab. Wie wäre es erst, hier zu leben? Mit dem Wissen, wahrscheinlich nie wieder rauszukommen? Für immer hier gefangen zu sein?

Das hier war keine der Ecken, in die mich Kristov jemals hingelassen hätte. Mein Handy hatte ich vorsorgehalber ausgemacht, denn ich wusste, er würde durchdrehen, wenn er von meinem kleinen Ausflug erfuhr.

Vor der Adresse blieb ich stehen, einem vierstöckigen grauen Haus mit kaputten Steinstatuen auf den Giebeln und eingeworfenen Fenstern. Eine Stahltür zeigte einen in Neonrot aufgesprühten Schriftzug. *Temptions* stand da und ich klopfte zaghaft, hatte mir schon eine Ausrede dafür ausgedacht, um reinzukommen, denn wenn ich in etwas gut war, dann im Schnüffeln – dank meiner Ausbildung und jahrelanger Arbeit als Journalistin. Einmal Schnüffler, immer Schnüffler, ich geb's ja zu. Eine kleine Klappe wurde weggeschoben, kalte blaue Augen starrten mich durch den Schlitz an.

»Ja!«, blaffte eine harsche männliche Stimme auf Russisch.

»Hi, ich bin wegen des Jobs hier. Sara empfiehlt mich«, ratterte ich meinen Satz runter, denn ganz im Ernst, das zog immer, besonders wenn man gut aussah und hübsch mit den Wimpern klimperte. Die Augen wurden verengt, die Klappe wieder zugezogen und kurz darauf die quietschende Tür geöffnet. Ich wurde in einen langen dunklen Gang geführt, in dem es nach Asbest, alten Ausdünstungen und

Staub roch, dunkle Treppen hinab und landete ein paar Schritte weiter in einem Club.

»Terechov!«, rief der riesige Türsteher, und ein schmieriger kleiner Typ in einem schmierigen, schlecht sitzenden Anzug drehte sich auf einem Barhocker zu uns. Davor hatte er mit seinen schmierigen langen Fingern Geld gezählt – einen ganzen Haufen davon. Und neben ihm lag ein ganzer Haufen weißen Pulvers. Nett.

»Die Kleine ist wegen des Vortanzens hier«, meinte der Türsteher, und ich schluckte trocken.

Tanzen?

Okay!

Konnte ich!

Aber lieber wäre mir ein Job an der gut bestückten rotbeleuchteten Bar gewesen.

»Ach ja? Jetzt schon?« Terechov, oder Schmieri, wie ich ihn spontan nannte, stand auf und kam auf mich zu geschlendert. Eine Hand in der Hosentasche, die tief in den Höhlen sitzenden Augen blitzten auf. Er dachte, er wäre super gut aussehend, das merkte man sofort. Oder er hatte sich wahrscheinlich schon jeden normalen Gedanken aus dem Hirn gekokst.

»Du willst also hier arbeiten?«

»Japp!« Ich kaute übertrieben auf meinem Kaugummi und versuchte, wie immer, besonders blond auszusehen – obwohl ich braune Haare hatte. Gerade in einem Pferdeschwanz gebändigt. Der Typ musterte mich kurz. Meine großen, leicht geschminkten haselnussbraunen

Augen, meine reine Haut, meine vollen Lippen, meine schlanke Figur, die großen Brüste, die mich manchmal echt mega nervten, meine schmale Taille, meine ausschweifenden Hüften und meinen riesigen Hintern. Ehrlich, der war fast so groß wie der Mond! Hatte ich von meiner Mum.

Das alles steckte in einer leichten schwarzen Lederjacke, einem eng anliegenden weißen Top, einer Jeans und kniehohen Stillettostiefeln. Er grinste, eine nur halb vorhandene Zahnreihe zeigte sich – ihm gefiel, was er sah.

»Na dann, hoch mit dir!"

Super!

So verbrachte doch jede gelangweilte Hausfrau gern ihren Vormittag!

Für einen schmierigen Möchtegernmafioso an einer Stange tanzen.

Ich tanzte, und er war natürlich völlig baff, denn wenn ich etwas konnte, dann das. Selbstverständlich wollte er mich. Was den Lohn betraf, handelte ich nicht großartig, denn ich musste so tun, als bräuchte ich diesen abgefuckten Job in diesem abgefuckten Club unbedingt, und ging, nachdem alles geklärt war, frohen Mutes nach Hause.

Wo Kristov bereits auf mich wartete.

Und der war erstens: Mafiaboss.

Zweitens: in seinem schwarzen Anzug unsagbar gut aussehend.

Und vor allem drittens: megaangepisst.

Ausschnitt aus Shadow of Love

Von Kera Jung

Ab 12. April 2019

Kurzbeschreibung

Drei Regeln bestimmen Penny Rogers Leben:

1. Werde die verdammt beste Journalistin der ganzen Welt.
2. Kämpfe um deine Träume, egal, was es dich kostet.
3. Und halte dich verdammt noch mal von Joe Baxter fern!

Sie hat drei Ziele und ist bereit, alles zu geben, um diese zu erreichen.

Der einzige Mensch, der ihr jemals gefährlich werden könnte, hat sie glücklicherweise derart enttäuscht, dass sie nichts mehr mit ihm zu tun haben will: Joe Baxter, Anwalt, Tennis-As und rein menschlich eine herbe Enttäuschung.

Dummerweise sorgt das Schicksal immer und immer wieder dafür, dass sich ihre Wege kreuzen. Und Pennys Entscheidung wird ein ums andere Mal auf eine harte Probe gestellt.

Wenn Herz und Kopf getrennte Wege gehen …

Wenn du das Gefühl hast, mutterseelenallein auf der Welt zu sein.

… und wenn es einen einzigen Menschen gibt, dem du nicht egal bist, es aber genau derjenige ist, den du niemals wieder vertrauen kannst …

Mobi: 978-3-96115-418-0
E-Pub: 978-3-96115-419-7;
Print: 978-3-96115-420-3

Kapitel

Joe

Eine halbe Stunde!

Seit einer abgefuckten halben Stunde war sie überfällig! Und das war noch nicht mal viel, wie er innerhalb der vergangenen Tage hatte lernen müssen. Wenn man es mit Penny Rogers zu tun hatte, dann war Pünktlichkeit nicht mehr als ein Wort. Ein selten genanntes Wort – sollte man wohl hinzufügen.

Entnervt hob er seinen Finger, um der heißen Kellnerin mit dem kurzen schwarzen Rock und der tief ausgeschnittenen Bluse zu signalisieren, dass er einen weiteren Kaffee wollte.

Schwarz.

Die Welt trank Cappuccino, Latte macchiato und Chai-Latte – Joe Baxter trank Kaffee. Schwarz. Wohltuend, rundheraus ehrlich und leicht bitter. Genau wie er.

Sie fickte ihn.

Pausenlos.

Egal in welcher Hinsicht, Penny Rogers sorgte zuverlässig dafür, dass er sich unentwegt mit ihr beschäftigen musste, und das kotzte ihn an. Hatte er sich nicht geschworen, dass es sich endgültig ausgepennyt hatte? Nach ihrer letzten legendären Nummer, die sie direkt nach dem legendärsten Sex seiner gesamten Laufbahn gebracht hatte?

Mit finsterem Blick starrte er auf die Tür des Cafés, durch die sie schon seit einer halben Stunde hätte getreten sein sollen, und reiste in Gedanken ein paar Monate zurück und ein paar Meilen weit weg …

… sie liegen schweratmend in seinem Bett, und Joe kann sich an ihr nicht sattsehen. Klar, er hat immer gewusst, dass sie eine Offenbarung sein würde, so etwas weiß Mann einfach, aber das … das, was er in den letzten Stunden erlebt hat, das hat einfach alles, was er sich vorgestellt hatte, gesprengt. Das Gefühl, in ihr zu sein, die Enge ihrer Pussy zu spüren, ihren weichen Körper unter seinem, den Blick in ihr unvergleichlich schönes Gesicht, sich immer und immer wieder in ihr zu versenken und dabei einfach alles – sich – vergessen zu können, das war mehr, als er jemals zu hoffen gewagt hat.

In den letzten vier Stunden hat er sie auf jede denkbare Weise gehabt. Von hinten, von vorn, auf dem Tresen im Flur, wo sie ihre Beine so weit für ihn gespreizt hat, dass er ernsthaft Angst um ihre Gesundheit bekam. Natürlich in der Dusche, aber das war ja nur der Auftakt gewesen. Ein ziemlich denkwürdiger Auftakt. Von ihr initiiert. Ehrlich, besonders bei diesem Teil hat er immer noch Schwierigkeiten, schrittzuhalten.

Sie ist der verdammte Jackpot, besser kann es einfach nicht werden. Endlich weiß er, was er schon sein halbes Leben lang geahnt hat: Diese Frau hat ihn an den Eiern, von dieser sexy Schönheit wird er niemals genug bekommen, egal, wie oft er sie noch haben wird. Für diese Frau wird er alles geben, und jeder verdammte Gedanke, den er in den letzten Jahren an sie verschwendet hat, jeder Wutanfall, den er ihretwegen hatte, jedes verflucht einsame Wichsen unter der Dusche, jeder feuchte Traum und jeder Anflug von Verzweiflung war es wert gewesen. Um sie zu kämpfen, war es sogar verdammt wert gewesen!

Sein Daumen streicht langsam an ihrer Seite hinab, während er den Blick nicht von ihrem Gesicht nehmen kann.

Ja, verflucht, sein Herz klopft immer noch wie wild.

Und in seinem Bauch herrscht eine Wärme, die er so noch nie empfunden hat.

Vorlesungen?

Sind fuckegal!

Welcher Wochentag heute ist?

Ist ihm nicht bekannt, er will es auch gar nicht wissen.

Was draußen in der Welt vor sich geht?

Geht ihn momentan überhaupt nichts an.

Zum ersten Mal in seinem Leben hat er das Gefühl, angekommen zu sein, endlich genau dort zu sein, wohin er gehört, und ... ganz ehrlich, er wird sich diesen Moment von nichts und niemandem versauen lassen.

Als sie sich leicht bewegt, sodass sein Daumen nicht länger ihre Haut verwöhnen kann, runzelt er leicht die Stirn. »Was hast du?«

Sie räuspert sich leise, bevor sie eine Strähne ihres langen, seidigen dunklen Haars zurückstreicht. »Hast du Fanny geliebt?«

Bähm!

Das ist genau die Frage, die seine gesamte realitätsferne Blase vernichten kann. Entnervt legt Joe sich auf den Rücken und starrt die Decke an. »Warum fragst du das?«

»Es interessiert mich eben. Sie ist schließlich meine Freundin.«

Er überlegt sehr genau, bevor er antwortet: »Ja, ich habe sie geliebt.«

Nein, damit ist das Thema nicht beendet. Warum auch? Seit wann tut Penny Rogers das, was ihm, was ihnen beiden, guttun könnte? »Dann hast du dich nicht an sie rangeschmissen, um mich zu treffen, vielleicht sogar in dem irren Versuch, mich eifersüchtig zu machen?«

Doch, genau deshalb hat er sich damals an Fanny Hale »herangeschmissen«. Joe wollte, dass Penny vor Eifersucht tobte. Das war der verdammte Grund. Schuldig im Sinne der Anklage. Womit er nicht gerechnet hat, war, dass Fanny Hale ihn tatsächlich angemacht hat, dass er bald von ihr besessen war, als einzige Frau neben Penny. Die Einzige, der es jemals gelungen war, ihn von Penny abzulenken, dafür zu sorgen, dass er nicht in jeder Sekunde an die Frau, die als erste sein verdammtes Herz berührt hat, denken musste.

Ja, er hat sich in sie verliebt, vielleicht sogar, weil sie völlig gegensätzliche Typen sind, weil er zum ersten Mal von seiner Vorliebe für brünett abgewichen ist, weil sie nicht im Geringsten seinem Bild einer Traumfrau entsprach, einer Traumfrau, die exakt wie Penny Rogers aussieht ... Aber das war so garantiert nicht geplant.

Trotzdem hat sie ihn an den Eiern gehabt, und in den folgenden drei Monaten hat er sprichwörtlich ALLES für sie getan. Ehrlich alles. Er kannte nur ein verdammtes Ziel: Endlich in sie hineinzukommen, endlich diesen unverschämt heißen Körper zu besitzen, für sich zu beanspruchen, der Welt demonstrieren zu dürfen, dass sie ihm gehört. Ja, verdammt, er wäre auch mit ihr in den verfluchten Sonnenuntergang geritten – wie bereits erwähnt, sie hatte ihn fest an den Eiern, weshalb ihr Tritt in dieselben auch unvergleichlich erlesen ausfiel.

Es war, als hätte das Schicksal sich dafür gerächt, dass er es nicht von Anfang an ehrlich mit Fanny gemeint, dass er sie nur als Mittel zum Zweck benutzt hat, denn der lang ersehnte, herbeigeflehte Sex war nicht die erhoffte Offenbarung. Es war, als würden sie sich einfach nicht im gleichen Takt bewegen, als würden sie nicht zueinander passen, als wären sie schlicht inkompatibel. Auch das hatte

Joe bis zu Fanny so noch nicht erlebt. Sie war nicht mal wirklich feucht gewesen, und er hatte sich gefragt, ob sie das überhaupt wollte ...

... okay, ungefähr drei Sekunden lang, denn wie konnte sie nach diesen verdammt sexlosen drei Monaten etwas anderes wollen, als Sex mit ihm?

Er war gekommen – aber es war garantiert kein gigantischer Orgasmus gewesen, wie eines jener Himmelsereignisse, die er gerade mit Penny erlebt hat. Ihr war der Höhepunkt verwehrt geblieben – was ihn irgendwie noch mehr genervt hatte. Der Kämpfer in ihm – jener Mann, der sich für verdammt gut im Bett hält, der weiß, was er zu bieten hat –, schwor sich, es beim nächsten Mal besser zu machen.

Es ist nur nie dazu gekommen, weil sie ihn zuvor in die Wüste geschickt hat, die kleine Nutte. Und ja, DAS spätestens hat ihn wirklich getroffen. Nicht ins Herz, sondern noch mal in die Eier, und er schwor abermals – diesmal Rache. Er würde nicht eher ruhen, bis diese kleine Bitch für ihre Scheiße bezahlt haben würde.

Er ist nicht irgendwer.

Er ist Joe Baxter.

Und Joe Baxter lässt sich nicht von einer dahergelaufenen Schlampe verarschen. Niemals!

»Nein«, sagt er endlich. »Ich weiß zwar nicht, was dich das angeht, aber deshalb war sie für mich garantiert nicht interessant.«

»Seit wann stehst du auf Blondinen?«, bohrt sie weiter, was ihm zunehmend auf die Nerven geht.

»Seit wann interessiert es dich, auf welchen Typ Frau ich stehe?«, kontert er. Die eben noch vorhandene leichte Erregung, die seinen so befriedigten Schwanz wenigstens semihart gemacht hat, ist verschwunden. Diese Situation hat sie schon mal erfolgreich versaut.

Schönen Dank auch!

Als sie nicht antwortet, lacht er. »Verdammt, Penny, ich stehe auf JEDE Frau, solange sie hübsch ist, ihre Titten groß, ihre Figur heiß, ihre Haare lang. Die Haarfarbe ist mir dabei echt egal.«

»Aha.«

Soll das eine Kriegserklärung sein? Es klang jedenfalls so, was Joe ja nun gar nicht versteht. Außerdem wächst sein Zorn, weil sie alles – wirklich alles, was gut sein könnte, es vielleicht sogar ist – zuverlässig zerstören muss. Anscheinend leidet Penny unter dieser verdammten Krankheit, anders kann er sich ihr Verhalten beim besten Willen nicht erklären.

»Nein, es dreht sich nicht alles nur um dich«, knurrt er und richtet sich auf. »Jedenfalls nicht, wenn ich mit einer anderen zusammen bin. Du hast mich so oft abblitzen lassen, dass ich die Scheiße nicht mal mehr zählen kann, also was willst du verdammt noch mal von mir? Bist du ehrlich der Meinung, dass ich keinen Sex habe, nur weil Miss Rogers einen auf Blümchen-rühr-mich-nicht-An

macht und sich jede Woche eine andere Abfuhr einfallen lässt?«

Sie lacht leise und Penny richtet sich ebenfalls auf, weshalb sie sich voneinander entfernen. Auch wenn sie immer noch nackt vor ihm sitzt, auch wenn er immer noch einen direkten Ausblick auf ihre Brüste hat, diese heißen, festen, wunderschönen Brüste, ist es nicht mehr so wie vorher. Der Zauber des Moments hat sich verzogen.

Verdammt!

»Ich bitte dich!«, höhnt sie. »Jeder auf dem Campus weiß, dass du deinen Schwanz in jede verdammte Tussi steckst! Wie kommst du darauf, dass ich dir vorschreiben will, mit wem du vögelst und mit wem nicht?«

Darauf antwortet Joe besser nicht. Er ist ein Mann, schon richtig, hat also von nichts eine Ahnung, schon gar nicht von Frauen und dem, was sie denken. Doch wenn er sich jemals eine eifersüchtige Furie vorgestellt hat, dann sah sie aus, wie die atemberaubende Schönheit, die gerade nackt vor ihm sitzt. Aber was weiß er schon?

»Es geht mich auch gar nichts an«, fährt sie fort, und jetzt begeht sie das Verbrechen schlechthin, denn sie angelt nach der Decke, um ihre Brüste zu bedecken. Unfassbar! »Du kannst vögeln, mit wem du willst, ist ja ein freies Land. Ich wollte es nur wissen, weil es meine beste Freundin war, mit der du rumgemacht hast.«

»Sie wusste nichts von dir und mir.«

»Vielleicht, weil es gar kein dich und mich gibt?«, kontert sie mit ihrer leicht angerauten Stimme, und er will *sie würgen. Ehrlich, Joe hasst Gewalt an Frauen, nichts geht ihm mehr ab, aber in diesem Moment will er sie einfach nur würgen. Was für eine verdammt von sich selbst eingenommene ... PERSON!*

»Das hat es nie und das wird es nie. Ich dachte, das hättest du längst kapiert.« Damit steht sie auf und geht hinüber zu ihren Klamotten, die sie, bevor sie zu ihm in die Dusche gekommen ist, fallenlassen haben muss. »Meine Wohnung ist wieder begehbar, ich kann heute Abend bei mir schlafen«, sagt sie, während sie ihren BH anzieht und ihr Top folgen lässt.

Joe beobachtet sie, unfähig, irgendwas zu sagen, nur seinen geballten Fäusten ist anzusehen, welcher Orkan gerade in ihm tobt, und es ist ihm scheißegal.

»Ich ... ich wollte das vor Ende der Uni hinter mich bringen, denn es stand noch aus. Seit Langem.« Vielleicht ist ihr Blick ein bisschen unsicher, mit dem sie ihn flüchtig mustert, aber ansonsten ist ihr nicht die geringsten Zweifel an ihrem diabolischen Tun anzumerken, während sie sich die Jeans überstreift. »Das wolltest du doch, oder? Mich endlich vögeln, und ich ... okay, ich wollte es auch. Zugegeben, enttäuscht hast du nicht, Fanny hat nicht die Wahrheit gesagt, oder ... du hast es bei ihr nicht halb so gut gebracht, wie bei mir. Woran das wohl liegen mag?« Ein schmales Lächeln stielt sich auf ihr Gesicht, das ihre Schönheit schlagartig verdoppelt, bevor sie den Kopf schüttelt, wie, um ihn zu klären. »Ich weiß nicht, was Jack und Fanny da am Laufen haben, aber ich glaube, sie will

nicht, dass er von der Wohnung weiß, also behalt es für dich, ja?«

Sie nimmt ihre Tasche und geht zur Tür. »Heute Nachmittag komme ich und hole den Rest.« Als sie über ihre Schulter zu ihm sieht, schwingen die seidigen Haare über ihren Rücken und Joe ist schlagartig wieder hart. Trotz seines Zorns und der Fassungslosigkeit, die in ihm toben, aber es ist einfach so, während die Fingernägel allmählich schmerzhaft in die Haut seiner Handballen schneiden. Als sich diesmal ihre Lippen verziehen, ist ihr Lächeln aufrichtig. »Danke, dass du mich bei dir wohnen lassen hast. Und danke ... für den echt guten Sex. Wenigstens in dieser Hinsicht hast du nicht zu viel versprochen.«

Damit geht sie.

Einfach so.

Lässt ihn zurück, hart, wütend, und mit dem Gefühl, gerade benutzt worden zu sein.

In der Gegenwart schreckte Joe hoch, als die sexy Kellnerin ihm seinen neuesten Kaffee brachte. Sie lächelte aufreizend, und er fragte sich für einen kurzen Moment, ob er sie unverbindlich auf dem Gästeklo knallen sollte.

Einfach so, weil er es konnte und weil sie garantiert mitgemacht hätte.

Dann fiel ihm ein, dass er inzwischen erwachsen und Anwalt war, und er sah davon ab. Eine der wenigen Regeln, die sein Vater überhaupt aufgestellt hatte, lautete: »Du kannst mit so vielen Frauen zusammen sein, wie du willst, nur achte darauf, dass das Niveau nicht ins Unterirdische sinkt. Du hast einen Namen und dessen guten Ruf zu verteidigen, Junge.«

Womit sein alter Herr, wie so häufig, recht hatte.

Er nahm einen Schluck von seinem Kaffee, verbrannte sich daran die Zunge, konnte die Gedanken aber leider auch damit nicht aufhalten.

Als sie an jenem Tag gegangen war, hatte er sich geschworen, es dabei zu belassen. All die verwirrenden, weil so weibischen Gedanken und Gefühle, die damit verbunden waren, hatte er einfach beiseitegewischt. Es war heißer, geiler, geistloser Sex gewesen, und genau als das würde er diesen legendären Tag auch ab sofort in der Rückschau betrachten. Ausschließlich.

Das hatte nicht ganz funktioniert. Obwohl er versucht hatte, sich abzulenken.

Und wie!

Immer wieder hatte er Jack angerufen, hatte seinen gesamten Hass auf Fanny projiziert, noch mehr, als es schon auf dem Campus geschehen war. Er wollte sie bluten, wollte sie am Boden, wollte sie vernichtet sehen. Joe war kein Selbststeller, er wusste ganz genau, dass es nicht Fanny war, der sein Hass galt, dass er sie stellvertretend leiden lassen wollte, stellvertretend für Penny, aber es war ihm egal. Schon, weil niemand sonst davon wusste. Und da war es doch wie ein Wink des Schicksals gewesen, als diese verdammte Cola-Company-

Geschichte aus heiterem Himmel über die beiden hereinbrach, oder?

Jene Geschichte, die aus Fanny und Jack die Cola-Company-Gesichter des Jahres gemacht und daher dafür gesorgt hatte, dass die Pseudo-Love-Story mit Abschluss der Uni nicht beendet war, sondern in die nächste – ungeplante – Runde ging.

Klar wusste Joe, dass Jack akute Gefahr lief, sein zartes Herzchen an die Bitch zu verlieren, er wünschte ihm auch herzliches Beileid deswegen, aber das ging ihn nichts an! Die Regeln standen fest – er hatte sie nicht gemacht: *Never fuck the best friends Ex.* Dabei durfte Jack sie sogar vögeln, er durfte sie eben nur nicht glücklich machen. Gerade weil Joe ahnte, dass die Schlampe nichts mehr wollte als Jack – andernfalls hätte sie ihn nämlich schon längst in die Wüste geschickt –, würde er alles tun und all seine Macht ausspielen, um das junge Glück zu unterbinden. Klang vielleicht brutal, vielleicht sogar kleingeistig, aber derzeit die einzige Möglichkeit, um sein aufgewühltes Inneres wenigstens ein bisschen unter Kontrolle zu halten, das einzige Ventil, um ein wenig Dampf abzulassen und den Kessel vor der Explosion zu bewahren. Denn ehrlich, es schlauchte! In einer Woche war Weihnachten, und Joe war als persönliches Kindermädchen von Miss Paper abkommandiert worden, worüber sich inzwischen die halbe Belegschaft der Kanzlei halb schlapp lachte. Ihn kotzte es an, weil er erstens immer noch keinen bei ihr hatte wegstecken können – das wäre das Einzige gewesen, was die Scheiße überhaupt sinnvoll gemacht hätte –, weil er aber auch nicht arbeiten konnte. Ihm waren nahezu alle Fälle für die Dauer dieser verdammten Doku-Geschichte entzogen worden. Ein einziger war ihm noch geblieben, und der würde sich womöglich über Jahre ziehen. Eine Versicherungssache ...

Joe war ein Anwalt!

Er wollte seinen Job erledigen!

Wollte sich einen Namen machen!

Wollte endlich das tun, was ihn wirklich interessierte und wofür er so viele Jahre gelernt hatte.

Er wollte mit seinem Wissen brillieren, wollte zeigen, was in ihm steckte, wollte demonstrieren, dass er zwar eindeutig seines Vaters Sohn, aber garantiert nicht auf dessen Vorschusslorbeeren angewiesen war.

Und anstatt an seinem Schreibtisch zu sitzen oder wahlweise in irgendeinem Gerichtssaal, hockte er an einem Vormittag in einem verdammten Café, trank literweise Magenvernichter und konnte nicht mal unverbindlich die verdammte Kellnerin flachlegen, weil er neuerdings anständig sein wollte.

Zu allem Überfluss würde in zwei Tagen auch noch das verdammte Benefiz-Spiel im California-Memorial-Stadium stattfinden. An und für sich keine große Sache, aber es würde das letzte Spiel seiner Karriere sein und irgendwie ... irgendwie hatte Joe davor Respekt. Wie auch immer, er hatte zwanzig Jahre lang fast täglich trainiert, hatte es in der Weltrangliste unter die ersten Fünfzig gebracht, war durchaus ein Name in der Szene … es fiel ihm nicht leicht, jetzt aufzuhören, auch wenn sein Entschluss für keinen Moment wankte.

Seine Karriere war ihm wichtiger.

… wenn er doch nur mal an ihr hätte arbeiten können!

Jack und seine dreckige Tussi befanden sich schon seit Wochen auf ihrer sogenannten Welttournee – die Joe persönlich für einen schlechten Witz hielt, aber wenigstens verdiente Jack nicht schlecht. Joe ärgerte, dass sein Freund kaum erreichbar war, denn die regelmäßigen Telefonate mit ihm bewahrten ihn derzeit vor dem kompletten Durchdrehen. Auch wenn er es bisher nicht zustande gebracht hatte, ihm von Rogers zu erzählen. *Nichts* wusste Jack von ihrer gemeinsamen Vergangenheit, nichts von den neuesten Entwicklungen. Genau wie auch Fanny niemals von ihnen beiden erfahren hatte. Ganz offensichtlich gab es da eine ungeschriebene Regel, an die sie beide sich unabgesprochen hielten.

Warum auch immer das so war.

Als die sich die Eingangstür öffnete, stöhnte er leise auf, bevor er sich zurücklehnte und die Arme verschränkte.

Da war sie!

Total wirr, wie üblich auf dem allerletzten Drücker, die Klamotten zerknittert, die Haare irgendwie zusammengefasst, wobei sie die Hälfte der Strähnen einfach vergessen hatte, und bleich wie eh und je.

Er kannte Penny Rogers jetzt seit rund fünfundzwanzig Jahren, aber so … neben sich, wie neuerdings, hatte er sie noch nie erlebt. Irgendetwas war da faul, doch Joe hatte sich bisher tunlichst untersagt, nachzuhaken. Es ging ihn verdammt noch mal nichts an.

SIE!, ging ihn verdammt noch mal nichts an.

»Sorry!«, sagte sie gehetzt, als sie ihn erreicht hatte und setzte sich auf den noch freien Stuhl, wobei sie fahrig eine Strähne hinter ihr Ohr strich. Als wenn das noch geholfen hätte. Ihre Wangen zeigten hektische rote Flecke und ihre Augen glitzerten fast fieberhaft. »Ich habs einfach …«

»Verpennt, schon klar«, sagte er, das Verständnis war ihm längst abhandengekommen. In Wahrheit hätte er sie schon vor Tagen bei ihrem Schmierfink-Chef anschwärzen sollen, denn sie spielte hier mit seiner Zeit.

Aber wenigstens das hatte er bisher nicht gebracht. Warum auch immer.

Trotzdem …

»Ich weiß nicht, wie ich es noch ausdrücken soll, damit du es endlich kapierst: Du verschwendest meine Zeit«, knurrte er.

Sie hatte gerade die Karte studiert und sah auf. Eine Augenbraue erhoben. »Also schlag mich, aber ich hatte bisher nicht den Eindruck, als hättest du verdammt viel zu tun.«

Abrupt beugte er sich über den Tisch, seine Nasenspitze kam der ihren sehr, sehr nah, und natürlich nahm er zuverlässig ihren ganz besonderen Duft wahr. Sie benutzte kein Parfüm, nur Deo, und roch trotzdem stets so unvergleichlich ... frisch, mit einem Hauch Exotik, nach Orchideen, nach Sonne, nach Meer ... nach Rogers.

Scheiß drauf!

»Und woran liegt das?«, wisperte er sauer. »Was meinst du, wer dafür verantwortlich ist, dass ich seit zwei Wochen wie ein Bekloppter durch diese Stadt irre, und den verdammten Touristenführer spiele? Von deinen grenzdebilen Fragen, die ich dabei ertragen muss, ganz zu schweigen!«

Sie antwortete nicht, die Augenbraue hatte sich noch ein bisschen mehr gehoben.

Erschöpft schüttelte Joe den Kopf und winkte die sexy Kellnerin heran, deren heißes Lächeln seit Rogers Eintreffen gehörig gelitten hatte. »Bestell deinen Müll und dann machen wir, dass wir hier wegkommen. Vom ganzen Sitzen tut mir inzwischen mein Arsch weh!«

Auch das kommentierte sie nicht, und als sie sich kurz darauf einen Chai-Latte bestellte, hätte er fast geschnaubt.

Ehrlich!

* * *

Der Tag verging wie alle vorangegangenen auch.

Mit ... Nichtstun, das als jede Menge Geschäftigkeit eines aufstrebenden Anwaltes und Spitzensportlers getarnt war. Im Gegenzug stellte Rogers ihm allerlei bescheuerte Fragen ohne jeden Sinngehalt, die unter beachtlicher Eloquenz getarnt waren.

Zu allererst fuhren sie zum Gerichtsgebäude der Stadt Berkeley, in dem er noch keinen einzigen Fall verhandelt hatte – dank der brünetten, leicht chaotisch wirkenden Schönheit an seiner Seite. Trotzdem kannte er sich hier perfekt aus, denn als Kind hatte er seinen Vater unzählige Male zu den Verhandlungen begleitet.

Rogers tat wenigstens so, als würde sie das Gebäude interessieren, auch wenn sie ein paarmal hinter vorgehaltener Hand gähnte.

Nicht sein Problem.

»Wie ist dein Schnitt bisher?«

»Damit meinst du was?«

Sie verdrehte die Augen und verdrückte das nächste Gähnen. »Wie viele Fälle hast du verloren, wie viele gewonnen?«

»Bisher hab ich noch keinen verloren.« Hey, das war nicht gelogen!

Sie nickte, machte sich in ihrem komischen Block eine Notiz. »Und wie viele Fälle hast du hier schon verhandelt?«

Seine Miene verschloss sich. »Darüber darf ich leider keine Auskunft erteilen.«

Ihre Stirn legte sich in Falten. »Und warum nicht?«

Anstatt auch darauf zu antworten, musterte er sie nur geheimnisvoll, sie verdrehte die Augen, fragte aber nicht weiter.

Als Nächstes fuhr er sie endlich zu seinem Haus – das war ein von ihr herbeigesehnter Termin … »Deine Fans wollen endlich erfahren, wie und wo du lebst.«, und von ihm leicht gefürchteter Termin, weil er sich so ungefähr vorstellen konnte, wie sie reagieren würde.

Rogers lieferte zuverlässig.

Kaum hatten sie den Bungalow erreicht, vor dem sich eine große Rasenfläche erstreckte, die sich um das gesamte Gebäude zog, stieß sie einen Pfiff aus. »Wow! Und all das hast du dir mit siebenundzwanzig schon selbst erarbeitet?«

Er hielt den BMW am Straßenrand, verzichtete darauf, ihn in die Garage zu fahren, und musterte sie grimmig. »Ich bin Tennisprofi, schon vergessen?«

Wieder antwortete ihm nur die erhobene Braue, die er spätestens heute zu hassen lernte. *Wenn da mal nicht Daddys Kohle mit im Spiel war,* schienen ihre Augen zu sagen.

Wortlos stieg er aus und ging zur Haustür, ohne sich nach ihr umzusehen. Rogers war eine verdammte Zecke, die ließ nicht so schnell locker, wenn sie sich einmal festgebissen hatte, weshalb sie garantiert folgen würde.

Richtig!

Noch während er den Nummerncode eingab, spürte er schon wieder ihren Atem im Genick.

Metaphorisch.

Und es nervte ihn total.

Absolut nicht metaphorisch.

Stumm liefen sie die Räume ab. Das helle, einladende Wohnzimmer, die anhängige Küche, das Gästeklo, Schlafzimmer, Büro, Gästezimmer … davon existierten gleich drei. Mehr Räume gab das eher kleine Haus nicht her, Rogers wirkte trotzdem angewidert.

»Und hier wohnst du *allein*?«

»Ja.« Er war an den Kühlschrank gegangen und hatte sich ein Bier genommen, wobei er ihr wohlweislich nichts anbot. Sie hatte ihn heute schon einmal zu oft geärgert.

»Und das findest du ... *normal*?«

Sie lehnte mit verschränkten Armen am Küchentresen, die Kamera, die eigentlich längst zum Einsatz hätte gekommen sein müssen, hing nutzlos in der Tasche um ihre Schulter. Selbst den verdammten Notizblock hatte sie für den Moment offensichtlich vergessen.

»Ja, finde ich. Ich hab es gekauft, ich hab es bezahlt, also habe ich auch das Recht, hier zu wohnen. Ganz allein.« Das stimmte zwar nicht, aber für Rogers war dies Wahrheit genug.

»Arrogantes, selbstgefälliges Arschloch!«

Sie hatte es nur gewispert, aber deutlich genug, damit er es hörte. Und endlich brannten bei Joe die Sicherungen durch. Hey, es hatte lange gedauert, seit mehr als zehn Tagen ließ er sich ihr Theater gefallen, er hatte sozusagen einen Orden verdient. Mit lautem Knall stellte er das Bier wieder ab und packte sie an den schmalen Schultern.

Erschrocken bog sie sich zurück, aber das ignorierte er.

Joe kochte vor Wut. »Was soll die Scheiße?«, knurrte er. »Was zur Hölle meinst du, mit wem du es hier zu tun hast? Ich mache den ganzen Scheiß mit, um *dir* einen verdammten Gefallen zu tun, und du kannst mir glauben, deshalb wollte ich mich schon untersuchen lassen, weil ich nicht kapiere, warum ich gerade dir irgendeinen abgefuckten Gefallen tun sollte. Aber irgendwann ist das Maß voll, und entweder, du reißt dich jetzt endlich zusammen, oder der Deal ist geplatzt!«

Damit ließ er sie los, starrte auf ihre verlockenden roten Lippen und bemerkte, dass sich inzwischen wieder die roten Flecke auf ihren Wangen eingestellt hatten. Dann sah er ihre verdammten Augen, riesig, dunkel, so unergründlich wie das verfluchte Meer. Ihr Gesicht schien alle Farbe verloren zu haben und … Was diese Frau mit ihm anstellte, hatte er so noch nicht erlebt und garantiert nicht für möglich gehalten. Sie machte ihn in einer Sekunde so wütend, dass er versucht war, alles kurz und klein zu schlagen, und gleichzeitig so geil, dass er sich unkontrolliert auf sie stürzen wollte.

Diese verdammte Frisur, mit der sie aussah, als hätte er sie gerade gevögelt. Wenn es doch nur so gewesen wäre!

Diese großen, dunklen Augen, die ihn zuverlässig zu durchschauen schienen.

Dieser verdammte Duft, der ihm zuverlässig in den Schwanz fuhr, wann immer er ihn wahrnahm.

Diese Brüste.

Diese Gestalt.

Selbst die verdammten Klamotten!

Alles an dieser Frau machte ihn so unendlich an, stieß ihn gleichzeitig aber auch so abgrundtief ab. Zu allem Überfluss war sie zum ersten Mal in diesem Haus.

In *seinem* Haus!

Allein!

Das war die Erfüllung ziemlich vieler, feuchter Träume.

Zeitgleich wollte er sie loswerden, diesen Fluch, der ihn sonst irgendwann erdrücken würde, der ihm permanent das Atmen erschwerte, der ihn hemmte, fast handlungsfähig machte, der dafür sorgte, dass er nicht mehr er selbst war.

Joe senkte für einen kurzen Moment den Blick, trat nicht zurück, wie es richtig gewesen wäre, suchte nicht das Weite, um ihrer gefährlichen Aura zu entgehen, sondern stand seinen Mann. »Hast du mich verstanden?«, erkundigte er sich dann knurrend.

Sie starrte ihn eine gefühlte Minute an, die Lippen leicht geteilt, die Stirn in Falten gelegt, und wisperte schließlich: »Was zur Hölle willst du eigentlich von mir?«

Das war es!

Seine Hände schossen hoch, legten sich um ihr Gesicht und seine Lippen prallten auf ihre. Es war wie ein Befreiungsschlag, das, was er sich seit … seit dieser beschissenen Situation in dem beschissenen Club gewünscht hatte. Sein Gewissen war vergessen, die harte Leidenschaft übernahm, rücksichtslos zwang er seine Zunge zwischen ihre Lippen und die Zähne, bald plünderte er skrupellos ihren Mund, drängte sich gegen sie, ließ sie seinen immer härter werdenden Ständer spüren, zeigte ihr, was sie mit ihm anstellte, was sie aus ihm machte … Der Strudel aus Gier und Zorn schlug endgültig über ihm zusammen und vergrub jeden vernünftigen Gedanken unter sich.

Es dauerte eine ganze Weile, bevor er ihre schiebenden Hände auf seiner Brust spürte, *wieder!* Bevor ihm wenigstens dämmerte, dass dies Gegenwehr war, *wieder!* Bevor er sich begreiflich machen musste, dass es Zeit war, den Kuss zu beenden. WIEDER!

Dennoch kostete es ihn alles.

ALLES!

Schweratmend löste er sich schließlich von ihr, und diesmal stolperte er zurück, brachte gut einen Meter Distanz zwischen sie und ihn und hätte sich schlagen können.

Was zur Hölle war nur mit ihm los?

Was war in ihn gefahren?

Wieso hatte er sich in ihrer Gegenwart einfach nicht unter Kontrolle?

Mit großen, verletzten, glitzernden Augen starrte sie ihn an Das war nicht gespielt, keine Show, sie wirkte völlig durcheinander, fast wie ein verwundetes Tier. Ihre Lippen waren nun bedeutend roter und leicht geschwollen und ihr Atem ging ruckartig.

Sie sagte keinen Ton, keine Anklage kam über ihre Lippen, kein hysterischer Anfall wurde auf ihn entfesselt, was Joe irgendwie noch den Rest gab.

Blindlings griff er nach seinem Bier und stapfte aus der Küche, durch das Wohnzimmer und hinaus auf die Terrasse, wo er sich in einen der Stühle fallen ließ.

Mit einer Hand fuhr er sich durch die Haare, und versuchte irgendwie, sich zu beruhigen, während sein Schwanz nach wie vor den Versuch unternahm, seine Hose zu sprengen.

Verdammte Scheiße!

Der A.P.P.-Verlag im neuen Gewand:

Mehr Genres!

Mehr Vielfalt!

Für (fast) jeden Lesegeschmack!

Wir freuen uns auf Sie!